小学館文庫

風立ちぬ／菜穂子

堀 辰雄

小学館

目次

風立ちぬ …… 3
菜穂子 …… 111
楡の家 …… 112
菜穂子 …… 167
年譜 …… 274

風立ちぬ

Le vent se lève, il faut tenter de vivre.

PAUL VALÉRY

序曲

それらの夏の日々、一面に薄《すすき》の生い茂った草原の中で、お前が立ったまま熱心に絵を描いていると、私はいつもその傍らの一本の白樺の木蔭に身を横たえていたものだった。そうして夕方になって、お前が仕事をすませて私のそばに来ると、それからしばらく私達は肩に手をかけ合ったまま、遥か彼方の、縁だけ茜色《あかねいろ》を帯びた入道雲のむくむくした塊りに覆われている地平線の方を眺めやっていたものだった。ようやく暮れようとしかけているその地平線から、反対に何物かが生れて来つつあるかのように……

そんな日の或《あ》る午後、(それはもう秋近い日だった)私達はお前の描きかけの絵を画架に立てかけたまま、その白樺の木蔭に寝そべって果物を齧《か》じっていた。砂のような雲が空をさらさらと流れていた。そのとき不意に、何処《どこ》からともなく風が立った。私達の頭の上では、木の葉の間からちらっと覗いている藍色《あいいろ》が伸びたり縮んだりした。それと殆《ほと》んど同時に、草むらの中に何かがばったりと倒れる物音を私達は耳にした。

それは私達がそこに置きっぱなしにしてあった絵が、画架と共に、倒れた音らしかった。すぐ立ち上って行こうとするお前を、私は、いまの一瞬の何物をも失うまいとするかのように無理に引き留めて、私のそばから離さないでいた。お前は私のするがままにさせていた。

風立ちぬ、いざ生きめやも。

ふと口を衝《つ》いて出て来たそんな詩句を、私は私に靠《もた》れているお前の肩に手をかけながら、口の裡《うち》で繰り返していた。それからやっとお前は私を振りほどいて立ち上って行った。まだよく乾いてはいなかったカンバスは、その間に、一めんに草の葉をこびつかせてしまっていた。それを再び画架に立て直し、パレット・ナイフでそんな草の葉を除《と》りにくそうにしながら、

「まあ！　こんなところを、もしお父様にでも見つかったら……」

お前は私の方をふり向いて、なんだか曖昧《あいまい》な微笑をした。

「もう二三日したらお父様がいらっしゃるわ」

或る朝のこと、私達が森の中をさまよっているとき、突然お前がそう言い出した。私はなんだか不満そうに黙っていた。するとお前は、そういう私の方を見ながら、すこし嗄《しゃが》れたような声で再び口をきいた。

「そうしたらもう、こんな散歩も出来なくなるわね」

「どんな散歩だって、しようと思えば出来るさ」

私はまだ不満らしく、お前のいくぶん気づかわしそうな視線を自分の上に感じながら、しかしそれよりももっと、私達の頭上の梢が何んとはなしにざわめいているのに気を奪《と》られているような様子をしていた。

「お父様がなかなか私を離して下さらないわ」

私はとうとう焦《じ》れったいとでも云うような目つきで、お前の方を見返した。

「じゃあ、僕達はもうこれでお別れだと云うのかい？」

「だって仕方がないじゃないの」

そう言ってお前はいかにも諦め切ったように、私につとめて微笑《ほほえ》んで見せようとした。ああ、そのときのお前の顔色の、そしてその脣《くちびる》の色までも、何んと蒼ざめていたことったら！

「どうしてこんなに変っちゃったんだろうなあ。あんなに私に何もかも任せ切っていたように見えたのに……」と私は考えあぐねたような恰好《かっこう》で、だんだん裸根のごろごろし出して来た狭い山径《やまみち》を、お前をすこし先きにやりながら、いかにも歩きにくそうに歩いて行った。そこいらはもうだいぶ木立が深いと見え、空気はひえびえとしていた。ところどころに小さな沢が食いこんだりしていた。突然、私の頭の中にこんな考えが閃《ひらめ》いた。お前はこの夏、偶然出逢った私のような者にもあんなに従順だったように、いや、もっともっと、お前の父や、それからまたそういう父をも数に入れたお前のすべてを絶えず支配しているものに、素直に身を任せ切っているのではないだろうか？……「節子！　そういうお前であるのなら、私はお前がもっともっと好きになるだろう。私がもっとしっかりと生活の見透しがつくようになったら、どうしたってお前を貰いに行くから、それまではお父さんの許《もと》に今のままのお前でいるがいい……」そんなことを私は自分自身にだけ言い聞かせながら、しかしお前の同意を求めでもするかのように、いきなりお前の手をとった。お前はその手を私にとられるがままにさせていた。それから私達はそうして手を組んだまま、一つの沢の前に立ち止まりながら、押し黙って、私達の足許に深く食いこんでいる小さな沢のずっと底の、下《した》生《ばえ》の羊歯《しだ》などの上まで、日の光が数知れず枝をさしかわしている低い灌木《かんぼく》の隙間《すきま》をようやくのことで潜り抜けながら、斑《まだ》らに落ちていて、そんな木洩れ日がそこまで届くうちに殆んどあるかないか位になっている微風にちらちらと揺れ動いているのを、何か切ないような気持で見つめていた。

それから二三日した或る夕方、私は食堂で、お前がお前を迎えに来た父と食事を共にしているのを見出した。お前は私の方にぎこちなさそうに背中を向けていた。父の側にいることがお前に殆んど無意識的に取らせているにちがいない様子や動作は、私にはお前をついぞ見かけたこともないような若い娘のように感じさせた。

「たとい私がその名を呼んだにしたって……」と私は一人でつぶやいた。「あいつは平気でこっちを見向きもしないだろう。まるでもう私の呼んだものではないかのように……」

その晩、私は一人でつまらなそうに出かけて行った散歩からかえって来てからも、しばらくホテルの人けのない庭の中をぶらぶらしていた。山百合が匂っていた。私はホテルの窓がまだ二つ三つあかりを洩らしているのをぼんやりと見つめていた。そのうちすこし霧がかかって来たようだった。それを恐れでもするかのように、窓のあかりは一つびとつ消えて行った。そしてとうとうホテル中がすっかり真っ暗になったかと思うと、軽いきしりがして、ゆるやかに一つの窓が開いた。そして薔薇色《ばらいろ》の寝衣《ねまき》らしいものを着た、一人の若い娘が、窓の縁にじっと凭《よ》りかかり出した。それはお前だった。……

お前達が発《た》って行ったのち、日ごと日ごとずっと私の胸をしめつけていた、あの悲しみに似たような幸福の雰囲気を、私はいまだにはっきりと蘇《よみがえ》らせることが出来る。私は終日、ホテルに閉《と》じ籠《こも》っていた。そうして長い間お前のために打棄《うっちゃ》って置いた自分の仕事に取りかかり出した。私は自分にも思いがけない位、静かにその仕事に没頭することが出来た。そのうちにすべてが他の季節に移って行った。そしていよいよ私も出発しようとする前日、私はひさしぶりでホテルから散歩に出かけて行った。

秋は林の中を見ちがえるばかりに乱雑にしていた。葉のだいぶ少くなった木々は、その間から、人けの絶えた別荘のテラスをずっと前方にのり出させていた。菌類の湿っぽい匂いが落葉の匂いに入りまじっていた。そういう思いがけない位の季節の推移が、――お前と別れてから私の知らぬ間にこんなにも立ってしまった時間というものが、私には異様に感じられた。私の心の裡《うち》の何処かしらに、お前から引き離されているのはただ一時的だと云った確信のようなものがあって、そのためこうした時間の推移までが、私には今までとは全然異った意味を持つようになり出したのであろうか？……そんなようなことを、私はすぐあとではっきりと確かめるまで、何やらぼんやりと感じ出していた。

私はそれから十数分後、一つの林の尽きたところ、そこから急に打ちひらけて、遠い地平線までも一帯に眺められる、一面に薄《すすき》の生い茂った草原の中に、足を踏み入れていた。そして私はその傍らの、既に葉の黄いろくなりかけた一本の白樺の木蔭に身を横たえた。其処《そこ》は、その夏の日々、お前が絵を描いているのを眺めながら、私がいつも今のように身を横たえていたところだった。あの時には殆んどいつも入道雲に遮られていた地平線のあたりには、今は、何処か知らない、遠くの山脈までが、真っ白な穂先をなびかせた薄の上を分けながら、その輪廓《りんかく》を一つ一つくっきりと見せていた。

私はそれらの遠い山脈の姿をみんな暗記してしまう位、じっと目に力を入れて見入っているうちに、いままで自分の裡《うち》に潜んでいた、自然が自分のために極めて置いてくれたものを今こそ漸《や》っと見出したと云う確信を、だんだんはっきりと自分の意識に上らせはじめていた。……

春

三月になった。或る午後、私がいつものようにぶらっと散歩のついでにちょっと立寄ったとでも云った風に節子の家を訪れると、門をはいったすぐ横の植込みの中に、労働者のかぶるような大きな麦稈帽《むぎわらぼう》をかぶった父が、片手に鋏《はさみ》をもちながら、そこいらの木の手入れをしていた。私はそういう姿を認めると、まるで子供のように木の枝を掻き分けながら、その傍に近づいていって、二言三言挨拶の言葉を交わしたのち、そのまま父のすることを物珍らしそうに見ていた。――そうやって植込みの中にすっぽりと身を入れていると、あちらこちらの小さな枝の上にときどき何かしら白いものが光ったりした。それはみんな蕾《つぼみ》らしかった。……

「あれもこの頃はだいぶ元気になって来たようだが」父は突然そんな私の方へ顔をもち上げてその頃私と婚約したばかりの節子のことを言い出した。

「もう少し好い陽気になったら、転地でもさせて見たらどうだろうね？」

「それはいいでしょうけれど……」と私は口ごもりながら、さっきから目の前にきらきら光っている一つの蕾がなんだか気になってならないと云った風をしていた。

「何処《どこ》ぞいいところはないかとこの間うちから物色しとるのだがね――」と父はそんな私には構わずに言いつづけた。「節子はFのサナトリウムなんぞどうか知らんと言うのじゃが、あなたはあそこの院長さんを知っておいでだそうだね？」

「ええ」と私はすこし上の空でのように返事をしながら、やっとさっき見つけた白い蕾を手もとにたぐりよせた。

「だが、あそこなんぞは、あれ一人で行って居られるだろうか？」

「みんな一人で行っているようですよ」

「だが、あれにはなかなか行って居られまいね？」

父はなんだか困ったような顔つきをしたまま、しかし私の方を見ずに、自分の目の前にある木の枝の一つへいきなり鋏を入れた。それを見ると、私はとうとう我慢がしきれなくなって、それを私が言い出すのを父が待っているとしか思われない言葉を、ついと口に出した。

「なんでしたら僕も一緒に行ってもいいんです。いま、しかけている仕事の方も、丁度それまでには片がつきそうですから……」

私はそう言いながら、やっと手の中に入れたばかりの莟《つぼみ》のついた枝を再びそっと手離した。それと同時に父の顔が急に明るくなったのを私は認めた。

「そうしていただけたら、一番いいのだが、――しかしあなたにはえろう済まんな……」

「いいえ、僕なんぞにはかえってそう云った山の中の方が仕事ができるかも知れません……」

それから私達はそのサナトリウムのある山岳地方のことなど話し合っていた。が、いつのまにか私達の会話は、父のいま手入れをしている植木の上に落ちていった。二人のいまお互に感じ合っている一種の同情のようなものが、そんなとりとめのない話をまで活気づけるように見えた。……

「節子さんはお起きになっているのかしら？」しばらくしてから私は何気なさそうに訊《き》いてみた。

「さあ、起きとるでしょう。……どうぞ、構わんから、其処《そこ》からあちらへ……」と父は鋏をもった手で、庭木戸の方を示した。私はやっと植込みの中を潜り抜けると、蔦《つた》がからみついて少し開きにくい位になったその木戸をこじあけて、そのまま庭から、この間まではアトリエに使われていた、離れのようになった病室の方へ近づいていった。

節子は、私の来ていることはもうとうに知っていたらしいが、私がそんな庭からはいって来ようとは思わなかったらしく、寝間着の上に明るい色の羽織をひっかけたまま、長椅子の上に横になりながら、細いリボンのついた、見かけたことのない婦人帽を手でおもちゃにしていた。

私がフレンチ扉《ドア》こしにそういう彼女を目に入れながら近づいて行くと、彼女の方でも私を認めたらしかった。彼女は無意識に立ち上ろうとするような身動きをした。が、彼女はそのまま横になり、顔を私の方へ向けたまま、すこし気まり悪そうな微笑で私を見つめた。

「起きていたの？」私は扉のところで、いくぶん乱暴に靴を脱ぎながら、声をかけた。

「ちょっと起きて見たんだけれど、すぐ疲れちゃったわ」

そう言いながら、彼女はいかにも疲れを帯びたような、力なげな手つきで、ただ何んということもなしに手で弄《もてあそ》んでいたらしいその帽子を、すぐ脇にある鏡台の上へ無造作にほうり投げた。が、それはそこまで届かないで床の上に落ちた。私はそれに近寄って、殆《ほとん》ど私の顔が彼女の足のさきにくっつきそうになるように屈《かが》み込《こ》んで、その帽子を拾い上げると、今度は自分の手で、さっき彼女がそうしていたように、それをおもちゃにし出していた。

それから私はやっと訊《き》いた。「こんな帽子なんぞ取り出して、何をしていたんだい？」

「そんなもの、いつになったら被《かぶ》れるようになるんだか知れやしないのに、お父様ったら、きのう買っておいでになったのよ。……おかしなお父様でしょう？」

「これ、お父様のお見立てなの？　本当に好いお父様じゃないか。……どおれ、この帽子、ちょっとかぶって御覧」と私が彼女の頭にそれを冗談半分かぶせるような真似をしかけると、

「厭《いや》、そんなこと……」

彼女はそう言って、うるさそうに、それを避けでもするように、半ば身を起した。

そうして言《い》い訣《わけ》のように弱々しい微笑をして見せながら、ふいと思い出したように、いくぶん痩《や》せの目立つ手で、すこし縺《もつ》れた髪を直しはじめた。その何気なしにしている、それでいていかにも自然に若い女らしい手つきは、それがまるで私を愛撫でもし出したかのような、呼吸《いき》づまるほどセンシュアルな魅力を私に感じさせた。そうしてそれは、思わずそれから私が目をそらさずにはいられないほどだった……

やがて私はそれまで手で弄《もてあそ》んでいた彼女の帽子を、そっと脇の鏡台の上に載せると、ふいと何か考え出したように黙りこんで、なおもそういう彼女からは目をそらせつづけていた。

「おおこりになったの？」と彼女は突然私を見上げながら、気づかわしそうに問うた。

「そうじゃないんだ」と私はやっと彼女の方へ目をやりながら、それから話の続きでもなんでもなしに、出し抜けにこう言い出した。「さっきお父様がそう言っていらしったが、お前、ほんとうにサナトリウムに行く気かい？」

「ええ、こうしていても、いつ良くなるのだか分らないのですもの。早く良くなれるんなら、何処へでも行っているわ。でも……」

「どうしたのさ？　なんて言うつもりだったんだい？」

「なんでもないの」

「なんでもなくってもいいから言って御覧。……どうしても言わないね、じゃ僕が言ってやろうか？　お前、僕にも一緒に行けというのだろう？」

「そんなことじゃないわ」と彼女は急に私を遮ろうとした。

しかし私はそれには構わずに、最初の調子とは異って、だんだん真面目になりだした、いくぶん不安そうな調子で言いつづけた。

「……いや、お前が来なくともいいと言ったって、そりあ僕は一緒に行くとも。だがね、ちょっとこんな気がして、それが気がかりなのだ。……僕はこうしてお前と一緒にならない前から、何処かの淋しい山の中へ、お前みたいな可哀らしい娘と二人きりの生活をしに行くことを夢みていたことがあったのだ。お前にもずっと前にそんな私の夢を打ち明けやしなかったかしら？　ほら、あの山小屋の話さ、そんな山の中に私達は住めるのかしらと云って、あのときはお前は無邪気そうに笑っていたろう？……実はね、こんどお前がサナトリウムへ行くと言い出しているのも、そんなことが知《し》らず識《し》らずの裡《うち》にお前の心を動かしているのじゃないかと思ったのだ。……そうじゃないのかい？」

彼女はつとめて微笑《ほほえ》みながら、黙ってそれを聞いていたが、

「そんなことももう覚えてなんかいないわ」と彼女はきっぱりと言った。それから寧《むし》ろ私の方をいたわるような目つきでしげしげと見ながら、「あなたはときどき飛んでもないことを考え出すのね……」

それから数分後、私達は、まるで私達の間には何事もなかったような顔つきをして、フレンチ扉《ドア》の向うに、芝生がもう大ぶ青くなって、あちらにもこちらにも陽炎《かげろう》らしいものの立っているのを、一緒になって珍らしそうに眺め出していた。

＊＊＊

四月になってから、節子の病気はいくらかずつ恢復期《かいふくき》に近づき出しているように見えた。そしてそれがいかにも遅々としていればいるほど、その恢復へのもどかしいような一歩一歩は、かえって何か確実なもののように思われ、私達には云い知れず頼もしくさえあった。

そんな或る日の午後のこと、私が行くと、丁度父は外出していて、節子は一人で病室にいた。その日は大へん気分もよさそうで、いつも殆《ほとん》ど着たきりの寝間着を、めずらしく青いブラウスに着換えていた。私はそういう姿を見ると、どうしても彼女を庭へ引っぱり出そうとした。すこしばかり風が吹いていたが、それすら気持のいいくらい軟らかだった。彼女はちょっと自信なさそうに笑いながら、それでも私にやっと同意した。そうして私の肩に手をかけて、フレンチ扉《ドア》から、何んだか危かしそうな足つきをしながら、おずおずと芝生の上へ出て行った。生墻《いけがき》に沿うて、いろんな外国種のも混じって、どれがどれだか見分けられないくらいに枝と枝を交わしながら、ごちゃごちゃに茂っている植込みの方へ近づいてゆくと、それらの茂みの上には、あちらにもこちらにも白や黄や淡紫の小さな莟《つぼみ》がもう今にも咲き出しそうになっていた。私はそんな茂みの一つの前に立ち止まると、去年の秋だったか、それがそうだと彼女に教えられたのをひょっくり思い出して、

「これはライラックだったね?」と彼女の方をふり向きながら、半ば訊くように言った。

「それがどうもライラックじゃないかも知れないわ」と私の肩に軽く手をかけたまま、彼女はすこし気の毒そうに答えた。

「ふん……じゃ、いままで嘘を教えていたんだね?」

「嘘なんか衝《つ》きやしないけれど、そういって人から頂戴したの。……だけど、あんまり好い花じゃないんですもの」

「なあんだ、もういまにも花が咲きそうになってから、そんなことを白状するなんて! じゃあ、どうせあいつも……」

私はその隣りにある茂みの方を指さしながら、「あいつは何んていったっけなあ?」

「金雀児《えにしだ》?」と彼女はそれを引き取った。私達は今度はそっちの茂みの前に移っていった。「この金雀児は本物よ。ほら、黄いろいのと白いのと、莟が二種類あるでしょ

う？　こっちの白いの、それあ珍らしいのですって……お父様の御自慢よ……」

そんな他愛のないことを言い合いながら、その間じゅう節子は私の肩から手をはずさずに、しかし疲れたというよりも、うっとりとしたようになって、私に靠《もた》れかかっていた。それから私達はしばらくそのまま黙り合っていた。そうすることがこういう花咲き匂うような人生をそのまま少しでも引き留めて置くことが出来でもするかのように。ときおり軟らかな風が向うの生墻の間から抑えつけられていた呼吸かなんぞのように押し出されて、私達の前にしている茂みにまで達し、その葉を僅かに持ち上げながら、それから其処にそういう私達だけをそっくり完全に残したまんま通り過ぎていった。

突然、彼女が私の肩にかけていた自分の手の中にその顔を埋めた。私は彼女の心臓がいつもよりか高く打っているのに気がついた。

「疲れたの？」私はやさしく彼女に訊いた。

「いいえ」と彼女は小声に答えたが、私はますます私の肩に彼女のゆるやかな重みのかかって来るのを感じた。

「私がこんなに弱くって、あなたに何んだかお気の毒で……」彼女はそう囁《ささや》いたのを、私は聞いたというよりも、むしろそんな気がした位のものだった。

「お前のそういう脆弱《ひよわ》なのが、そうでないより私にはもっとお前をいとしいものにさせているのだと云うことが、どうして分らないのだろうなあ……」と私はもどかしそうに心のうちで彼女に呼びかけながら、しかし表面はわざと何んにも聞きとれなかったような様子をしながら、そのままじっと身動きもしないでいると、彼女は急に私からそれを反らせるようにして顔をもたげ、だんだん私の肩から手さえも離して行きながら、

「どうして、私、この頃こんなに気が弱くなったのかしら？　こないだうちは、どんなに病気のひどいときだって何んとも思わなかった癖に……」と、ごく低い声で、独り言でも言うように口ごもった。沈黙がそんな言葉を気づかわしげに引きのばしていた。そのうち彼女が急に顔を上げて、私をじっと見つめたかと思うと、それを再び伏せながら、いくらか上ずったような中音で言った。「私、なんだか急に生きたくなったのね……」

それから彼女は聞えるか聞えない位の小声で言い足した。「あなたのお蔭で……」

＊＊＊

それは、私達がはじめて出会ったもう二年前にもなる夏の頃、不意に私の口を衝《つ》いて出た、そしてそれから私が何んということもなしに口ずさむことを好んでいた、

風立ちぬ、いざ生きめやも。

という詩句が、それきりずっと忘れていたのに、又ひょっくりと私達に蘇《よみがえ》ってきたほどの、——云わば人生に先立った、人生そのものよりかもっと生き生きと、もっと切ないまでに愉《たの》しい日々であった。

私達はその月末に八ヶ岳山麓《さんろく》のサナトリウムに行くための準備をし出していた。私は、一寸《ちょっと》した識合《しりあ》いになっている、そのサナトリウムの院長がときどき上京する機会を捉えて、其処へ出かけるまでに一度節子の病状を診て貰うことにした。

或る日、やっとのことで郊外にある節子の家までその院長に来て貰って、最初の診察を受けた後、「なあに大したことはないでしょう。まあ、一二年山へ来て辛抱なさるんですなあ」と病人達に言い残して忙しそうに帰ってゆく院長を、私は駅まで見送って行った。私は彼から自分にだけでも、もっと正確な彼女の病態を聞かしておいて貰いたかったのだった。

「しかし、こんなことは病人には言わぬようにしたまえ。父親《ファタア》にはそのうち僕からもよく話そうと思うがね」院長はそんな前置きをしながら、少し気むずかしい顔つきをして節子の容態をかなり細かに私に説明して呉れた。それからそれを黙って聞いていた私の方をじっと見て、「君もひどく顔色が悪いじゃないか。ついでに君の身体も診ておいてやるんだったな」と私を気の毒がるように言った。

駅から私が帰って、再び病室にはいってゆくと、父はそのまま寝ている病人の傍に居残って、サナトリウムへ出かける日取などの打ち合わせを彼女とし出していた。なんだか浮かない顔をしたまま、私もその相談に加わり出した。「だが……」父はやがて何か用事でも思いついたように、立ち上がりながら、「もうこの位に良くなっているのだから、夏中だけでも行っていたら、よかりそうなものだがね」といかにも不審そうに言って、病室を出ていった。

二人きりになると、私達はどちらからともなくふっと黙り合った。それはいかにも春らしい夕暮であった。私はさっきからなんだか頭痛がしだしているような気がしていたが、それがだんだん苦しくなってきたので、そっと目立たぬように立ち上がると、硝子《ガラス》扉の方に近づいて、その一方の扉を半ば開け放ちながら、それに靠《もた》れかかった。そうしてしばらくそのまま私は、自分が何を考えているのかも分からない位にぼんやりして、一面にうっすらと靄《もや》の立ちこめている向うの植込みのあたりへ「いい匂がするなあ、何んの花のにおいだろう――」と思いながら、空虚な目をやっていた。

「何をしていらっしゃるの？」

私の背後で、病人のすこし嗄《しやが》れた声がした。それが不意に私をそんな一種の麻痺《まひ》したような状態から覚醒《かくせい》させた。私は彼女の方には背中を向けたまま、いかにも何か他のことでも考えていたような、取ってつけたような調子で、

「お前のことだの、山のことだの、それからそこで僕達の暮らそうとしている生活のことだのを、考えているのさ……」と途切れ途切れに言い出した。が、そんなことを言い続けているうちに、私はなんだか本当にそんな事を今しがたまで考えていたような気がしてきた。そうだ、それから私はこんなことも考えていたようだ。――「向うへいったら、本当にいろいろな事が起るだろうなあ。……しかし人生というものは、お前がいつもそうしているように、何もかもそれに任せ切って置いた方がいいのだ。……そうすればきっと、私達がそれを希《ねが》おうなどとは思いも及ばなかったようなものまで、私達に与えられるかも知れないのだ。……」そんなことまで心の裡《うち》で考えながら、それにには少しも自分では気がつかずに、私はかえって何んでもないように見える些細《ささい》な印象の方にすっかり気をとられていたのだ。……

そんな庭面《にわも》はまだほの明るかったが、気がついて見ると、部屋のなかはもうすっかり薄暗くなっていた。

「明りをつけようか？」私は急に気をとりなおしながら言った。

「まだつけないでおいて頂戴……」そう答えた彼女の声は前よりも嗄れていた。

しばらく私達は言葉もなくていた。

「私、すこし息ぐるしいの、草のにおいが強くて……」

「じゃ、ここも締めて置こうね」

私は、殆《ほとん》ど悲しげな調子でそう応じながら、扉の握りに手をかけて、それを引きかけた。

「あなた……」彼女の声は今度は殆ど中性的なくらいに聞えた。「いま、泣いていらしったんでしょう？」

私はびっくりした様子で、急に彼女の方をふり向いた。

「泣いてなんかいるものか。……僕を見て御覧」

彼女は寝台の中から私の方へその顔を向けようともしなかった。もう薄暗くってそれとは定かに認めがたい位だが、彼女は何かをじっと見つめているらしい。しかし私がそれを気づかわしそうに自分の目で追って見ると、ただ空《くう》を見つめているきりだった。

「わかっているの、私にも……さっき院長さんに何か言われていらしったのが……」

私はすぐ何か答えたかったが、何んの言葉も私の口からは出て来なかった。私はただ音を立てないようにそっと扉を締めながら再び、夕暮れかけた庭面を見入り出した。

やがて私は、私の背後に深い溜息《ためいき》のようなものを聞いた。

「御免なさい」彼女はとうとう口をきいた。その声はまだ少し顫《ふる》えを帯びていたが、前よりもずっと落着いていた。「こんなこと気になさらないでね……。私達、これから本当に生きられるだけ生きましょうね……」

私はふりむきながら、彼女がそっと目がしらに指先をあてて、そこにそれをじっと置いているのを認めた。

＊＊＊

四月下旬の或る薄曇った朝、停車場まで父に見送られて、私達はあたかも蜜月の旅へでも出かけるように、父の前はさも愉しそうに、山岳地方へ向う汽車の二等室に乗り込んだ。汽車は徐《しず》かにプラットフォームを離れ出した。その跡に、つとめて何気なさそうにしながら、ただ背中だけ少し前屈《まえかが》みにして、急に年とったような様子をして立っている父だけを一人残して。

すっかりプラットフォームを離れると、私達は窓を締めて、急に淋しくなったような顔つきをして、空いている二等室の一隅に腰を下ろした。そうやってお互の心と心を温め合おうとでもするように、膝と膝とをぴったりとくっつけながら……

風立ちぬ

私達の乗った汽車が、何度となく山を攀《よ》じのぼったり、深い渓谷に沿って走ったり、又それから急に打ち展《ひら》けた葡萄畑《ぶどうばたけ》の多い台地を長いことかかって横切ったりしたのち、漸《や》っと山岳地帯へと果てしのないような、執拗《しつよう》な登攀《とうはん》をつづけ出した頃には、空は一層低くなり、いままではただ一面に鎖《と》ざしているように見えた真っ黒な雲が、いつの間にか離れ離れになって動き出し、それらが私達の目の上にまで圧《お》しかぶさるようであった。空気もなんだか底冷えがしだした。上衣の襟を立てた私は、肩掛にすっかり体を埋めるようにして目をつぶっている節子の、疲れたと云うよりも、すこし興奮しているらしい顔を不安そうに見守っていた。彼女はときどきぼんやりと目をひらいて私の方を見た。はじめのうちは二人はその度毎に目と目で微笑《ほほえ》みあったが、しまいにはただ不安そうに互を見合ったきり、すぐ二人とも目をそらせた。そうして彼女はまた目を閉じた。

「なんだか冷えてきたね。雪でも降るのかな」

「こんな四月になっても雪なんか降るの？」

「うん、この辺は降らないともかぎらないのだ」

まだ三時頃だというのにもうすっかり薄暗くなった窓の外へ目を注いだ。ところどころに真っ黒な樅《もみ》をまじえながら、葉のない落葉松《からまつ》が無数に並び出しているのに、すでに私達は八ヶ岳の裾を通っていることに気がついたが、まのあたり見える筈の山らしいものは影も形も見えなかった。……

汽車は、いかにも山麓《さんろく》らしい、物置小屋と大してかわらない小さな駅に停車した。駅には、高原療養所の印のついた法被《はっぴ》を着た、年とった、小使が一人、私達を迎えに来ていた。

駅の前に待たせてあった、古い、小さな自動車のところまで、私は節子を腕で支えるようにして行った。私の腕の中で、彼女がすこしよろめくようになったのを感じたが、私はそれには気づかないようなふりをした。

「疲れたろうね？」

「そんなでもないわ」

私達と一緒に下りた数人の土地の者らしい人々が、そういう私達のまわりで何やら囁《ささや》き合《あ》っていたようだったが、私達が自動車に乗り込んでいるうちに、いつのまにかその人々は他の村人たちに混って見分けにくくなりながら、村のなかに消えていた。

私達の自動車が、みすぼらしい小家の一列に続いている村を通り抜けた後、それが見えない八ヶ岳の尾根までそのまま果てしなく拡がっているかと思える凸凹の多い傾斜地へさしかかったと思うと、背後に雑木林を背負いながら、赤い屋根をした、いくつもの側翼のある、大きな建物が、行く手に見え出した。

「あれだな」と、私は車台の傾きを身体に感じ出しながら、つぶやいた。

節子はちょっと顔を上げ、いくぶん心配そうな目つきで、それをぼんやりと見ただけだった。


サナトリウムに着くと、私達は、その一番奥の方の、裏がすぐ雑木林になっている、病棟の二階の第一号室に入れられた。簡単な診察後、節子はすぐベッドに寝ているように命じられた。リノリウムで床を張った病室には、すべて真っ白に塗られたベッドと卓と椅子と、――それからその他には、いましがた小使が届けてくれたばかりの数箇のトランクがあるきりだった。二人きりになると、私はしばらく落着かずに、附添人のために宛てられた狭苦しい側室にはいろうともしないで、そんなむき出しな感じのする室内をぼんやりと見廻したり、又、何度も窓に近づいては、空模様ばかり気にしていた。風が真っ黒な雲を重たそうに引きずっていた。そしてときおり裏の雑木林から鋭い音を捥《も》いだりした。私は一度寒そうな恰好《かっこう》をしてバルコンに出て行った。バルコンは何んの仕切もなしにずっと向うの病室まで続いていた。その上には全く人けが絶えていたので、私は構わずに歩き出しながら、病室を一つ一つ覗いて行って見ると、丁度四番目の病室のなかに、一人の患者の寝ているのが半開きになった窓から見えたので、私はいそいでそのまま引っ返して来た。

やっとランプが点《つ》いた。それから私達は看護婦の運んで来てくれた食事に向い合った。それは私達が二人きりで最初に共にする食事にしては、すこし佗《わ》びしかった。食事中、外がもう真っ暗なので何も気がつかずに、唯《ただ》何んだかあたりが急に静かになったと思っていたら、いつのまにか雪になり出したらしかった。

私は立ち上って、半開きにしてあった窓をもう少し細目にしながら、その硝子《ガラス》に顔をくっつけて、それが私の息で曇りだしたほど、じっと雪のふるのを見つめていた。それからやっと其処《そこ》を離れながら、節子の方を振り向いて、「ねえ、お前、何んだってこんな……」と言い出しかけた。

彼女はベッドに寝たまま、私の顔を訴えるように見上げて、それを私に言わせまいとするように、口へ指をあてた。

⁂

八ヶ岳の大きなのびのびとした代赭色《たいしやいろ》の裾野が漸くその勾配を弛《ゆる》めようとするとこ

ろに、サナトリウムは、いくつかの側翼を並行に拡げながら、南を向いて立っていた。その裾野の傾斜は更に延びて行って、二三の小さな山村を村全体傾かせながら、最後に無数の黒い松にすっかり包まれながら、見えない谿間《たにま》のなかに尽きていた。

サナトリウムの南に開いたバルコンからは、それらの傾いた村とその赭《あか》ちゃけた耕作地が一帯に見渡され、更にそれらを取り囲みながら果てしなく並み立っている松林の上に、よく晴れている日だったならば、南から西にかけて、南アルプスとその二三の支脈とが、いつも自分自身で湧き上らせた雲のなかに見え隠れしていた。

サナトリウムに着いた翌朝、自分の側室で私が目を醒《さ》ますと、小さな窓枠の中に、藍青色《らんせいしょく》に晴れ切った空と、それからいくつもの真っ白い鶏冠のような山巓《さんてん》が、そこにまるで大気からひょっくり生れでもしたような思いがけなさで、殆《ほと》ど目《ま》ながいに見られた。そして寝たままでは見られないバルコンや屋根の上に積った雪からは、急に春めいた日の光を浴びながら、絶えず水蒸気がたっているらしかった。

すこし寝過したくらいの私は、いそいで飛び起きて、隣りの病室へはいって行った。節子は、すでに目を醒ましていて、毛布にくるまりながら、ほてったような顔をしていた。

「お早う」私も同じように、顔がほてり出すのを感じながら、気軽そうに言った。

「よく寝られた？」

「ええ」彼女は私にうなずいて見せた。「ゆうべ睡眠剤《くすり》を飲んだの。なんだか頭がすこし痛いわ」

　私はそんなことになんか構っていられないと云った風に、元気よく窓も、それからバルコンに通じる硝子扉《ガラスど》も、すっかり開け放した。まぶしくって、一時は何も見られない位だったが、そのうちそれに目がだんだん馴れてくると、雪に埋れたバルコンからも、屋根からも、野原からも、木からさえも、軽い水蒸気の立っているのが見え出した。

「それにとても可笑《おか》しな夢を見たの。あのね……」彼女が私の背後で言い出しかけた。

　私はすぐ、彼女が何か打ち明けにくいようなことを無理に言い出そうとしているらしいのを覚《さと》った。そんな場合のいつものように、彼女のいまの声もすこし嗄《しゃが》れていた。

　今度は私が、彼女の方を振り向きながら、それを言わせないように、口へ指をあてる番だった。……

　やがて看護婦長がせかせかした親切そうな様子をしてはいって来た。こうして看護婦長は、毎朝、病室から病室へと患者達を一人一人見舞うのである。

「ゆうべはよくお休みになれましたか？」看護婦長は快活そうな声で尋ねた。

病人は何も言わないで、素直にうなずいた。

＊
＊＊

こういう山のサナトリウムの生活などは、普通の人々がもう行き止まりだと信じているところから始まっているような、特殊な人間性をおのずから帯びてくるものだ。——私が自分の裡《うち》にそういう見知らないような人間性をぼんやりと意識しはじめたのは、入院後間もなく私が院長に診察室に呼ばれて行って、節子のレントゲンで撮られた疾患部の写真を見せられた時からだった。

院長は私を窓ぎわに連れて行って、私にも見よいように、その写真の原板を日に透かせながら、一々それに説明を加えて行った。右の胸には数本の白々とした肋骨《ろっこつ》がくっきりと認められたが、左の胸にはそれらが殆んど何も見えない位、大きな、まるで暗い不思議な花のような、病竈《びょうそう》ができていた。

「思ったよりも病竈が拡がっているなあ。……こんなにひどくなってしまって居るとは思わなかったね。……これじゃ、いま、病院中でも二番目ぐらいに重症かも知れんよ……」

そんな院長の言葉が自分の耳の中でがあがあするような気がしながら、私はなんだか思考力を失ってしまった者みたいに、いましがた見て来たあの暗い不思議な花のような影像《イマアジュ》をそれらの言葉とは少しも関係がないもののように、それだけを鮮かに意識の閾《しきみ》に上らせながら、診察室から帰って来た。自分とすれちがう白衣の看護婦だの、もうあちこちのバルコンで日光浴をしだしている裸体の患者達だの、病棟のざわめきだの、それから小鳥の囀《さえず》りだのが、そういう私の前を何んの連絡もなしに過ぎた。私はとうとう一番はずれの病棟にはいり、私達の病室のある二階へ通じる階段を昇ろうとして機械的に足を弛《ゆる》めた瞬間、その階段の一つ手前にある病室の中から、異様な、ついぞそんなのはまだ聞いたこともないような気味のわるい空咳が続けざまに洩れて来るのを耳にした。「おや、こんなところにも患者がいたのかなあ」と思いながら、私はそのドアについているNo.17という数字を、ただぼんやりと見つめた。

＊＊＊

こうして私達のすこし風変りな愛の生活が始まった。

節子は入院以来、安静を命じられて、ずっと寝ついたきりだった。そのために、気分の好いときはつとめて起きるようにしていた入院前の彼女に比べると、かえって病人らしく見えたが、別に病気そのものは悪化したとも思えなかった。医者達もまた直ぐ快癒する患者として彼女をいつも取り扱っているように見えた。「こうして病気を生捕りにしてしまうのだ」と院長などは冗談でも言うように言ったりした。

季節はその間に、いままで少し遅れ気味だったのを取り戻すように、急速に進み出していた。春と夏とが殆んど同時に押し寄せて来たかのようだった。毎朝のように、鶯や閑古鳥の囀りが私達を眼ざませた。そして殆んど一日中、周囲の林の新緑がサナトリウムを四方から襲いかかって、病室の中まですっかり爽《さわ》やかに色づかせていた。それらの日々、朝のうちに山々から湧いて出て行った白い雲までも、夕方には再び元の山々へ立ち戻って来るかと見えた。

私は、私達が共にした最初の日々、私が節子の枕もとに殆んど附ききりで過したそれらの日々のことを思い浮べようとすると、それらの日々が互に似ているために、その魅力はなくはない単一さのために、殆んどどれが後だか先きだか見分けがつかなくなるような気がする。

と言うよりも、私達はそれらの似たような日々を繰り返しているうちに、いつか全く時間というものからも抜け出してしまっていたような気さえする位だ。そして、そういう時間から抜け出したような日々にあっては、私達の日常生活のどんな些細《ささい》なものまで、その一つ一つがいままでとは全然異った魅力を持ち出すのだ。私の身近にあるこの微温《なまぬる》い、好い匂いのする存在、その少し早い呼吸、私の手をとっているそのしなやかな手、その微笑、それからまたときどき取り交わす平凡な会話、――そう云ったものを若《も》し取り除いてしまうとしたら、あとには何も残らないような単一な日々だけれども、――我々の人生なんぞというものは要素的には実はこれだけなのだ、そして、こんなささやかなものだけで私達がこれほどまで満足していられるのは、ただ私がそれをこの女と共にしているからなのだ、と云うことを私は確信して居られた。

それらの日々に於ける唯一の出来事と云えば、彼女がときおり熱を出すこと位だった。それは彼女の体をじりじり衰えさせて行くものにちがいなかった。が、私達はそういう日は、いつもと少しも変らない日課の魅力を、もっと細心に、もっと緩慢に、あたかも禁断の果実の味をこっそり偸《ぬす》みでもするように味わおうと試みたので、私達のいくぶん死の味のする生の幸福はその時は一そう完全に保たれた程だった。

そんな或る夕暮、私はバルコンから、そして節子はベッドの上から、同じように、向うの山の背に入って間もない夕日を受けて、そのあたりの山だの丘だの松林だの山畑だのが、半ば鮮かな茜色《あかねいろ》を帯びながら、半ばまだ不確かなような鼠色《ねずみいろ》に徐々に侵され出しているのを、うっとりとして眺めていた。ときどき思い出したようにその森の上へ小鳥たちが抛物線《ほうぶつせん》を描いて飛び上った。――私は、このような初夏の夕暮がほんの一瞬時生じさせている一帯の景色は、すべてはいつも見馴れた道具立てながら、恐らく今を措《お》いてはこれほどの溢《あふ》れるような幸福の感じをもって私達自身にすら眺め得られないだろうことを考えていた。そしてずっと後になって、いつかこの美しい夕暮が私の心に蘇《よみがえ》って来るようなことがあったら、私はこれに私達の幸福そのものの完全な絵を見出すだろうと夢みていた。

「何をそんなに考えているの？」私の背後から節子がとうとう口を切った。

「私達がずっと後になってね、今の私達の生活を思い出すようなことがあったら、それがどんなに美しいだろうと思っていたんだ」

「本当にそうかも知れないわね」彼女はそう私に同意するのがさも愉《たの》しいかのように応じた。

それからまた私達はしばらく無言のまま、再び同じ風景に見入っていた。が、そのうちに私は不意になんだか、こうやってうっとりと見入っているのが自分であるような自分でないような、変に茫漠《ぼうばく》とした、取りとめのない、そしてそれが何んとなく苦しいような感じさえして来た。そのとき私は自分の背後で深い息のようなものを聞いたような気がした。が、それがまた自分のだったような気もされた。私はそれを確かめでもするように、彼女の方を振り向いた。

「そんなにいまの……」そういう私をじっと見返しながら、彼女はすこし嗄《しゃが》れた声で言いかけた。が、それを言いかけたなり、すこし躊躇《ためら》っていたようだったが、それから急にいままでとは異った打棄《うっちゃ》るような調子で、「そんなにいつまでも生きて居られたらいいわね」と言い足した。

「又、そんなことを！」

私はいかにも焦《じ》れったいように小さく叫んだ。

「御免なさい」彼女はそう短く答えながら私から顔をそむけた。

いましがたまでの何か自分にも訣《わけ》の分らないような気分が私にはだんだん一種の苛《い》ら立《だ》たしさに変り出したように見えた。私はそれからもう一度山の方へ目をやったが、その時は既にもうその風景の上に一瞬間生じていた異様な美しさは消え失せていた。

その晩、私が隣りの側室へ寝に行こうとした時、彼女は私を呼び止めた。

「さっきは御免なさいね」

「もういいんだよ」

「私ね、あのとき他のことを言おうとしていたんだけれど……つい、あんなことを言ってしまったの」

「じゃ、あのとき何を言おうとしたんだい？」

「……あなたはいつか自然なんぞが本当に美しいと思えるのは死んで行こうとする者

の眼にだけだと仰《おっ》しゃったことがあるでしょう。……私、あのときね、それを思い出したの。何んだかあのときの美しさがそんな風に思われて」そう言いながら、彼女は私の顔を何か訴えたいように見つめた。

その言葉に胸を衝《つ》かれでもしたように、私は思わず目を伏せた。そのとき、突然、私の頭の中を一つの思想がよぎった。そしてさっきから私を苛ら苛らさせていた、何か不確かなような気分が、漸《ようや》く私の裡《うち》ではっきりとしたものになり出した。……「そうだ、おれはどうしてそいつに気がつかなかったのだろう？　あのとき自然なんぞをあんなに美しいと思ったのはおれじゃないのだ。それはおれ達だったのだ。まあ言って見れば、節子の魂がおれの眼を通して、そしてただおれの流儀で、夢みていただけなのだ。……それだのに、節子が自分の最後の瞬間のことを夢みているとも知らないで、おれはおれで、勝手におれ達の長生きした時のことなんぞ考えていたなんて……」

いつしかそんな考えをとつおいつし出していた私が、漸《や》っと目を上げるまで、彼女はさっきと同じように私をじっと見つめていた。私はその目を避けるような恰好《かっこう》をしながら、彼女の上に跼《かが》みかけて、その額にそっと接吻した。私は心から羞《はず》かしかった。

……

＊
＊＊

とうとう真夏になった。それは平地でよりも、もっと猛烈な位であった。裏の雑木林では、何かが燃え出しでもしたかのように、蟬がひねもす啼《な》き止《や》まなかった。樹脂のにおいさえ、開け放した窓から漂って来た。夕方になると、戸外で少しでも楽な呼吸をするために、バルコンまでベッドを引き出させる患者達が多かった。それらの患者達を見て、私達ははじめて、この頃俄《にわ》かにサナトリウムの患者達の増え出したことを知った。しかし、私達は相かわらず誰にも構わずに二人だけの生活を続けていた。

この頃、節子は暑さのためにすっかり食慾を失い、夜などもよく寝られないことが多いらしかった。私は、彼女の昼寝を守るために、前よりも一層、廊下の足音や、窓から飛びこんでくる蜂や虻《あぶ》などに気を配り出した。そして暑さのために思わず大きくなる私自身の呼吸にも気をもんだりした。

そのように病人の枕元で、息をつめながら、彼女の眠っているのを見守っているのは、私にとっても一つの眠りに近いものだった。私は彼女が眠りながら呼吸を速くしたり弛《ゆる》くしたりする変化を苦しいほどはっきりと感じるのだった。私は彼女と心臓の鼓動をさえ共にした。ときどき軽い呼吸困難が彼女を襲うらしかった。そんな時、手をすこし痙攣《けいれん》させながら咽《のど》のところまで持って行ってそれを抑えるような手つきをする、――夢に魘《おそ》われてでもいるのではないかと思って、私が起してやったものかどうかと躊躇っているうち、そんな苦しげな状態はやがて過ぎ、あとに弛緩状態《しかんじようたい》がやって来る。そうすると、私も思わずほっとしながら、いま彼女の息づいている静かな呼吸に自分までが一種の快感さえ覚える。――そうして彼女が目を醒《さ》ますと、私はそっと彼女の髪に接吻をしてやる。彼女はまだ倦《だ》るそうな目つきで、私を見るのだった。

「あなた、そこにいたの？」

「ああ、僕もここで少しうつらうつらしていたんだ」

そんな晩など、自分もいつまでも寝つかれずにいるようなことがあると、私はそれが癖にでもなったように、自分でも知らずに、手を咽に近づけながらそれを抑えるような手つきを真似たりしている。そしてそれに気がついたあとで、それからやっと私は本当の呼吸困難を感じたりする。が、それは私にはむしろ快いものでさえあった。

「この頃なんだかお顔色が悪いようよ」或る日、彼女はいつもよりしげしげと見ながら言うのだった。「どうかなすったのじゃない？」

「なんでもないよ」そう言われるのは私の気に入った。「僕はいつだってこうじゃないか？」

「あんまり病人の側にばかり居ないで、少しは散歩くらいなすっていらっしゃらない？」

「この暑いのに、散歩なんか出来るもんか。……夜は夜で、真っ暗だしさ。……それに毎日、病院の中をずいぶん往ったり来たりしているんだからなあ」

私はそんな会話をそれ以上にすすめないために、毎日廊下などで出逢ったりする、他の患者達の話を持ち出すのだった。よくバルコンの縁に一塊りになりながら、空を競馬場に、動いている雲をいろいろそれに似た動物に見立て合ったりしている年少の患者達のことや、いつも附添看護婦の腕にすがって、あてもなしに廊下を往復している、ひどい神経衰弱の、無気味なくらい背の高い患者のことなどを話して聞かせたりした。しかし、私はまだ一度もその顔は見たことがないが、いつもその部屋の前を通る度ごとに、気味のわるい、なんだかぞっとするような咳を耳にする例の第十七号室の患者のことだけは、つとめて避けるようにしていた。恐らくそれがこのサナトリウム中で、一番重症の患者なのだろうと思いながら。……

八月も漸く末近くなったのに、まだずっと寝苦しいような晩が続いていた。そんな或る晩、私達がなかなか寝つかれずにいると、(もうとっくに就寝時間の九時は過ぎていた。……）ずっと向うの下の病棟が何んとなく騒々しくなり出した。それにときどき廊下を小走りにして行くような足音や、抑えつけたような看護婦の小さな叫びや、器具の鋭くぶつかる音がまじった。私はしばらく不安そうに耳を傾けていた。それがやっと鎮まったかと思うと、それとそっくりな沈黙のざわめきが、殆《ほとん》ど同時に、あっちの病棟にもこっちの病棟にも起り出した、そしてしまいには私達のすぐ下の方からも聞えて来た。

私は、今、サナトリウムの中を嵐のように暴れ廻っているものの何んであるかぐらいは知っていた。私はその間に何度も耳をそば立てては、さっきからあかりは消してあるものの、まだ同じように寝つかれずにいるらしい隣室の病人の様子を窺《うかが》った。病人は寝返りさえ打たずに、じっとしているらしかった。私も息苦しいほどじっとしながら、そんな嵐がひとりでに衰えて来るのを待ち続けていた。

真夜中になってからやっとそれが衰え出すように見えたので、私は思わずほっとしながら少し微睡《まどろ》みかけたが、突然、隣室で病人がそれまで無理に抑えつけていたような神経的な咳を二つ三つ強くしたので、ふいと目を覚ました。そのまますぐその咳は止まったようだったが、私はどうも気になってならなかったので、そっと隣室にはいって行った。真っ暗な中に、病人は一人で怯《おび》えてでもいたように、大きく目を見ひらきながら、私の方を見ていた。私は何も言わずに、その側に近づいた。

「まだ大丈夫よ」

彼女はつとめて微笑をしながら、私に聞えるか聞えない位の低声《こごえ》で言った。私は黙ったまま、ベッドの縁に腰をかけた。

「そこにいて頂戴」

病人はいつもに似ず、気弱そうに、私にそう言った。私達はそうしたままんじりともしないでその夜を明かした。

そんなことがあってから、二三日すると、急に夏が衰え出した。

⁂

九月になると、すこし荒れ模様の雨が何度となく降ったり止んだりしていたが、そのうちにそれは殆んど小止みなしに降り続き出した。それは木の葉を黄ばませるより先きに、それを腐らせるかと見えた。さしものサナトリウムの部屋部屋も、毎日窓を閉め切って、薄暗いほどだった。風がときどき戸をばたつかせた。そして裏の雑木林から、単調な、重くるしい音を引きもぎった。風のない日は、私達は終日、雨が屋根づたいにバルコンの上に落ちるのを聞いていた。そんな雨が漸《や》っと霧に似だした或る早朝、私は窓から、バルコンの面している細長い中庭がいくぶん薄明くなって来たようなのをぼんやりと見おろしていた。その時、中庭の向うの方から、一人の看護婦が、そんな霧のような雨の中をそこここに咲き乱れている野菊やコスモスを手あたり次第に採りながら、こっちへ向って近づいて来るのが見えた。私はそれがあの第十七号室の附添看護婦であることを認めた。「ああ、あのいつも不快な咳ばかり聞いていた患者が死んだのかも知れないなあ」ふとそんなことを思いながら、雨に濡れたまま何んだか興奮したようになってまだ花を採っているその看護婦の姿を見つめているうちに、私は急に心臓がしめつけられるような気がしだした。

「やっぱり此処で一番重かったのはあいつだったのかな？　が、あいつがとうとう死んでしまったとすると、こんどは？　……ああ、あんなことを院長が言ってくれなければよかったんだに……」

私はその看護婦が大きな花束を抱えたままバルコンの蔭に隠れてしまってからも、うつけたように窓硝子《まどガラス》に顔をくっつけていた。

「何をそんなに見ていらっしゃるの？」ベッドから病人が私に問うた。

「こんな雨の中で、さっきから花を採っている看護婦が居るんだけれど、あれは誰だろうかしら？」

私はそう独り言のようにつぶやきながら、やっとその窓から離れた。

　しかし、その日はとうとう一日中、私はなんだか病人の顔をまともに見られずに居た。何もかも見抜いていながら、わざと知らぬような様子をして、ときどき私の方をじっと病人が見ているような気さえされて、それが私を一層苦しめた。こんな風にお互に分たれない不安や恐怖を抱きはじめて、二人が二人で少しずつ別々にものを考え出すなんと云うことは、いけないことだと思い返しては、私は早くこんな出来事は忘れてしまおうと努めながら、又いつのまにやらその事ばかりを頭に浮べていた。そしてしまいには、私達がこのサナトリウムに初めて着いた雪のふる晩に病人が見たという夢、はじめはそれを聞くまいとしながら遂に打ち負けて病人からそれを聞き出してしまったあの不吉な夢のことまで、いままでずっと忘れていたのに、ひょっくり思い浮べたりしていた。――その不思議な夢の中で、病人は死骸になって棺の中に臥ていた。人々はその棺を担いながら、何処だか知らない野原を横切ったり、森の中へはいったりした。もう死んでいる彼女はしかし、棺の中から、すっかり冬枯れた野面や、黒い樅《もみ》の木などをありありと見たり、その上をさびしく吹いて過ぎる風の音を耳に聞いたりしていた、……その夢から醒《さ》めてからも、彼女は自分の耳がとても冷たくて、樅のざわめきがまだそれを充たしているのをまざまざと感じていた。……

そんな霧のような雨がなお数日降り続いているうちに、すでにもう他の季節になっていた。サナトリウムの中も、気がついて見ると、あれだけ多数になっていた患者達も一人去り二人去りして、そのあとにはこの冬をこちらで越さなければならないような重い患者達ばかりが取り残され、又、夏の前のような寂しさに変り出していた。第十七号室の患者の死がそれを急に目立たせた。

九月の末の或る朝、私が廊下の北側の窓から何気なしに裏の雑木林の方へ目をやって見ると、その霧ぶかい林の中にいつになく人が出たり入ったりしているのが異様に感じられた。看護婦達に訊《き》いて見ても何も知らないような様子をしていた。それっきり私もつい忘れていたが、翌日もまた、早朝から二三人の人夫が来て、その丘の縁にある栗の木らしいものを伐《き》り倒しはじめているのが霧の中に見えたり隠れたりしていた。

その日、私は患者達がまだ誰も知らずにいるらしいその前日の出来事を、ふとしたことから聞き知った。それはなんでも、例の気味のわるい神経衰弱の患者がその林の中で縊死《いし》していたと云う話だった。そう云えば、どうかすると日に何度も見かけた、あの附添看護婦の腕にすがって廊下を往ったり来たりしていた大きな男が、昨日から急に姿を消してしまっていることに気がついた。

「あの男の番だったのか……」第十七号室の患者が死んでからというものすっかり神

経質になっていた私は、それからまだ一週間と立たないうちに引き続いて起ったそんな思いがけない死のために、思わずほっとしたような気持になった。そしてそれは、そんな陰惨な死から当然私が受けたにちがいない気味悪さすら、私にはそのために殆んど感ぜられずにしまったと云っていいほどであった。

「こないだ死んだ奴の次ぎ位に悪いと言われていたって、何も死ぬと決まっているわけのものじゃないんだからなあ」私はそう気軽そうに自分に向って言って聞かせたりした。

　裏の林の中の栗の木が二三本ばかり伐り取られて、何んだか間の抜けたようになってしまった跡は、今度はその丘の縁を、引きつづき人夫達が切り崩し出し、そこからすこし急な傾斜で下がっている病棟の北側に沿った少しばかりの空地にその土を運んでは、そこいら一帯を緩やかなぞえにしはじめていた。人はそこを花壇に変える仕事に取りかかっているのだ。

⁂

「お父さんからお手紙だよ」

私は看護婦から渡された一束の手紙の中から、その一つを節子に渡した。彼女はべッドに寝たままそれを受取ると、急に少女らしく目を赫《かがや》かせながら、それを読み出した。

「あら、お父様がいらっしゃるんですって」

旅行中の父は、その帰途を利用して近いうちにサナトリウムへ立ち寄るということを書いて寄こしたのだった。

それは或る十月のよく晴れた、しかし風のすこし強い日だった。近頃、寝たきりだったので食欲が衰え、やや痩《や》せの目立つようになった節子は、その日からつとめて食事をし、ときどきベッドの上に起きて居たり、腰かけたりしだした。彼女はまたときどき思い出し笑いのようなものを顔の上に漂わせた。私はそれに彼女がいつも父の前でのみ浮べる少女らしい微笑の下描きのようなものを認めた。私はそういう彼女のするがままにさせていた。

それから数日立った或る午後、彼女の父はやって来た。

彼はいくぶん前よりか顔にも老《おい》を見せていたが、それよりももっと目立つほど背中を屈《かが》めるようにしていた。それが何んとはなしに病院の空気を彼が恐れでもしているような様子に見せた。そうして病室へはいるなり、彼はいつも私の坐りつけている病人の枕元に腰を下ろした。ここ数日、すこし身体を動かし過ぎたせいか、昨日の夕方いくらか熱を出し、医者の云いつけで、彼女はその期待も空しく、朝からずっと安静を命じられていた。

殆んどもう病人は癒《なお》りかけているものと思い込んでいたらしいのに、まだそうして寝たきりで居るのを見て、父はすこし不安そうな様子だった。そしてその原因を調べでもするかのように、病室の中を仔細《しさい》に見廻したり、看護婦達の一々の動作を見守ったり、それからバルコンにまで出て行って見たりしていたが、それらはいずれも彼を満足させたらしかった。そのうちに病人がだんだん興奮よりも熱のせいで頰を薔薇色《ばらいろ》にさせ出したのを見ると、「しかし顔色はとてもいい」と、娘が何処か良くなっていることを自分自身に納得させたいかのように、そればかり繰り返していた。

私はそれから用事を口実にして病室を出て行き、彼等を二人きりにさせて置いた。やがてしばらくしてから、再びはいって行って見ると、病人はベッドの上に起き直っていた。そして掛布の上に、父のもってきた菓子函《かしばこ》や他の紙包を一ぱいに拡げていた。それは少女時代彼女の好きだった、そして今でも好きだと父の思っているようなものばかりらしかった。私を見ると、彼女はまるで悪戯《いたずら》を見つけられた少女のように、顔を赧《あか》くしながら、それを片づけ、すぐ横になった。

私はいくぶん気づまりになりながら、二人からすこし離れて、窓ぎわの椅子に腰かけた。二人は、私のために中断されたらしい話の続きを、さっきよりも低声《こごえ》で、続け出した。それは私の知らない馴染みの人々や事柄に関するものが多かった。そのうちの或る物は、彼女に、私の知り得ないような小さな感動をさえ与えているらしかった。

私は二人のさも愉《たの》しげな対話を何かそういう絵でも見ているかのように、見較べていた。そしてそんな会話の間に父に示す彼女の表情や抑揚のうちに、何か非常に少女らしい輝きが蘇《よみがえ》るのを私は認めた。そしてそんな彼女の子供らしい幸福の様子が、私に、私の知らない彼女の少女時代のことを夢みさせていた。……

ちょっとの間、私達が二人きりになった時、私は彼女に近づいて、揶揄《からか》うように耳打ちした。

「お前は今日はなんだか見知らない薔薇色の少女みたいだよ」

「知らないわ」彼女はまるで小娘のように顔を両手で隠した。

＊＊＊

父は二日滞在して行った。

出発する前、父は私を案内役にして、サナトリウムのまわりを歩いた。が、それは私と二人きりで話すのが目的だった。空には雲ひとつない位に晴れ切った日だった。

いつになくくっきりと赭《あか》ちゃけた山肌を見せている八ヶ岳などを私が指して示しても、父はそれにはちょっと目を上げるきりで、熱心に話をつづけていた。

「ここはどうもあれの身体には向かないのではないだろうか？　もう半年以上にもなるのだから、もうすこし良くなって居そうなものだが……」

「さあ、今年の夏は何処も気候が悪かったのではないでしょうか？　それにこういう山の療養所なんぞは冬がいいのだと云いますが……」

「それは冬まで辛抱して居られればいいのかも知れんが……しかしあれには冬まで我慢できまい……」

「しかし自分では冬も居る気でいるようですよ」私はこういう山の孤独がどんなに私達の幸福を育《はぐく》んでいて呉れるかと云うことを、どうしたら父に理解させられるだろうかともどかしがりながら、しかしそういう私達のために父の払っている犠牲のことを思えば何んともそれを言い出しかねて、私達のちぐはぐな対話を続けていた。「まあ、折角山へ来たのですから、居られるだけ居て見るようになさいませんか？」

「……だが、あなたも冬迄一緒に居て下されるのか？」

「ええ、勿論居ますとも」

「それはあなたには本当にすまんな。……だが、あなたは、いま仕事はして居られるのか？」

「しかし、あなたも病人にばかり構って居らずに、仕事も少しはなさらなければいけないね」

「いいえ……」

「ええ、これから少し……」と私は口籠《くちごも》るように言った。

――「そうだ、おれは随分長いことおれの仕事を打棄《うっちゃ》らかしていたなあ。なんとかして今のうちに仕事もし出さなければあいけない」……そんなことまで考え出しながら、何かしら私は気持が一ぱいになって来た。それから私達はしばらく無言のまま、丘の上に佇《たたず》みながら、いつのまにか西の方から中空にずんずん拡がり出した無数の鱗《うろこ》のような雲をじっと見上げていた。

やがて私達はもうすっかり木の葉の黄ばんだ雑木林の中を通り抜けて、裏手から病院へ帰って行った。その日も、人夫が二三人で、例の丘を切り崩していた。その傍を通り過ぎながら、私は「何んでもここへ花壇をこしらえるんだそうですよ」といかにも何気なさそうに言ったきりだった。

夕方停車場まで父を見送りに行って、私が帰って来て見ると、病人はベッドの中で身体を横向きにしながら、激しい咳にむせっていた。こんなに激しい咳はこれまで一

度もしたことはないくらいだった。その発作がすこし鎮まるのを待ちながら、私が、「どうしたんだい？」と訊《たず》ねると、

「なんでもないの。……じき止まるわ」病人はそれだけやっと答えた。「その水を頂戴」

私はフラスコからコップに水をすこし注いで、それを彼女の口に持って行ってやった。彼女はそれを一口飲むと、しばらく平静にしていたが、そんな状態は短い間に過ぎ、又も、さっきよりも激しい位の発作が彼女を襲った。私は殆んどベッドの端までのり出して身もだえしている彼女をどうしようもなく、ただこう訊《き》いたばかりだった。

「看護婦を呼ぼうか？」

「…………」

彼女はその発作が鎮まっても、いつまでも苦しそうに身体をねじらせたまま、両手で顔を蔽《おお》いながら、ただ頷《うなず》いて見せた。

私は看護婦を呼びに行った。そして私に構わず先きに走っていった看護婦のすこし後から病室へはいって行くと、病人はその看護婦に両手で支えられるようにしながら、いくぶん楽そうな姿勢に返っていた。が、彼女はうつけたようにぼんやりと目を見ひらいているきりだった。咳の発作は一時止まったらしかった。

看護婦は彼女を支えていた手を少しずつ放しながら、

「もう止まったわね。……すこうし、そのままじっとしていらっしゃいね」と言って、乱れた毛布などを直したりしはじめた。「いま注射を頼んで来て上げるわ」

看護婦は部屋を出て行きながら、何処に居ていいか分らなくなってドアのところに棒立ちに立っていた私に、ちょっと耳打ちした。「すこし血痰《けつたん》を出してよ」

私はやっと彼女の枕元に近づいて行った。

彼女はぼんやりと目は見ひらいていたが、なんだか眠っているとしか思えなかった。私はその蒼ざめた額にほつれた小さな渦を巻いている髪を搔き上げてやりながら、その冷たく汗ばんだ額を私の手でそっと撫でた。彼女はやっと私の温かい存在をそれに感じでもしたかのように、ちらっと謎のような微笑を脣《くちびる》に漂わせた。

＊＊＊

絶対安静の日々が続いた。

病室の窓はすっかり黄色い日覆を卸《おろ》され、中は薄暗くされていた。看護婦達も足を爪立てて歩いた。私は殆んど病人の枕元に附きっきりでいた。夜伽《よとぎ》も一人で引き受けていた。ときどき病人は私の方を見て何か言い出しそうにした。私はそれを言わせないように、すぐ指を私の口にあてた。

そのような沈黙が、私達をそれぞれ各自の考えの裡《うち》に引っ込ませていた。が、私達はただ相手が何を考えているのかを、痛いほどはっきりと感じ合っていた。そして私が、今度の出来事を恰《あたか》も自分のために病人が犠牲にしていて呉れたものが、ただ目に見えるものに変っただけかのように思いつめている間、病人はまた病人で、これまで二人してあんなにも細心に細心にと育て上げてきたものを自分の軽はずみから一瞬に打ち壊してしまいでもしたように悔いているらしいのが、はっきりと私に感じられた。

そしてそういう自分の犠牲を犠牲ともしないで、自分の軽はずみなことばかりを責めているように見える病人のいじらしい気持が、私の心をしめつけていた。そういう犠牲をまで病人に当然の代償のように払わせながら、それがいつ死の床になるかも知れぬようなベッドで、こうして病人と共に愉《たの》しむようにして味わっている生の快楽――それこそ私達を、この上なく幸福にさせてくれるものだと私達が信じているもの、――それは果して私達を本当に満足させ了《おお》せるものだろうか？　私達がいま私達の幸福だと思っているものは、私達がそれを信じているよりは、もっと束の間のもの、もっと気まぐれに近いようなものではないだろうか？　……

夜伽に疲れた私は、病人の微睡《まどろ》んでいる傍で、そんな考えをとつおいつしながら、この頃ともすれば私達の幸福が何物かに脅かされがちなのを、不安そうに感じていた。

その危機は、しかし、一週間ばかりで立ち退いた。

或る朝、看護婦がやっと病室から日覆を取り除けて、窓の一部を開け放して行った。窓から射し込んで来る秋らしい日光をまぶしそうにしながら、

「気持がいいわ」と病人はベッドの中から蘇《よみがえ》ったように言った。

彼女の枕元で新聞を拡げていた私は、人間に大きな衝動を与える出来事なんぞと云うものは却《かえ》ってそれが過ぎ去った跡は何んだかまるで他所《よそ》の事のように見えるものだなあと思いながら、そういう彼女の方をちらりと見やって、思わず揶揄《やゆ》するような調子で言った。

「もうお父さんが来たって、あんなに興奮しない方がいいよ」

彼女は顔を心持ち赧《あか》らめながら、そんな私の揶揄を素直に受け入れた。

「こんどはお父様がいらっしゃったって知らん顔をして居てやるわ」

「それがお前に出来るんならねえ……」

そんな風に冗談でも言い合うように、私達はお互に相手の気持をいたわり合うようにしながら、一緒になって子供らしく、すべての責任を彼女の父に押しつけ合ったりした。

そうして私達は少しもわざとらしくなく、この一週間の出来事がほんの何かの間違

いに過ぎなかったような、気軽な気分になりながら、いましがたまで私達を肉体的ばかりでなく、精神的にも襲いかかっているように見えた危機を、事もなげに切り抜け出していた。少くとも私達にはそう見えた。……


或る晩、私は彼女の側で本を読んでいるうち、突然、それを閉じて、窓のところに行き、しばらく考え深そうに佇《たたず》んでいた。それから又、彼女の傍に帰った。私は再び本を取り上げて、それを読み出した。

「どうしたの？」彼女は顔を上げながら私に問うた。

「何んでもない」私は無造作にそう答えて、数秒時本の方に気をとられているような様子をしていたが、とうとう私は口を切った。

「こっちへ来てあんまり何もせずにしまったから、僕はこれから仕事でもしようかと考え出しているのさ」

「そうよ、お仕事をなさらなければいけないわ。お父様もそれを心配なさっていたわ」彼女は真面目な顔つきをして返事をした。「私なんかのことばかり考えていないで……」

「いや、お前のことをもっともっと考えたいんだ……」私はそのとき咄嗟《とっさ》に頭に浮んで来た或る小説の漠としたイデエをすぐその場で追い廻し出しながら、独り言のように言い続けた。「おれはお前のことを小説に書こうと思うのだよ。それより他のことは今のおれには考えられそうもないのだ。おれ達がこうしてお互に与え合っているこの幸福、——皆がもう行き止まりだと思っているところから始っているようなこの生の愉しさ、——そう云った誰も知らないような、おれ達だけのものを、おれはもっと確実なものに、もうすこし形をなしたものに置き換えたいのだ。分るだろう？」

「分るわ」彼女は自分自身の考えでも逐《お》うかのように私の考えを逐っていたらしく、それにすぐ応じた。が、それから口をすこし歪めるように笑いながら、

「私のことならどうでもお好きなようにお書きなさいな」と私を軽く遇《あしら》うように言い足した。

私はしかし、その言葉を率直に受取った。

「ああ、それはおれの好きなように書くともさ。……が、今度の奴はお前にもたんと助力して貰わなければならないのだよ」

「私にも出来ることなの？」

「ああ、お前にはね、おれの仕事の間、頭から足のさきまで幸福になっていて貰いたいんだ。そうでないと……」

一人でぼんやりと考え事をしているのよりも、こうやって二人で一緒に考え合って

いるみたいな方が、余計自分の頭が活潑《かっぱつ》に働くのを異様に感じながら、私はあとからあとからと湧いてくる思想に押されでもするかのように、病室の中をいつか往ったり来たりし出していた。

「あんまり病人の側にばかりいるから、元気がなくなるのよ。……すこしは散歩でもしていらっしゃらない？」

「うん、おれも仕事をするとなりあ」と私は目を赫《かがや》かせながら、元気よく答えた。

「うんと散歩もするよ」

＊＊＊

私はその森を出た。大きな沢を隔てながら、向うの森を越して、八ヶ岳の山麓《さんろく》一帯が私の目の前に果てしなく展開していたが、そのずっと前方、殆んどその森とすれすれぐらいのところに、一つの狭い村とその傾いた耕作地とが横たわり、そして、その一部にいくつもの赤い屋根を翼《つば》さのように拡げたサナトリウムの建物が、ごく小さな姿になりながらしかし明瞭《めいりょう》に認められた。

私は早朝から、何処をどう歩いて居るのかも知らずに、足の向くまま、自分の考えにすっかり身を任せ切ったようになって、森から森へとさ迷いつづけていたのだったたが、いま、そんな風に私の目のあたりに、秋の澄んだ空気が思いがけずに近よせているサナトリウムの小さな姿を、不意に視野に入れた刹那《せつな》、私は急に何か自分に憑《つ》いていたものから醒《さ》めたような気持で、その建物の中で多数の病人達に取り囲まれながら、毎日毎日を何気なさそうに過している私達の生活の異様さを、はじめてそれから引き離して考え出した。そうしてさっきから自分の裡《うち》に湧き立っている制作欲にそれからそれへと促されながら、私はそんな私達の奇妙な日ごと日ごとを一つの異常にパセティックな、しかも物静かな物語に置き換え出した。……「節子よ、これまで二人のものがこんな風に愛し合ったことがあろうとは思えない。いままでお前というものは居なかったのだもの。それから私というものも……」

私の夢想は、私達の上に起ったさまざまな事物の上を、或る時は迅速に過ぎ、或る時はじっと一ところに停滞し、いつまでもいつまでも躊躇《ためら》っているように見えた。私は節子から遠くに離れてはいたが、その間絶えず彼女に話しかけ、そして彼女の答えるのを聞いた。そういう私達についての物語は、生そのもののように、果てしがないように思われた。そうしてその物語はいつのまにかそれ自身の力でもって生きはじめ、私に構わず勝手に展開し出しながら、ともすれば一ところに停滞しがちな私を其処に取り残したまま、その物語自身があたかもそういう結果を欲しでもするかのように、病める女主人公の物悲しい死を作為しだしていた。——身の終りを予覚しながら、その衰えかかっている力を尽して、つとめて快活に、つとめて気高く生きようとしていた娘、――恋人の腕に抱かれながら、ただその残される者の悲しみを悲しみながら、自分はさも幸福そうに死んで行った娘、――そんな娘の影像が空《くう》に描いたようにはっきりと浮んでくる。……「男は自分達の愛を一層純粋なものにしようと試みて、病身の娘を誘うようにして山のサナトリウムにはいって行くが、死が彼等を脅かすようになると、男はこうして彼等が得ようとしている幸福は、果してそれが完全に得られたにしても彼等自身を満足させ得るものかどうかを、次第に疑うようになる。――が、娘はその死苦のうちに最後まで自分を誠実に介抱して呉れたことを男に感謝しながら、さも満足そうに死んで行く。そして男はそういう気高い死者に助けられながら、やっと自分達のささやかな幸福を信ずることが出来るようになる……」

そんな物語の結末がまるで其処に私を待ち伏せてでも居たかのように見えた。そして突然、そんな死に瀕《ひん》した娘の影像が思いがけない烈しさで私を打った。私はあたかも夢から覚めたかのように何んともかとも言いようのない恐怖と羞恥とに襲われた。そしてそういう夢想を自分から振り払おうとでもするように、私は腰かけていた橅《ぶな》の裸根から荒々しく立ち上った。

太陽はすでに高く昇っていた。山や森や村や畑、――そうしたすべてのものは秋の穏かな日の中にいかにも安定したように浮んでいた。かなたに小さく見えるサナトリウムの建物の中でも、すべてのものは毎日の習慣を再び取り出しているのに違いなかった。そのうち不意に、それらの見知らぬ人々の間で、いつもの習慣から取残されたまま、一人でしょんぼりと私を待っている節子の寂しそうな姿を頭に浮べると、私は急にそれが気になってたまらないように、急いで山径《やまみち》を下りはじめた。

私は裏の林を抜けてサナトリウムに帰った。そしてバルコンを迂回《うかい》しながら、一番はずれの病室に近づいて行った。私には少しも気がつかずに、節子は、ベッドの上で、いつもしているように髪の先きを手でいじりながら、いくぶん悲しげな目つきで空《くう》を見つめていた。私は窓硝子《まどガラス》を指で叩こうとしたのをふと思い止まりながら、そういう彼女の姿をじっと見入った。彼女は何かに脅かされているのを漸《や》っと怺《こら》えているとでも云った様子で、それでいてそんな様子をしていることなどは恐らく彼女自身も気がついていないのだろうと思える位、ぼんやりしているらしかった。……私は心臓をしめつけられるような気がしながら、そんな見知らない彼女の姿を見つめていた。……と突然、彼女の顔が明るくなったようだった。彼女は顔をもたげて、微笑さえしだした。彼女は私を認めたのだった。

私はバルコンからはいりながら、彼女の側に近づいて行った。

「何を考えていたの？」

「なんにも……」彼女はなんだか自分のでないような声で返事をした。

私がそのまま何も言い出さずに、すこし気が鬱《ふさ》いだように黙っていると、彼女は漸っといつもの自分に返ったような、親密な声で、「何処へ行っていらしったの？　随分長かったのね」

と私に訊《き》いた。

「向うの方だ」私は無雑作にバルコンの真正面に見える遠い森の方を指した。

「まあ、あんなところまで行ったの？　……お仕事は出来そう？」

「うん、まあ……」私はひどく無愛想に答えたきり、しばらくまた元のような無言に返っていたが、それから出し抜けに私は、

「お前、いまのような生活に満足しているかい？」

といくらか上ずったような声で訊いた。

彼女はそんな突拍子もない質問にちょっとたじろいだ様子をしていたが、それから私をじっと見つめ返して、いかにもそれを確信しているように頷《うなず》きながら、

「どうしてそんなことをお訊きになるの？」

と不審《いぶか》しそうに問い返した。

「おれは何んだかいまのような生活がおれの気まぐれなのじゃないかと思ったんだ。そんなものをいかにも大事なもののようにこうやってお前にも……」

「そんなこと言っちゃ厭《いや》」彼女は急に私を遮った。「そんなことを仰《おっ》しゃるのがあな

たの気まぐれなの」

けれども私はそんな言葉にはまだ満足しないような様子を見せていた。彼女はそういう私の沈んだ様子をしばらくは唯もじもじしながら見守っていたが、とうとう怺え切れなくなったとでも言うように言い出した。

「私が此処でもって、こんなに満足しているのが、あなたにはおわかりにならないの？　どんなに体の悪いときでも、私は一度だって家へ帰りたいなんぞと思ったことはないわ。若《も》しあなたが私の側に居て下さらなかったら、私は本当にどうなっていたでしょう？　……さっきだって、あなたがお留守の間、最初のうちはそれでもあなたのお帰りが遅ければ遅いほど、お帰りになったときの悦《よろこ》びが余計になるばかりだと思って、瘦我慢《やせがまん》していたんだけれど、――あなたがもうお帰りになると私の思い込んでいた時間をずうっと過ぎてもお帰りにならないので、しまいにはとても不安になって来たの。そうしたら、いつもあなたと一緒にいるこの部屋までがなんだか見知らない部屋のような気がしてきて、こわくなって部屋の中から飛び出したくなった位だったわ。……でも、それから漸《や》っとあなたのいつか仰《おっ》しゃったお言葉を考え出したら、すこうし気が落着いて来たの。あなたはいつか私にこう仰しゃったでしょう、――私達のいまの生活、ずっとあとになって思い出したらどんなに美しいだろうって……」

彼女はだんだん嗄《しゃが》れたような声になりながらそれを言い畢《お》えると、一種の微笑ともつかないようなもので口元を歪めながら、私をじっと見つめた。

彼女のそんな言葉を聞いているうちに、たまらぬほど胸が一ぱいになり出した私は、しかし、そういう自分の感動した様子を彼女に見られることを恐れでもするように、そっとバルコンに出て行った。そしてその上から、嘗《かつ》て私達の幸福をそこに完全に描き出したかとも思えたあの初夏の夕方のそれに似た――しかしそれとは全然異った秋の午前の光、もっと冷たい、もっと深味のある光を帯びた、あたり一帯の風景を私はしみじみと見入りだしていた。あのときの幸福に似た、しかしもっともっと胸のしめつけられるような見知らない感動で自分が一ぱいになっているのを感じながら……

冬

一九三五年十月二十日

午後、いつものように病人を残して、私はサナトリウムを離れると、収穫に忙しい農夫等の立ち働いている田畑の間を抜けながら、雑木林を越えて、その山の窪みにある人けの絶えた狭い村に下りた後、小さな谿流《けいりゅう》にかかった吊橋を渡って、その村の対岸にある栗の木の多い低い山へ攀《よ》じのぼり、その上方の斜面に腰を下ろした。そこで私は何時間も、明るい、静かな気分で、これから手を着けようとしている物語の構想に耽《ふけ》っていた。ときおり私の足もとの方で、思い出したように、子供等が栗の木をゆすぶって一どきに栗の実を落す、その谿《たに》じゅうに響きわたるような大きな音に愕《おどろ》かされながら……

そういう自分のまわりに見聞きされるすべてのものが、私達の生の果実もすでに熟していることを告げ、そしてそれを早く取り入れるようにと自分を促しでもしているかのように感ずるのが、私は好きであった。

ようやく日が傾いて、早くもその谿の村が向うの雑木山の影の中にすっかりはいってしまうのを認めると、私は徐《しず》かに立ち上って、山を下り、再び吊橋をわたって、あちらこちらに水車がごとごとと音を立てながら絶えず廻っている狭い村の中を何んということはなしに一まわりした後、八ヶ岳の山麓《さんろく》一帯に拡がっている落葉松林《からまつばやし》の縁《へり》を、もうそろそろ病人がもじもじしながら自分の帰りを待っているだろうと考えながら、心もち足を早めてサナトリウムに戻るのだった。

十月二十三日

明け方近く、私は自分のすぐ身近でしたような気のする異様な物音に驚いて目を覚ました。そうしてしばらく耳をそば立てていたが、サナトリウム全体は死んだようにひっそりとしていた。それからなんだか目が冴えて、私はもう寝つかれなくなった。

小さな蛾のこびりついている窓硝子《まどガラス》をとおして、私はぼんやりと暁の星がまだ二つ三つ幽《かす》かに光っているのを見つめていた。が、そのうちに私はそういう朝明けが何んとも云えずに寂しいような気がして来て、そっと起き上ると、何をしようとしているのか自分でも分らないように、まだ暗い隣りの病室へ素足のままではいって行った。そうしてベッドに近づきながら、節子の寝顔を屈《かが》み込《こ》むようにして見た。すると彼女は思いがけず、ぱっちりと目を見ひらいて、そんな私の方を見上げながら、

「どうなすったの？」と訝《いぶか》しそうに訊《き》いた。

私は何んでもないと云った目くばせをしながら、そのまま徐かに彼女の上に身を屈めて、いかにも怺《こら》え切《き》れなくなったようにその顔へぴったりと自分の顔を押しつけた。

「まあ、冷たいこと」彼女は目をつぶりながら、頭をすこし動かした。髪の毛がかすかに匂った。そのまま私達はお互のつく息を感じ合いながら、いつまでもそうしてじっと頬ずりをしていた。

「あら、又、栗が落ちた……」彼女は目を細目に明けて私を見ながら、そう囁《ささや》いた。

「ああ、あれは栗だったのかい。……あいつのお蔭でおれはさっき目を覚ましてしま

ったのだ」

私は少し上ずったような声でそう言いながら、そっと彼女を手放すと、いつの間にかだんだん明るくなり出した窓の方へ歩み寄って行った。そしてその窓に倚《よ》りかかって、いましがたどちらの目から滲《にじ》み出《で》たのかも分らない熱いものが私の頬を伝うがままにさせながら、向うの山の背にいくつか雲の動かずにいるあたりが赤く濁ったような色あいを帯び出しているのを見入っていた。畑の方からはやっと物音が聞え出した。

……

「そんな事をしていらっしゃるとお風を引くわ」ベッドから彼女が小さな声で言った。

私は何か気軽い調子で返事をしてやりたいと思いながら、彼女の方をふり向いた。が、大きく瞶《みは》って気づかわしそうに私を見つめている彼女の目と見合わせると、そんな言葉は出されなかった。そうして無言のまま窓を離れて、自分の部屋に戻って行った。

それから数分立つと、病人は明け方にいつもする、抑えかねたような劇《はげ》しい咳を出した。再び寝床に潜りこみながら、私は何んともかとも云われないような不安な気持でそれを聞いていた。

十月二十七日

私はきょうもまた山や森で午後を過した。

一つの主題が、終日、私の考えを離れない。真の婚約の主題――二人の人間がその余りにも短い一生の間をどれだけお互に幸福にさせ合えるか？　抗《あらが》いがたい運命の前にしずかに頭を項低《うなだ》れたまま、互に心と心と、身と身とを温め合いながら、並んで立っている若い男女の姿、――そんな一組としての、寂しそうな、それでいて何処か愉《たの》しくないこともない私達の姿が、はっきりと私の目の前に見えて来る。それを措《お》いて、いまの私に何が描けるだろうか？　……

果てしのないような山麓をすっかり黄ばませながら傾いている落葉松林の縁を、夕方、私がいつものように足早に帰って来ると、丁度サナトリウムの裏になった雑木林のはずれに、斜めになった日を浴びて、髪をまぶしいほど光らせながら立っている一人の背の高い若い女が遠く認められた。私はちょっと立ち止まった。どうもそれは節子らしかった。しかしそんな場所に一人きりのようなのを見て、果して彼女かどうか分らなかったので、私はただ前よりも少し足を早めただけだった。が、だんだん近づいて見ると、それはやはり節子であった。

「どうしたんだい？」私は彼女の側に駈けつけて、息をはずませながら訊いた。

「此処《ここ》であなたをお待ちしていたの」彼女は顔を少し赧《あか》くして笑いながら答えた。

「そんな乱暴な事をしても好いのかなあ」私は彼女の顔を横から見た。

「一遍くらいなら構わないわ。……それにきょうはとても気分が好いのですもの」つとめて快活な声を出してそう言いながら、彼女はなおもじっと私の帰って来た山麓《さんろく》の方を見ていた。「あなたのいらっしゃるのが、ずっと遠くから見えていたわ」

私は何も言わずに、彼女の側に並んで、同じ方角を見つめた。

彼女が再び快活そうに言った。「此処《ここ》まで出ると、八ヶ岳がすっかり見えるのね」

「うん」と私は気のなさそうな返事をしたきりだったが、そのままそうやって彼女と肩を並べてその山を見つめているうちに、ふいと何んだか不思議に混んがらかったような気がして来た。

「こうやってお前とあの山を見ているのはきょうが始めてだったね。だが、おれにはどうもこれまでに何遍もこうやってあれを見ていた事があるような気がするんだよ」

「そんな筈はないじゃあないの？」

「いや、そうだ……おれはいま漸《や》っと気がついた……おれ達はね、ずっと前にこの山を丁度向う側から、こうやって一しょに見ていたことがあるのだ。いや、お前とそれを見ていた夏の時分はいつも雲に妨げられて殆《ほとん》ど何も見えやしなかったのさ。……しかし秋になってから、一人でおれが其処《そこ》へ行って見たら、ずっと向うの地平線の果てに、この山が今とは反対の側から見えたのだ。あの遠くに見えた、どこの山だかちっ

「とも知らずにいたのが、確かにこれらしい。丁度そんな方角になりそうだ。……お前、あの薄《すすき》がたんと生い茂っていた原を覚えているだろう？」

「ええ」

「だが実に妙だなあ。いま、あの山の麓《ふもと》にこうしてこれまで何も気がつかずにお前と暮らしていたなんて……」丁度二年前の、秋の最後の日、一面に生い茂った薄の間からはじめて地平線の上にくっきりと見出したこの山々を遠くから眺めながら、殆ど悲しいくらいの幸福な感じをもって、二人はいつかはきっと一緒になれるだろうと夢見ていた自分自身の姿が、いかにも懐かしく、私の目に鮮かに浮んで来た。

私達は沈黙に落ちた。その上空を渡り鳥の群れらしいのが音もなくすうっと横切って行く、その並み重った山々を眺めながら、私達はそんな最初の日々のような慕わしい気持で、肩を押しつけ合ったまま、佇《たたず》んでいた。そうして私達の影がだんだん長くなりながら草の上を這うがままにさせていた。

やがて風が少し出たと見えて、私達の背後の雑木林が急にざわめき立った。私は「もうそろそろ帰ろう」と不意と思い出したように彼女に言った。

私達は絶えず落葉のしている雑木林の中へはいって行った。私はときどき立ち止まって、彼女を少し先きに歩かせた。二年前の夏、ただ彼女をよく見たいばかりに、わざと私の二三歩先きに彼女を歩かせながら森の中などを散歩した頃のさまざまな小さな思い出が、心臓をしめつけられる位に、私の裡《うち》に一ぱいに溢《あふ》れて来た。

十一月二日

夜、一つの明りが私達を近づけ合っている。その明りの下で、ものを言い合わないことにも馴れて、私がせっせと私達の生の幸福を主題にした物語を書き続けていると、その笠の陰になった、薄暗いベッドの中に、節子は其処にいるのだかいないのだか分らないほど、物静かに寝ている。ときどき私がそっちへ顔を上げると、さっきからじっと私を見つめつづけていたかのように私を見つめていることがある。「こうやってあなたのお側に居さえすれば、私はそれで好いの」と私にさも言いたくってたまらないでいるような、愛情を籠《こ》めた目つきである。ああ、それがどんなに今の私に自分達の所有している幸福を信じさせ、そしてこうやってそれにはっきりした形を与えることに努力している私を助けていて呉れることか!

十一月十日

冬になる。空は拡がり、山々はいよいよ近くなる。その山々の上方だけ、雪雲らしいのがいつまでも動かずにじっとしているようなことがある。そんな朝には山から雪に追われて来るのか、バルコンの上までがいつもはあんまり見かけたことのない小鳥で一ぱいになる。そんな雪雲の消え去ったあとは、一日ぐらいその山々の上方だけが薄白くなっていることがある。そしてこの頃はそんないくつかの山の頂きにはそういう雪がそのまま日立つほど残っているようになった。

私は数年前、屢々《しばしば》、こういう冬の淋しい山岳地方で、可愛らしい娘と二人きりで、世間から全く隔って、お互がせつなく思うほどに愛し合いながら暮らすことを好んで夢みていた頃のことを思い出す。私は自分の小さい時から失わずにいる甘美な人生へのかぎりない夢を、そういう人のこわがるような苛酷《かこく》なくらいの自然の中に、それをそっくりそのまま少しも害《そこな》わずに生かして見たかったのだ。そしてそのためにはどうしてもこういう本当の冬、淋しい山岳地方のそれでなければいけなかったのだ……

——夜の明けかかる頃、私はまだその少し病身な娘の眠っている間にそっと起きて、山小屋から雪の中へ元気よく飛び出して行く。あたりの山々は、曙《あけぼの》の光を浴びながら、薔薇色《ばらいろ》に赫《かがや》いている。私は隣りの農家からしぼり立ての山羊の乳を貰って、すっかり凍えそうになりながら戻ってくる。それから自分で煖炉《だんろ》に焚木《たきぎ》をくべる。やがてそれがぱちぱちと活潑な音を立てて燃え出し、その音で漸っとその娘が目を覚ます時分には、もう私はかじかんだ手をして、しかし、さも愉《たの》しそうに、いま自分達がそうやって暮している山の生活をそっくりそのまま書き取っている……

今朝、私はそういう自分の数年前の夢を思い出し、そんな何処《どこ》にだってありそうもない版画じみた冬景色を目のあたりに浮べながら、その丸木造りの小屋の中のさまざまな家具の位置を換えたり、それに就いて私自身と相談し合ったりしていた。それから遂にそんな背景はばらばらになり、ぼやけて消えて行きながら、ただ私の目の前には、その夢からそれだけが現実にはみ出しでもしたように、ほんの少しばかり雪の積った山々と、裸になった木立と、冷たい空気とだけが残っていた。……

一人で先きに食事をすませてしまってから、窓ぎわに椅子をずらしてそんな思い出に耽《ふけ》っていた私は、そのとき急に、いまやっと食事を了《お》え、そのままベッドの上に起きながら、なんとなく疲れを帯びたようなぼんやりした目つきで山の方を見つめている節子の方をふり向いて、その髪の毛の少しほつれている窶《やつ》れたような顔をいつになく痛々しげに見つめ出した。

「このおれの夢がこんなところまでお前を連れて来たようなものなのだろうかしら？」と私は何か悔いに近いような気持で一ぱいになりながら、口には出さずに、病人に向って話しかけた。

「それだというのに、この頃のおれは自分の仕事にばかり心を奪われている。そうしてこんな風にお前の側にいる時だって、おれは現在のお前の事なんぞちっとも考えてやりはしないのだ。それでいて、おれは仕事をしながらお前のことをもっともっと考えているのだと、お前にも、それから自分自身にも言って聞かせてある。そうしておれはいつのまにか好い気になって、お前の事よりも、おれの詰まらない夢なんぞにこんなに時間を潰《つぶ》し出しているのだ……」

そんな私のもの言いたげな目つきに気がついたのか、病人はベッドの上から、にっこりともしないで、真面目に私の方を見かえしていた。この頃いつのまにか、そんな具合に、前よりかずっと長い間、もっともっとお互を締めつけ合うように目と目を見合わせているのが、私達の習慣になっていた。

十一月十七日

私はもう二三日すれば私のノオトを書き了えられるだろう。それは私達自身のこうした生活に就いて書いていれば切りがあるまい。それをともかくも一応書き了えるためには、私は何か結末を与えなければならないのだろうが、今もなおこうして私達の生き続けている生活にはどんな結末だって与えたくはない。いや、与えられはしないだろう。寧《むし》ろ、私達のこうした現在のあるがままの姿でそれを終らせるのが一番好いだろう。

現在のあるがままの姿？　……私はいま何かの物語で読んだ「幸福の思い出ほど幸福を妨げるものはない」という言葉を思い出している。現在、私達の互に与え合っているものは、嘗《かつ》て私達の互に与え合っていた幸福とはまあ何んと異ったものになって来ているだろう！　それはそう云った幸福に似た、しかしそれとはかなり異った、もっともっと胸がしめつけられるように切ないものだ。こういう本当の姿がまだ私達の生の表面にも完全に現われて来ていないものを、このまま私はすぐ追いつめて行って、果してそれに私達の幸福の物語に相応《ふさわ》しいような結末を見出せるであろうか？　なぜだか分らないけれど、私がまだはっきりさせることの出来ずにいる私達の生の側面には、何んとなく私達のそんな幸福に敵意をもっているようなものが潜んでいるような気もしてならない。……

そんなことを私は何か落着かない気持で考えながら、明りを消して、もう寝入っている病人の側を通り抜けようとして、ふと立ち止まって暗がりの中にそれだけがほの白く浮いている彼女の寝顔をじっと見守った。その少し落ち窪んだ目のまわりがときどきぴくぴくと痙攣《ひっつ》れるようだったが、私にはそれが何物かに脅かされてでもいるように見えてならなかった。私自身の云いようもない不安がそれを唯そんな風に感じさせるに過ぎないであろうか？

十一月二十日

私はこれまで書いて来たノオトをすっかり読みかえして見た。私の意図したところは、これならまあどうやら自分を満足させる程度には書けているように思えた。が、それとは別に、私はそれを読み続けている自分自身の裡《うち》に、その物語の主題をなしている私達自身の「幸福」をもう完全には味わえそうもなくなっている、本当に思いがけない不安そうな私の姿を見出しはじめていた。そうして私の考えはいつかその物語そのものを離れ出していた。「この物語の中のおれ達はおれ達に許されるだけのささやかな生の愉《たの》しみを味わいながら、それだけで独自《ユニイク》にお互を幸福にさせ合えると信じていられた。少くともそれだけで、おれはおれの心を縛りつけていられるものと思っていた。――が、おれ達はあんまり高く狙い過ぎていたのであろうか？　そうして、おれはおれの生の欲求を少し許《ばか》り見くびり過ぎていたのであろうか？　そのために今、おれの心の縛がこんなにも引きちぎられそうになっているのだろうか？

……」

「可哀そうな節子……」と私は机にほうり出したノオトをそのまま片づけようともしないで、考え続けていた。「こいつはおれ自身が気づかぬようなふりをしていたそんなおれの生の欲求を沈黙の中に見抜いて、それに同情を寄せているように見えてならない。そしてそれが又こうしておれを苦しめ出しているのだ。……おれはどうしてこんなおれの姿をこいつに隠し了《おお》せることが出来なかったのだろう? 何んておれは弱いのだろうなあ……」

私は、明りの蔭になったベッドにさっきから目を半ばつぶっている病人に目を移すと、殆ど息づまるような気がした。私は明りの側を離れて、徐《しず》かにバルコンの方へ近づいて行った。小さな月のある晩だった。それは雲のかかった山だの、丘だの、森などの輪廓《りんかく》をかすかにそれと見分けさせているきりだった。そしてその他の部分は殆どすべて鈍い青味を帯びた闇の中に溶け入っていた。しかし私の見ていたものはそれ等のものではなかった。私は、いつかの初夏の夕暮に二人で切ないほどな同情をもって、そのまま私達の幸福を最後まで持って行けそうな気がしながら眺め合っていた、まだその何物も消え失せていない思い出の中の、それ等の山や丘や森などをまざまざと心に蘇《よみがえ》らせていたのだった。そして私達自身までがその一部になり切ってしまっていたようなそういう一瞬時の風景を、こんな具合にこれまでも何遍となく蘇らせたので、それ等のものもいつのまにか私達の存在の一部分になり、そしてもはや季節と共に変化してゆくそれ等のものの、現在の姿が時とすると私達には殆ど見えないものになってしまう位であった。……

「あのような幸福な瞬間をおれ達が持てたということは、それだけでももうおれ達がこうして共に生きるのに値したのであろうか？」と私は自分自身に問いかけていた。私の背後にふと軽い足音がした。それは節子にちがいなかった。が、私はふり向こうともせずに、そのままじっとしていた。彼女もまた何も言わずに、私から少し離れたまま立っていた。しかし、私はその息づかいが感ぜられるほど彼女を近ぢかと感じていた。ときおり冷たい風がバルコンの上をなんの音も立てずに掠《かす》め過ぎた。何処か遠くの方で枯木が音を引きむしられていた。

「何を考えているの？」とうとう彼女が口を切った。

私はそれにはすぐ返事をしないでいた。それから急に彼女の方へふり向いて、不確かなように笑いながら、

「お前には分っているだろう？」と問い返した。

彼女は何か罠《わな》でも恐れるかのように注意深く私を見た。それを見て、私は、「おれの仕事のことを考えているのじゃないか」とゆっくり言い出した。「おれにはどうしても好い結末が思い浮ばないのだ。おれはおれ達が無駄に生きていたようにはそれを終らせたくはないのだ。どうだ、一つお前もそれをおれと一しょに考えて呉れないか？」

彼女は私に微笑《ほほえ》んで見せた。しかし、その微笑みはどこかまだ不安そうであった。

「だってどんな事をお書きになったんだかも知らないじゃないの」彼女は漸《や》っと小声

で言った。

「そうだっけなあ」と私はもう一度不確かなように笑いながら言った。「それじゃあ、そのうちに一つお前にも読んで聞かせるかな。しかしまだ、最初の方だって人に読んで聞かせるほど纏《まと》まっちゃいないんだからね」

私達は部屋の中へ戻った。私が再び明りの側に腰を下ろして、其処にほうり出してあるノオトをもう一度手に取り上げて見ていると、彼女はそんな私の背後に立ったまま、私の肩にそっと手をかけながら、それを肩越しに覗き込むようにしていた。私はいきなりふり向いて、

「お前はもう寝た方がいいぜ」と乾いた声で言った。

「ええ」彼女は素直に返事をして、私の肩から手を少しためらいながら放すと、ベッドに戻って行った。

「なんだか寝られそうもないわ」二三分すると彼女がベッドの中で独り言のように言った。

「じゃ、明りを消してやろうか？……おれはもういいのだ」そう言いながら、私は明りを消して立ち上ると、彼女の枕もとに近づいた。そうしてベッドの縁に腰をかけながら、彼女の手を取った。私達はしばらくそうしたまま、暗《やみ》の中に黙り合っていた。

さっきより風がだいぶ強くなったと見える。それはあちこちの森から絶えず音を引

き捥《も》いでいた。そしてときどきそれをサナトリウムの建物にぶっつけ、どこかの窓をばたばた鳴らしながら、一番最後に私達の部屋の窓を少しきしらせた。それに怯《おび》えでもしているかのように、彼女はいつまでも私の手をはなさないでいた。そうして目をつぶったまま、自分の裡《うち》の何かの作用《はたらき》に一心になろうとしているように見えた。そのうちにその手が少し緩んできた。彼女は寝入ったふりをし出したらしかった。

「さあ、今度はおれの番か……」そんなことを呟きながら、私も彼女と同じように寝られそうもない自分を寝つかせに、自分の真っ暗な部屋の中へはいって行った。

十一月二十六日

この頃、私はよく夜の明けかかる時分に目を覚ます。そんなときは、私は屡々《しばしば》そっと起き上って、病人の寝顔をしげしげと見つめている。ベッドの縁や壜《びん》などはだんだん黄ばみかけて来ているのに、彼女の顔だけがいつまでも蒼白い。「可哀そうな奴だなあ」それが私の口癖にでもなったかのように自分でも知らずにそう言っているようなこともある。

けさも明け方近くに目を覚ました私は、長い間そんな病人の寝顔を見つめてから、爪先き立って部屋を抜け出し、サナトリウムの裏の、裸過ぎる位に枯れ切った林の中へはいって行った。もうどの木にも死んだ葉が二つ三つ残って、それが風に抗《あらが》っているきりだった。私がその空虚な林を出はずれた頃には、八ヶ岳の山頂を離れたばかりの日が、南から西にかけて立ち並んでいる山々の上に低く垂れたまま動こうともしないでいる雲の塊りを、見るまに赤あかと赫《かがや》かせはじめていた。が、そういう曙《あけぼの》の光も地上にはまだなかなか届きそうになかった。それらの山々の間に挟まれている冬枯れた森や畑や荒地は、今、すべてのものから全く打ち棄てられてでもいるような様子を見せていた。

私はその枯木林のはずれに、ときどき立ち止まっては寒さに思わず足踏みしながら、そこいらを歩き廻っていた。そうして何を考えていたのだか自分でも思い出せないような考えをとつおいつしていた私は、そのうち不意に頭を上げて、空がいつのまにか赫きを失った暗い雲にすっかり鎖《とざ》されているのを認めた。私はそれに気がつくと、ついさっきまでそれをあんなにも美しく焼いていた曙の光が地上に届くのをそれまで心待ちにしてでもいたかのように、急になんだか詰まらなそうな恰好《かっこう》をして、足早にサナトリウムに引返して行った。

節子はもう目を覚ましていた。しかし立ち戻った私を認めても、私の方へは物憂げにちらっと目を上げたきりだった。そしてさっき寝ていたときよりも一層蒼いような顔色をしていた。私が枕もとに近づいて、髪をいじりながら額に接吻しようとすると、彼女は弱々しく首を振った。私はなんにも訊《き》かずに、悲しそうに彼女を見ていた。が、彼女はそんな私をと云うよりも、寧《むし》ろ、そんな私の悲しみを見まいとするかのように、ぼんやりした目つきで空《くう》を見入っていた。

夜

何も知らずにいたのは私だけだったのだ。午前の診察の済んだ後で、私は看護婦長に廊下へ呼び出された。そして私ははじめて節子がけさ私の知らない間に少量の喀血《かっけつ》をしたことを聞かされた。彼女は私にはそれを黙っていたのだ。喀血は危険と云う程度ではないが、用心のためにしばらく附添看護婦をつけて置くようにと、院長が言い付けて行ったというのだ。——私はそれに同意するほかはなかった。

私は丁度空いている隣りの病室に、その間だけ引き移っていることにした。私はいま、二人で住んでいた部屋に何処から何処まで似た、それでいて全然見知らないような感じのする部屋の中に、一人ぼっちで、この日記をつけている。こうして私が数時間前から坐っているのに、どうもまだこの部屋は空虚のようだ。此処にはまるで誰もいないかのように、明りさえも冷たく光っている。

十一月二十八日

私は殆ど出来上っている仕事のノオトを、机の上に、少しも手をつけようとはせずに、ほうり出したままにして置いてある。それを仕上げるためにも、しばらく別々に暮らした方がいいのだと云うことを病人には云い含めて置いたのだ。

が、どうしてそれに描いたような私達のあんなに幸福そうだった状態に、今のようなこんな不安な気持のまま、私一人ではいって行くことが出来ようか？

私は毎日、二三時間隔《お》きぐらいに、隣りの病室に行き、病人の枕もとにしばらく坐っている。しかし病人に喋舌《しゃべ》らせることは一番好くないので、殆どものを言わずにいることが多い。看護婦のいない時にも、二人で黙って手を取り合って、お互になるたけ目も合わせないようにしている。

が、どうかして私達がふいと目を見合わせるようなことがあると、彼女はまるで私達の最初の日々に見せたような、一寸《ちょつと》気まりの悪そうな微笑《ほほえ》み方を私にして見せる。が、すぐ目を反らせて、空《くう》を見ながら、そんな状態に置かれていることに少しも不平を見せずに、落着いて寝ている。彼女は一度私に仕事は捗《はかど》っているのかと訊いた。私は首を振った。そのとき彼女は私を気の毒がるような見方をして見た。が、それきりもう私にそんなことは訊かなくなった。そして一日は、他の日に似て、まるで何事もないかのように物静かに過ぎる。

そして彼女は私が代って彼女の父に手紙を出すことさえ拒んでいる。

夜、私は遅くまで何もしないで机に向ったまま、バルコンの上に落ちている明りの影が窓を離れるにつれてだんだん幽《かす》かになりながら、暗《やみ》に四方から包まれているのを、あたかも自分の心の裡《うち》さながらのような気がしながら、ぼんやりと見入っている。ひょっとしたら病人もまだ寝つかれずに、私のことを考えているかも知れないと思いながら……

十二月一日

この頃になって、どうしたのか、私の明りを慕ってくる蛾がまた殖え出したようだ。

夜、そんな蛾がどこからともなく飛んで来て、閉め切った窓硝子《まどガラス》にはげしくぶつかり、その打撃で自ら傷つきながら、なおも生を求めてやまないように、死に身になって硝子に孔《あな》をあけようと試みている。私がそれをうるさがって、明りを消してベッドにはいってしまっても、まだしばらく物狂わしい羽搏《はばた》きをしているが、次第にそれが衰え、ついに何処かにしがみついたきりになる。そんな翌朝、私はかならずその窓の下に、一枚の朽ち葉みたいになった蛾の死骸を見つける。

今夜もそんな蛾が一匹、とうとう部屋の中へ飛び込んで来て、私の向っている明りのまわりをさっきから物狂わしくくるくると廻っている。やがてばさりと音を立てて私の紙の上に落ちる。そしていつまでもそのまま動かずにいる。それからまた自分の生きていることを漸《や》っと思い出したように、急に飛び立つ。自分でももう何をしているのだか分らずにいるのだとしか見えない。やがてまた、私の紙の上にばさりと音を立てて落ちる。

私は異様な怖れからその蛾を逐《お》いのけようともしないで、かえってさも無関心そうに、自分の紙の上でそれが死ぬままにさせて置く。

十二月五日

夕方、私達は二人きりでいた。附添看護婦はいましがた食事に行った。冬の日は既に西方の山の背にはいりかけていた。そしてその傾いた日ざしが、だんだん底冷えのしだした部屋の中を急に明るくさせ出した。私は病人の枕もとで、ヒイタアに足を載せながら、手にした本の上に身を屈《かが》めていた。そのとき病人が不意に、「あら、お父様」とかすかに叫んだ。

私は思わずぎくりとしながら彼女の方へ顔を上げた。私は彼女の目がいつになく赫《かがや》いているのを認めた。――しかし私はさりげなさそうに、今の小さな叫びが耳にはいらなかったらしい様子をしながら、

「いま何か言ったかい?」と訊《き》いて見た。

彼女はしばらく返事をしないでいた。が、その目は一層赫き出しそうに見えた。

「あの低い山の左の端に、すこうし日のあたった所があるでしょう?」彼女はやっと思い切ったようにベッドから手でその方をちょっと指して、それから何んだか言いにくそうな言葉を無理にそこから引出しでもするように、その指先きを今度は自分の口へあてがいながら、「あそこにお父様の横顔にそっくりな影が、いま時分になると、いつも出来るのよ。……ほら、丁度いま出来ているのが分らない?」

その低い山が彼女の言っている山であるらしいのは、その指先きを辿《たど》りながら私にもすぐ分ったが、唯そこいらへんには斜めな日の光がくっきりと浮き立たせている山《やま》襞《ひだ》しか私には認められなかった。

「もう消えて行くわ……ああ、まだ額のところだけ残っている……」

そのとき漸っと私はその父の額らしい山襞を認めることが出来た。それは父のがっしりとした額を私にも思い出させた。「こんな影にまで、こいつは心の裡《うち》で父を求めていたのだろうか? ああ、こいつはまだ全身で父を感じている、父を呼んでいる

……」

が、一瞬間の後には、暗《やみ》がその低い山をすっかり満たしてしまった。そしてすべての影は消えてしまった。

「お前、家へ帰りたいのだろう?」私はついと心に浮んだ最初の言葉を思わずも口に出した。

そのあとですぐ私は不安そうに節子の目を求めた。彼女は殆どすげないような目つきで私を見つめ返していたが、急にその目を反らせながら、

「ええ、なんだか帰りたくなっちゃったわ」と聞えるか聞えない位な、かすれた声で言った。

私は唇《くちびる》を嚙んだまま、目立たないようにベッドの側を離れて、窓ぎわの方へ歩み寄った。

私の背後で彼女が少し顫声《ふるえごえ》で言った。「御免なさいね。……だけど、いま一寸の間だけだわ。……こんな気持、じきに直るわ……」

私は窓のところに両手を組んだまま、言葉もなく立っていた。山々の麓《ふもと》にはもう暗《やみ》が塊まっていた。しかし山頂にはまだ幽《かす》かに光が漂っていた。突然咽《のど》をしめつけられるような恐怖が私を襲ってきた。私はいきなり病人の方をふり向いた。彼女は両手で顔を押さえていた。急に何もかもが自分達から失われて行ってしまいそうな、不安な

気持で一ぱいになりながら、私はベッドに駈けよって、その手を彼女の顔から無理に除けた。彼女は私に抗《あらが》おうとしなかった。

高いほどな額、もう静かな光さえ見せている目、引きしまった口もと、――何一つ いつもと少しも変っていず、いつもよりかもっともっと犯し難いように私には思われた。……そうして私は何んでもないのにそんなに怯《おび》え切っている私自身を反って子供のように感ぜずにはいられなかった。私はそれから急に力が抜けてしまったようになって、がっくりと膝を突いて、ベッドの縁に顔を埋めた。そうしてそのままいつまでもぴったりとそれに顔を押しつけていた。病人の手が私の髪の毛を軽く撫でているのを感じ出しながら……

部屋の中までもう薄暗くなっていた。

一九三六年十二月一日　K・・村にて

死のかげの谷

殆《ほとん》ど三年半ぶりで見るこの村は、もうすっかり雪に埋まっていた。一週間ばかりも前から雪がふりつづいていて、けさ漸《や》っとそれが歇《や》んだのだそうだ。炊事の世話を頼んだ村の若い娘とその弟が、その男の子のらしい小さな橇《そり》に私の荷物を載せて、これからこの冬を其処《そこ》で私の過ごそうという山小屋まで、引き上げて行ってくれた。その橇のあとに附いてゆきながら、途中で何度も私は滑りそうになった。それほどもう谷かげの雪はこちこちに凍《し》みついてしまっていた。……

　私の借りた小屋は、その村からすこし北へはいった、或《ある》小さな谷にあって、そこいらにも古くから外人たちの別荘があちこちに立っている、――なんでもそれらの別荘の一番はずれになっている筈だった。其処に夏を過ごしに来る外人たちがこの谷を称して幸福の谷と云っているとか。こんな人けの絶えた、淋しい谷の、一体どこが幸福の谷なのだろう、と私は今はどれもこれも雪に埋もれたまんま見棄てられているそう云う別荘を一つ一つ見過ごしながら、その谷を二人のあとから遅れがちに登って行くうちに、ふいとそれとは正反対の谷の名前さえ自分の口を衝《つ》いて出そうになった。私はそれを何かためらいでもするようにちょっと引っ込めかけたが、再び気を変えてとうとう口に出した。死のかげの谷。……そう、よっぽどそう云った方がこの谷には似合いそうだな、少くともこんな冬のさなか、こういうところで寂しい鰥暮《やもめぐ》らしをしようとしているおれにとっては。――と、そんな事を考え考え、漸っと私の借りる一番最後の小屋の前まで辿り着いてみると、申しわけのように小さなヴェランダの附いた、その木皮葺《きはだぶ》きの小屋のまわりには、それを取囲んだ雪の上になんだか得体の知れない足跡が一ぱい残っている。姉娘がその締め切られた小屋の中へ先きにはいって雨戸などを明けている間、私はその小さな弟からこれは兎これは栗鼠《りす》、それからこれは雉子《きじ》と、それらの異様な足跡を一々教えて貰っていた。

それから私は、半ば雪に埋もれたヴェランダに立って、周囲を眺めまわした。私達がいま上って来た谷陰は、そこから見下ろすと、いかにも恰好《かっこう》のよい小ぢんまりとした谷の一部分になっている。ああ、いましがた例の橇に乗って一人だけ先きに帰っていった、あの小さな弟の姿が、裸の木と木との間から見え隠れしている。その可哀らしい姿がとうとう下方の枯木林の中に消えてしまうまで見送りながら、一わたりその谷間を見畢《みおわ》った時分、どうやら小屋の中も片づいたらしいので、私ははじめてその中にはいって行った。壁まですっかり杉皮が張りつめられてあって、天井も何もない程の、思ったよりも粗末な作りだが、悪い感じではなかった。すぐ二階にも上って見たが、寝台から椅子と何から何まで二人分ある。丁度お前と私とのためのように。――そう云えば、本当にこう云ったような山小屋で、お前と差し向いの寂しさで暮らすことを、昔の私はどんなに夢見ていたことか！……

夕方、食事の支度が出来ると、私はそのまますぐ村の娘を帰らせた。それから私は一人で煖炉《だんろ》の傍に大きな卓子を引き寄せて、その上で書きものから食事一切をすることに極めた。その時ひょいと頭の上に掛かっている暦がいまだに九月のままになっているのに気がついて、それを立ち上がって剝《は》がすと、きょうの日附のところに印をつけて置いてから、さて、私は実に一年ぶりでこの手帳を開いた。

十二月二日

どこか北の方の山がしきりに吹雪いているらしい。きのうなどは手に取るように見えていた浅間山も、きょうはすっかり雪雲に掩《おお》われ、その奥でさかんに荒れていると見え、この山麓《さんろく》の村までその巻添えを食らって、ときどき日が明るく射しながら、ちらちらと絶えず雪が舞っている。どうかして不意にそんな雪の端が谷の上にかかりでもすると、その谷を隔てて、ずっと南に連った山々のあたりにはくっきりと青空が見えながら、谷全体が翳《かげ》って、ひとしきり猛烈に吹雪く。と思うと、又ぱあっと日があたっている。……

そんな谷の絶えず変化する光景を窓のところに行ってちょっと眺めやっては、又すぐ煖炉《だんろ》の傍に戻って来たりして、そのせいでか、私はなんとなく落着かない気持で一日じゅうを過ごした。

昼頃、風呂敷包を背負った村の娘が足袋跣《たびはだ》しで雪の中をやって来てくれた。手から顔まで霜焼けのしているような娘だが、素直そうで、それに無口なのが何よりも私には工合が好い。又きのうのように食事の用意だけさせて置いて、すぐに帰らせた。それから私はもう一日が終ってしまったかのように、煖炉の傍から離れないで、何もせずにぼんやりと、焚木《たきぎ》がひとりでに起る風に煽《あお》られつつぱちぱちと音を立てながら燃えるのを見守っていた。

そのまま夜になった。一人で冷めたい食事をすませてしまうと、私の気持もいくぶん落着いてきた。雪は大した事にならずに止んだようだが、そのかわり風が出はじめていた。火が少しでも衰えて音をしずめると、その隙々に、谷の外側でそんな風が枯木林から音を引き捥《も》いでいるらしいのが急に近ぢかと聞えて来たりした。

それから一時間ばかり後、私は馴れない火にすこし逆上《のぼ》せたようになって、外気にあたりに小屋を出た。そうしてしばらく真っ暗な戸外を歩き廻っていたが、やっと顔が冷え冷えとしてきたので、再び小屋にはいろうとしかけながら、その時はじめて中から洩れてくる明りで、いまもなお絶えず細かい雪が舞っているのに気がついた。私は小屋にはいると、すこし濡れた体を乾かしに、再び火の傍に寄って行った。が、そうやって又火にあたっているうちに、いつしか体を乾かしている事も忘れたようにぼんやりとして、自分の裡《うち》に或る追憶を蘇《よみがえ》らせていた。それは去年のいま頃、私達のいた山のサナトリウムのまわりに、丁度今夜のような雪の舞っている夜ふけのことだった。私は何度もそのサナトリウムの入口に立っては、電報で呼び寄せたお前の父の来るのを待ち切れなさそうにしていた。やっと真夜中近くになって父は着いた。しかしお前はそういう父をちらりと見ながら、脣《くちびる》のまわりにふと微笑ともつかないようなものを漂わせたきりだった。父は何も云わずにそんなお前の憔悴《しょうすい》し切った顔をじっと見守っていた。そうしてはときおり私の方へいかにも不安そうな目を向けた。が、私はそれには気がつかないようなふりをして、唯、お前の方ばかりを見るともなしに見やっていた。そのうちに突然お前が何か口ごもったような気がしたので、私がお前の傍に寄ってゆくと、殆ど聞えるか聞えない位の小さな声で、「あなたの髪に雪がついているの……」とお前は私に向って云った。——いま、こうやって一人きりで火の傍にうずくまりながら、ふいと蘇ったそんな思い出に誘われるようにして、私が何んの気なしに自分の手を頭髪に持っていって見ると、それはまだ濡れるともなく濡れていて、冷めたかった。私はそうやって見るまで、それには少しも気がつかずにいた。……

十二月五日

この数日、云いようもないほどよい天気だ。朝のうちはヴェランダ一ぱいに日が射し込んでいて、風もなく、とても温かだ。けさなどはとうとうそのヴェランダに小さな卓や椅子を持ち出して、まだ一面に雪に埋もれた谷を前にしながら、朝食をはじめた位だ。本当にこうして一人っきりでいるのはなんだか勿体《もったい》ないようだ、と思いながら朝食に向っているうち、ひょいとすぐ目の前の枯れた灌木《かんぼく》の根もとへ目をやると、いつのまにか雉子《きじ》が来ている。それも二羽、雪の中に餌をあさりながら、ごそごそと歩きまわっている……

「おい、来て御覧、雉子が来ているぞ」

私は恰《あたか》もお前が小屋の中に居でもするかのように想像して、声を低めてそう一人ごちながら、じっと息をつめてその雉子を見守っていた。お前がうっかり足音でも立てはしまいかと、それまで気づかいながら……

その途端、どこかの小屋で、屋根の雪がどおっと谷じゅうに響きわたるような音を立てながら雪崩《なだ》れ落ちた。私は思わずどきりとしながら、まるで自分の足もとからのように二羽の雉子が飛び立ってゆくのを呆気にとられて見ていた。そのとき殆ど同時に、私は自分のすぐ傍に立ったまま、お前がそういう時の癖で、何も言わずに、ただ大きく目を瞠《みは》りながら私をじっと見つめているのを、苦しいほどまざまざと感じた。

午後、私ははじめて谷の小屋を下りて、雪の中に埋まった村を一周りした。夏から秋にかけてしかこの村を知っていない私には、いま一様に雪をかぶっている森だの、道だの、釘づけになった小屋だのが、どれもこれも見覚えがありそうでいて、どうしてもその以前の姿を思い出されなかった。昔、私が好んで歩きまわった水車の道に沿って、いつか私の知らない間に、小さなカトリック教会さえ出来ていた。しかもその美しい素木造《しらきづく》りの教会は、その雪をかぶった尖《とが》った屋根の下から、すでにもう黒ずみかけた壁板すらも見せていた。それが一層そのあたり一帯を私に何か見知らないように思わせ出した。それから私はよくお前と連れ立って歩いたことのある森の中へも、まだかなり深い雪を分けながらはいって行って見た。やがて私は、どうやら見覚えのあるような気のする一本の樅《もみ》の木を認め出した。が、漸《や》っとそれに近づいて見たら、その樅の中からギャッと鋭い鳥の啼《な》き声《ごえ》がした。私がその前に立ち止まると、一羽の、ついぞ見かけたこともないような、青味を帯びた鳥がちょっと愕《おどろ》いたように羽搏《はばた》いて飛び立ったが、すぐ他の枝に移ったままかえって私に挑みでもするように、再びギャッ、ギャッと啼き立てた。私はその樅の木からさえ、心ならずも立ち去った。

十二月七日

集会堂の傍らの、冬枯れた林の中で、私は突然二声ばかり郭公《かっこう》の啼きつづけたのを聞いたような気がした。その啼き声はひどく遠くでしたようにも、又ひどく近くでしたようにも思われて、それが私をそこいらの枯藪《かれやぶ》の中だの、枯木の上だの、空ざまを見まわせさせたが、それっきりその啼き声は聞えなかった。

それは矢張りどうも自分の聞き違えだったように私にも思われて来た。が、それよりも先きに、そのあたりの枯藪だの、枯木だの、空だのは、すっかり夏の懐しい姿に立ち返って、私の裡《うち》に鮮かに蘇えり出した。……

けれども、そんな三年前の夏の、この村で私の持っていたすべての物が既に失われて、いまの自分に何一つ残ってはいない事を、私が本当に知ったのもそれと一しょだった。

十二月十日

この数日、どういうものか、お前がちっとも生き生きと私に蘇《よみがえ》って来ない。そうしてときどきこうして孤独でいるのが私には殆どたまらないように思われる。朝なんぞ、煖炉《だんろ》に一度組み立てた薪がなかなか燃えつかず、しまいに私は焦《じ》れったくなって、それを荒あらしく引っ掻きまわそうとする。そんなときだけ、ふいと自分の傍らに気づかわしそうにしているお前を感じる。――私はそれから漸っと気を取りなおして、その薪をあらたに組み変える。

又午後など、すこし村でも歩いて来ようと思って、谷を下りてゆくと、この頃は雪解けがしている故、道がとても悪く、すぐ靴が泥で重くなり、歩きにくくてしようがないので、大抵途中から引っ返して来てしまう。そうしてまだ雪の凍《し》みついている、谷までさしかかると、思わずほっとしながら、しかしこん度はこれから自分の小屋までずっと息の切れるような上り道になる。そこで私はともすれば滅入りそうな自分の心を引き立てようとして、「たとひわれ死のかげの谷を歩むとも禍害《わざはひ》をおそれじ、なんぢ我とともに在《いま》せばなり……」と、そんなうろ覚えに覚えている詩篇の文句なんぞまで思い出して自分自身に云ってきかせるが、そんな文句も私にはただ空虚に感ぜられるばかりだった。

十二月十二日

夕方、水車の道に沿った例の小さな教会の前を私が通りかかると、そこの小使らしい男が雪泥の上に丹念に石炭殻を撒《ま》いていた。私はその男の傍に行って、冬でもずっとこの教会は開いているのですか、と何んという事もなしに訊《き》いて見た。
「今年はもう二三日うちに締めますそうで――」とその小使はちょっと石炭殻を撒く手を休めながら答えた。「去年はずっと冬じゅう開いて居りましたが、今年は神父様が松本の方へお出《いで》になりますので……」

「そんな冬でもこの村に信者はあるんですか？」と私は無躾《ぶしつ》けに訊いた。

「殆ど入らっしゃいませんが。……大抵、神父様お一人で毎日のお弥撒《ミサ》をなさいます」

私達がそんな立ち話をし出しているところへ、丁度外出先からその独逸人《ドイツじん》だとかいう神父が帰って来た。こん度は私がその日本語をまだ充分理解しない、しかし人なつこそうな神父に摑《つか》まって、何かと訊かれる番になった。そうしてしまいには何か聞き違えでもしたらしく、明日の日曜の弥撒には是非来い、と私はしきりに勧められた。

十二月十三日、日曜日

朝の九時頃、私は何を求めるでもなしにその教会へ行った。小さな蠟燭《ろうそく》の火のともった祭壇の前で、もう神父が一人の助祭と共に弥撒をはじめていた。信者でもなんでもない私は、どうして好いか分からず、唯、音を立てないようにして、一番後ろの方にあった藁《わら》で出来た椅子にそのままそっと腰を下ろした。が、やっと内のうす暗さに目が馴れてくると、それまで誰もいないものとばかり思っていた信者席の、一番前列の、柱のかげに一人黒ずくめのなりをした中年の婦人がうずくまっているのが目に入ってきた。そうしてその婦人がさっきからずっと跪《ひざま》ずき続けているらしいのに気がつくと、私は急にその会堂のなかのいかにも寒々としているのを身にしみて感じた。
……

それからも小一時間ばかり弥撒《ミサ》は続いていた。その終りかける頃、その婦人がふいと半巾《ハンカチ》を取りだして顔にあてがったのを私は認めた。しかしそれは何んのためだか、私には分からなかった。そのうちに漸っと弥撒が済んだらしく、神父は信者席の方へは振り向かずに、そのまま脇にあった小室の中へ一度引っ込んで行った。その婦人はなおもまだじっと身動きもせずにいた。が、その間に、私だけはそっと教会から抜け出した。

それはうす曇った日だった。私はそれから雪解けのした村の中を、いつまでも何か充たされないような気持で、あてもなくさ迷っていた。昔、お前とよく絵を描きにいった、真ん中に一本の白樺のくっきりと立った原へも行って見て、まだその根もとだけ雪の残っている白樺の木に懐しそうに手をかけながら、その指先きが凍《こご》えそうになるまで、立っていた。しかし、私にはその頃のお前の姿さえ殆ど蘇って来なかった。……とうとう私は其処も立ち去って、何んともいうにいわれぬ寂しい思いで、枯木の間を抜けながら、一気に谷を昇って、小屋に戻って来た。

そうしてはあはあと息を切らしながら、思わずヴェランダの床板に腰を下ろしていると、そのとき不意とそんなむしゃくしゃした私に寄り添ってくるお前が感じられた。が、私はそれにも知らん顔をして、ぼんやりと頬杖をついていた。その癖、そういうお前をこれまでになく生き生きと――まるでお前の手が私の肩にさわっていはしまいかと思われる位、生き生きと感じながら……

「もうお食事の支度が出来て居りますが――」

小屋の中から、もうさっきから私の帰りを待っていたらしい村の娘が、そう私を食事に呼んだ。私はふっと現《うつつ》に返りながら、このままもう少しそっとして置いて呉れたら好かりそうなものを、といつになく浮かない顔つきをして小屋の中にはいって行った。そうして娘には一言も口をきかずに、いつものような一人きりの食事に向った。

夕方近く、私はなんだかまだ苛《い》ら苛《い》らしたような気分のままその娘を帰してしまったが、それから暫らくするとその事をいくぶん後悔し出しながら、再びなんと云う事もなしにヴェランダに出て行った。そうしてまたさっきのように（しかしこん度はお前なしに……）ぼんやりとまだ大ぶ雪の残っている谷間を見下ろしていると、ゆっくり枯木の間を抜け抜け誰だかその谷じゅうをと見こう見しながら、だんだんこっちの方へ登って来るのが認められた。何処へ来たのだろうと思いながら見続けていると、それは私の小屋を捜しているらしい神父だった。

十二月十四日

きのうの夕方、神父と約束をしたので、私は教会へ訪ねて行った。あす教会を閉《とざ》して、すぐ松本へ立つとか云う事で、神父は私と話をしながらも、ときどき荷拵えをしている小使のところへ何か云いつけに立って行ったりした。そうしてこの村で一人の信者を得ようとしているのに、いま此処を立ち去るのはいかにも残念だと繰り返し言っていた。私はすぐにきのう教会で見かけた、やはり独逸人《ドイツじん》らしい中年の婦人を思い浮べた。そうしてその婦人のことを神父に訊こうとしかけながら、その時ひょっくりこれはまた神父が何か思い違えて、私自身のことを言っているのではあるまいかと云う気もされ出した。……

そう妙にちぐはぐになった私達の会話は、それからはますます途絶えがちだった。そうして私達はいつか黙り合ったまま、熱過ぎるくらいの煖炉《だんろ》の傍で、窓硝子《まどガラス》こしに、小さな雲がちぎれちぎれになって飛ぶように過ぎる、風の強そうなしかし冬らしく明るい空を眺めていた。

「こんな美しい空は、こういう風のある寒い日でなければ見られませんですね」神父がいかにも何気なさそうに口をきいた。

「本当に、こういう風のある、寒い日でなければ……」と私は鸚鵡《おうむ》がえしに返事をしながら、神父のいま何気なく言ったその言葉だけは妙に私の心にも触れてくるのを感じていた……

一時間ばかりそうやって神父のところに居てから、私が小屋に帰って見ると、小さな小包が届いていた。ずっと前から註文してあったリルケの「鎮魂歌《レクヰエム》」が二三冊の本と一しょに、いろんな附箋《ふせん》がつけられて、方々へ廻送されながら、やっとの事でいま私の許《もと》に届いたのだった。

夜、すっかりもう寝るばかりに支度をして置いてから、私は煖炉の傍で、風の音をときどき気にしながら、リルケの「レクヰエム」を読み始めた。

十二月十七日

又雪になった。けさから殆ど小止みもなしに降りつづいている。そうして私の見ている間に目の前の谷は再び真っ白になった。こうやっていよいよ冬も深くなるのだ。きょうも一日中、私は煖炉の傍らで暮らしながら、ときどき思い出したように窓ぎわに行って雪の谷をうつけたように見やっては、又すぐに煖炉に戻って来て、リルケの「レクヰエム」に向っていた。未だにお前を静かに死なせておこうとはせずに、お前を求めてやまなかった、自分の女々しい心に何か後悔に似たものをはげしく感じながら……

私は死者達を持つてゐる、そして彼等を立ち去るが儘にさせてあるが、
彼等が噂とは似つかず、非常に確信的で、
死んでゐる事にもすぐ慣れ、頗《すこぶ》る快活であるらしいのに
驚いている位だ。只お前——お前だけは帰って
来た。お前は私を掠め、まはりをさ迷ひ、何物かに
衝《つ》き当る、そしてそれがお前のために音を立てて、
お前を裏切るのだ。おお、私が手間をかけて学んで得た物を
私から取除けて呉れるな。正しいのは私で、お前が間違ってゐるのだ、
もしかお前が誰かの事物に郷愁を催してゐるのだつたら。我々はその事物を目の
前にしてゐても、
それは此処に在るのではない。我々がそれを知覚すると同時に
その事物を我々の存在から反映させてゐるきりなのだ。

十二月十八日

漸《ようや》く雪が歇《や》んだので、私はこういう時だとばかり、まだ行ったことのない裏の林を、奥へ奥へとはいって行って見た。ときどき何処かの木からどおっと音を立ててひとりでに崩れる雪の飛沫を浴びながら、私はさも面白そうに林から林へと抜けて行った。勿論、誰もまだ歩いた跡なんぞはなく、唯、ところどころに兎がそこいら中を跳ねまわったらしい跡が一めんに附いているきりだった。又、どうかすると雉子《きじ》の足跡のようなものがすうっと道を横切っていた……

しかし何処まで行っても、その林は尽きず、それにまた雪雲らしいものがその林の上に拡がり出してきたので、私はそれ以上奥へはいることを断念して途中から引っ返して来た。が、どうも道を間違えたらしく、いつのまにか私は自分自身の足跡をも見失っていた。私はなんだか急に心細そうに雪を分けながら、それでも構わずにずんずん自分の小屋のありそうな方へ林を突切って来たが、そのうちにいつからともなく私は自分の背後に確かに自分のではない、もう一つの足音がするような気がし出していた。それはしかし殆どあるかないか位の足音だった……

私はそれを一度も振り向こうとはしないで、ずんずん林を下りて行った。そうして私は何か胸をしめつけられるような気持になりながら、きのう読《よ》み畢《お》えたリルケの「レクヰエム」の最後の数行が自分の口を衝いて出るがままに任せていた。

帰って入らつしやるな。さうしてもしお前に我慢できたら、死者達の間に死んでお出《いで》。死者にもたんと仕事はある。けれども私に助力はしておくれ、お前の気を散らさない程度で、屢々遠くのものが私に助力をしてくれるやうに――私の裡で。

十二月二十四日

夜、村の娘の家に招《よ》ばれて行って、寂しいクリスマスを送った。こんな冬は人けの絶えた山間の村だけれど、夏なんぞ外人達が沢山はいり込んでくるような土地柄ゆえ、普通の村人の家でもそんな真似事をして楽しむものと見える。

九時頃、私はその村から雪明りのした谷陰をひとりで帰って来た。そうして最後の枯木林に差しかかりながら、私はふとその道傍に雪をかぶって一塊りに塊っている枯《かれ》藪《やぶ》の上に、何処からともなく、小さな光が幽《かす》かにぽつんと落ちているのに気がついた。こんなところにこんな光が、どうして射しているのだろうと訝《いぶか》りながら、そのどっか別荘の散らばった狭い谷じゅうを見まわして見ると、明りのついているのは、たった一軒、確かに私の小屋らしいのが、ずっとその谷の上方に認められるきりだった。……「おれはまあ、あんな谷の上に一人っきりで住んでいるのだなあ」と私は思いながら、その谷をゆっくりと登り出した。「そうしてこれまでは、おれの小屋の明りがこんな下の方の林の中にまで射し込んでいようなどとはちっとも気がつかずに。御覧……」と私は自分自身に向って言うように、「ほら、あっちにもこっちにも、殆どこの谷じゅうを掩《おお》うように、雪の上に点々と小さな光の散らばっているのは、どれもみんなおれの小屋の明りなのだからな。……」

漸《や》っとその小屋まで登りつめると、私はそのままヴェランダに立って、一体この小屋の明りは谷のどの位を明るませているのか、もう一度見て見ようとした。が、そうやって見ると、その明りは小屋のまわりにほんの僅かな光を投げているに過ぎなかった。そうしてその僅かな光も小屋を離れるにつれてだんだん幽かになりながら、谷間の雪明りとひとつになっていた。

「なあんだ、あれほどたんとに見えていた光が、此処で見ると、たったこれっきりなのか」と私はなんだか気の抜けたように一人ごちながら、それでもまだぼんやりとその明りの影を見つめているうちに、ふとこんな考えが浮んで来た。「――だが、この明りの影の工合なんか、まるでおれの人生にそっくりじゃあないか。おれは、おれの人生のまわりの明るさなんぞ、たったこれっ許《ばか》りだと思っているが、本当はこのおれの小屋の明りと同様に、おれの思っているよりかもっともっと沢山あるのだ。そうしてそいつ達がおれの意識なんぞ意識しないで、こうやって何気なくおれを生かして置いてくれているのかも知れないのだ……」

そんな思いがけない考えが、私をいつまでもその雪明りのしている寒いヴェランダの上に立たせていた。

十二月三十日

本当に静かな晩だ。私は今夜もこんなかんがえがひとりでに心に浮んで来るがままにさせていた。

「おれは人並以上に幸福でもなければ、又不幸でもないようだ。そんな幸福だとか何んだとか云うような事は、嘗《か》つてはあれ程おれ達をやきもきさせていたっけが、もう今じゃあ忘れていようと思えばすっかり忘れていられる位だ。反ってそんなこの頃のおれの方が余っ程幸福の状態に近いのかも知れない。まあ、どっちかと云えば、この頃のおれの心は、それに似てそれよりは少し悲しそうなだけ、――そうかと云ってまんざら愉《たの》しげでないこともない。……こんな風におれがいかにも何気なさそうに生きていられるのも、それはおれがこうやって、なるたけ世間なんぞとは交じわらずに、たった一人で暮らしている所為《せい》かも知れないけれど、そんなことがこの意気地なしのおれに出来ていられるのは、本当にみんなお前のお蔭だ。それだのに、節子、おれはこれまで一度だっても、自分がこうして孤独で生きているのを、お前のためだなんぞとは思った事がない。それはどのみち自分一人のために好き勝手な事をしているのだとしか自分には思えない。或はひょっとしたら、それも矢っ張お前のためにはしているのだが、それがそのままでもって自分一人のためにしているように自分に思われる程、おれはおれには勿体《もったい》ないほどのお前の愛に慣れ切ってしまっているのだろうか？それ程、お前はおれには何んにも求めずに、おれを愛していて呉れたのだろうか？……」

そんな事を考え続けているうちに、私はふと何か思い立ったように立ち上りながら、小屋のそとへ出て行った。そうしていつものようにヴェランダに立つと、丁度この谷と背中合せになっているかと思われるようなあたりでもって、風がしきりにざわめいているのが、非常に遠くからのように聞えて来る。それから私はそのままヴェランダに、恰《あたか》もそんな遠くでしている風の音をわざわざ聞きに出でもしたかのように、それに耳を傾けながら立ち続けていた。私の前方に横わっているこの谷のすべてのものは、最初のうちはただ雪明りにうっすらと明るんだまま一塊りになってしか見えずにいたが、そうやってしばらく私が見るともなく見ているうちに、それがだんだん目に慣れて来たのか、それとも私が知《し》らず識《し》らずに自分の記憶でもってそれを補い出していたのか、いつの間にか一つ一つの線や形を徐《おもむ》ろに浮き上がらせていた。それほど私にはその何もかもが親しくなっている、この人々の謂《い》うところの幸福の谷――そう、なるほどこうやって住み慣れてしまえば、私だってそう人々と一しょになって呼んでも好いような気のする位だが、……此処だけは、谷の向う側はあんなにも風がざわめいているというのに、本当に静かだこと。まあ、ときおり私の小屋のすぐ裏の方で何かが小さな音を軋《き》しらせているようだけれど、あれは恐らくそんな遠くからやっと届いた風のために枯れ切った木の枝と枝とが触れ合っているのだろう。又、どうかするとそんな風の余りらしいものが、私の足もとでも二つ三つの落葉を他の落葉の上にさらさらと弱い音を立てながら移している……。

菜穂子

楡の家

第一部

一九二六年九月七日、O村にて

菜穂子、

私はこの日記をお前にいつか読んで貰うために書いておこうと思う。私が死んでから何年か立って、どうしたのかこの頃ちっとも私と口を利こうとはしないお前にも、もっと打ちとけて話しておけばよかったろうと思う時が来るだろう。そんな折のために、この日記を書いておいてやりたいのだ。そういう折に思いがけなくこの日記がお前の手に入るようにさせたいものだが、——そう、私はこれを書き上げたら、この山の家の中の何処《どこ》か人目につかないところに隠して置いてやろう。……数年間秋深くなるまでいつも私が一人で居残っていたこの家に、お前はいつかお前の故に私の苦しんでいた姿をなつかしむために、しばらくの日を過ごすようなことがあるかも知れぬ。その時までこの山の家が私の生きていた頃とそっくりその儘《まま》になっていてくれると好いが。……そうしてお前は私が好んでそこで本を読んだり編物をしたりしていた楡《にれ》の木陰の腰掛けに私と同じように腰を下ろしたり、又、冷えびえとする夜の数時間を暖炉の前でぼんやり過ごしたりする。そういうような日々の或る夜、お前は何気なく私の使っていた二階の部屋にはいって行って、ふとその一隅に、この日記を見つける。……若《も》しかそんな折だったら、お前は私を自分の母としてばかりではなしに、過失もあった一個の人間として見直してくれ、私をその人間らしい過失のゆえに一層愛してくれそうな気もするのだ。

それにしても、この頃のお前はどうしてこんなに私と言葉を交わすのを避けてばかりいるのかしら？　何かお互に傷つけ合いそうなことを私から云い出されはせぬかと恐れておいでばかりなのではない。かえってお前の方からそういうことを云い出しそうなのを恐れておいでなのだとしか思えない。この頃のこんな気づまりな重苦しい空気が、みんな私から出たことなら、お兄さんやお前にはほんとうにすまないと思う。こうした鬱陶《うっとう》しい雰囲気がますます濃くなって来て、何か私たちには予測できないような悲劇がもちあがろうとしているのか、それとも私たち自身もほとんど知らぬ間に私たちのまわりに起り、そして何事もなかったように過ぎ去って行った以前の悲劇の影響が、年月の立つにつれてこんなに目立って来たのであろうか、私にはよく分らない。――が、恐らくは、私たちにはっきりと気づかれずにいる何かが起りつつあるのだ。それがどんなものか分らないながら、どうやらそれらしいと感ぜられるものがある。私はこの手記でその正体らしいものを突き止めたいと思うのだ。

私の父は或《あ》る知名の実業家であったが、私のまだ娘の時分に、事業の上で取り返しのつかぬような失敗をした。そこで母は私の行末を案じて、その頃流行のミッション・スクールに私を入れてくれた。そうして私はいつもその母に「お前は女でもしっかりしておくれよ。いい成績で卒業して外国にでも留学するようになっておくれよ」と云い聞かされていた。そのミッション・スクールを出ると、私は程なくこの三村家の人となった。それで、自分はどうしても行かなくてはならないものと思いこんでいたせいか、子供ごころに一層恐ろしい気のしていた、そんな外国なんかへは行かずにすんだ。その代り、この三村の家もその頃は、おじいさんと云うのが大へん呑気《のんき》なお方で、ことに晩年は骨董《こっとう》などにお凝りになり、すっかり家運の傾いた後だったので、お前のお父様と私とで、それを建て直すのに随分苦労をしたものだった。二十代、三十代はほとんど息もつかずに、大いそぎで通り過ぎてしまった。そうしてやっと私たちの生活も楽になり、ほっと一息ついたかと思うと、こんどはお前のお父様がお倒れになってしまったのだ。兄の征雄《ゆきお》が十八で、お前が十五のときであった。

　実のところ、私はその時までお父様の方がお先き立ちなされようとは想像だにしていなかった。そうして若い頃などは、私が先きに死んでしまったならば、お父様はどんなにお淋しいことだろうと、そのことばかり云い暮らしていた程であった。それなのにその病身の私の方が小さなお前たちとたった三人きり取り残されてしまったのだから、最初のうちは何だかぽかんとしてしまっていた。

　そのうちに漸《や》っとはっきりと古い城かなんぞの中に自分だけで取り残されているような寂しさがひしひしと感ぜられて来た。この思いがけない出来事は、しかし、まだずいぶんと世間知らずの女であった私には、人間の運命のはかなさを何か身にしみるように感じさせただけだった。そうしてお父様がお亡くなりなさる前に、私に向って「生きていたらお前にもまた何かの希望が出よう」と仰《おっ》しゃられたお言葉も、私にはただ空虚なものとしか思えないでいた。……

　生前、お前のお父様は大抵夏になると、私と子供たちを上総の海岸にやって、御自分はお勤めの都合でうちに居残っていらっしゃった。そうして、一週間ぐらい休暇をおとりになると、山がお好きだったので、一人で信濃の方へ出かけられた。しかし山登りなどをなさるのではなく、ただ山の麓《ふもと》をドライヴなどなさるのが、お好きなのであった。……私はまだその頃は、いつも行きつけているせいか、海の方が好きだったのだけれど、お前のお父様の亡くなられた年の夏、急に山が恋しくなりだした。子供たちは少し退屈するかも知れないが、何んだかそんなさびしい山の中で、一夏ぐらい誰とも逢わずに暮らしたかったのだ。私はその時ふとお父様がよく浅間山の麓のOという村のことをお褒めになっていたことを憶《おも》い出《だ》した。何んでも昔は有名な宿場だったのだそうだけれど、鉄道が出来てから急に衰微し出し、今ではやっと二三十軒位しか人家がないと云う、そんなO村に、私は不思議に心を惹《ひ》かれた。何しろお父様が初めてその村においでになったのは随分昔のことらしく、それでお父様はよく同じ浅間山の麓にある外人の宣教師たちが部落しているK村にお出かけになっていたようであるが、或る年の夏、丁度お父様の御滞在中に、山つなみが起って、K村一帯がすっかり浸水してしまった。その折、お父様はK村に避暑していた外人の宣教師やなんかと共に、其処《そこ》から二里ばかり離れたO村まで避難なさったのだった。……その折、昔の繁昌《はんじよう》にひきかえ、今はすっかり寂れ、それがいかにも落着いた、いい感じになっていることの小さな村にしばらく滞在し、そしてこの村からは遠近の山の眺望が実によいことをお知りになると、それから急にお病みつきになられたのだ。そうしてその翌年からは、殆《ほと》んど毎夏のようにO村にお出かけになっていたようだった。それから二三年するかしないうちに、そこにもぽつぽつ別荘のようなものが建ち出したという話だった。あの山つなみの折、そこに避難された方のうちにでもお父様と同じようにすっかり好きになった者があるのだろうと笑いながら仰しゃっていた。が、あんまり淋しいところだし、不便なことも不便なので、二三年人のはいったきりで、そのまま使われずにいる別荘も少くはないらしかった。——そんな別荘の一つでも買って、気に入るように修繕したら、少し不便なことさえ辛抱すれば、結構私たちにも住めるかも知れない。そう思ったものだから、私は人に頼んで手頃な家を捜して貰うことにした。

私は漸っと、数本の、大きな楡《にれ》の木のある、杉皮葺《すぎかわぶ》きの山小屋を、五六百坪の地所ぐるみ手に入れることが出来た。風雨にさらされて、見かけはかなり傷んでいたけれど、小屋のなかはまだ新しくて、思ったより住み心地がよかった。子供たちが退屈しはしないかとそれだけが心配だったが、むしろそんな山の中ではすべてのものが珍らしいと見え、いろんな花だの昆虫などを採っては大人しく遊んでいた。霧のなかで、うぐいすだの、山鳩だのがしきりなしに啼《な》いた。私が名前を知らない小鳥も、私たちがその名前を知りたがるような美しい啼き声で囀《さえず》った。流れのふちで桑の葉などを食べていた山羊の仔も、私たちの姿を見ると人なつこそうに近よってきた。そういう仔山羊とじゃれあっているお前たちを見ていると、私のうちには悲しみともなんともつかないような気もちがこみ上げてくるのだった。しかしその悲しみに似たものは、その頃私には殆んど快いほどのものに、それなくしては私の生活は全く空虚になるだろうと思えるほどのものになってしまっていた。

それから何やかやしているうちに数年が過ぎたのであった。とうとう征雄は大学の医科にはいった。将来何をするか、私は全く自由に選ばせて置いたのだった。が、その医科にはいった動機と云うのが、その学業に特に興味を抱いているからではなくて、むしろ物質的な気もちが主になっているのを知った時、私は、なんだか胸の痛くなるような気がした。それはこのままに暮らしていたのでは私たちの僅かな財産もだんだん減るばかりなので、私はそれを一人で気を揉《も》んでいたけれど、そんな心配は一ぺんもまだ子供たちに洩らしたことなど無い筈であった。が、征雄はそういう点にかけては、これまでも不思議なくらい敏感であった。そういう征雄がどちらかと云うと一体に性質がおとなしすぎて困るのに反して、妹のお前はお前で、子供のうちから気が強かった。何か気に入らないことでもあると、一日中黙っておいでだった。そういうお前が私にはだんだん気づまりになって来る一方だった。最初はお前が年頃になるにつれ、ますます私に似てくるので、何んだか私の考えていることが、そっくりお前に見透かされているような気がするせいかも知れないと思っていた。が、そのうち私はやっと、お前と私の似ているのはほんの表面《うわべ》だけで、私たちの意見が一致する時でも、私が主として感情からはいって行っているのに、お前の方はいつも理性から来ていると云う相違に気がつきだした。それが私たちの気もちをどうかすると妙にちぐはぐにさせるのだろう。

たしか、征雄が大学を卒業して、T病院の助手になったので、お前と私だけでその夏をO村に過しに行くようになった最初の年であった。隣りのK村にはそのころ、お前のお父様の生きていらしった時分の知合がだいぶ避暑に来るようになっていた。その日も、お父様のもとの同僚だった方の、或るティ・パアティに招かれて、私はお前を伴って、そこのホテルに出かけたのだった。まだ定刻に少し間があったので、私たちはヴェランダに出て待っていた。その時私はひょっくりミッション・スクール時代のお友達で、今は知名のピアニストになっていられる安宅さんにお会いした。安宅さんはその時、三十七八の、背の高い、痩《や》せぎすの男の方と立ち話をされていた。それは私も一面識のある森於菟彦さんだった。私よりも五つか六つ年下で、まだ御独身《おひとりみ》の方だけれど、brilliantという字の化身のようなそのお方と親しくお話をするだけの勇気は私には無かった。安宅さんと何やら気の利いた常談を交わしていらっしゃるらしいのを、私たちだけは無骨者らしい顔をして眺めていた。しかし森さんは私たちのそんな気持がおわかりだったと見え、安宅さんが何か用事があってその場を外されると、私たちの傍に近づかれて二言三言話しかけられたが、それは決して私たちを困らせるようなお話し方ではなかった。

それで私もつい気やすくなり、その方のお話相手になっていた。聞かれるままに私どものいるO村のことをお話すると、大へん好奇心をお持ちになったようだった。そのうち安宅さんをお誘いしてお訪ねしたいと思いますがよろしゅうございますか、安宅さんが行かれなかったら私一人でも参りますよ、などとまで仰しゃった。ほんの気まぐれからそう仰しゃったのではなく、何んだかお一人でもいらっしゃりそうな気がしたほどだった。

それから一週間ばかり立った、或る日の午後だった。私の別荘の裏の、雑木林のなかで自動車の爆音らしいものが起った。車などのはいって来られそうもないところだのに誰がそんなところに自動車を乗り入れたのだろう、道でも間違えたのかしらと思いながら、丁度私は二階の部屋にいたので窓から見下ろすと、雑木林の中にはさまってとうとう身動きがとれなくなってしまっている自動車の中から、森さんが一人で降りて来られた。そして私のいる窓の方をお見上げになったが、丁度一本の楡《にれ》の木の陰になって、向うでは私にお気づきにならないらしかった。それに、うちの庭と、いまあの方の立っていらっしゃる場所との間には、薄《すすき》だの、細かい花を咲かせた灌木《かんぼく》だのが一面に生い茂っていた。――そのため、間違った道へ自動車を乗り入られたあの方は、私の家のすぐ裏の、ついそこまで来ていながら、それらに遮ぎられて、いつまでもこちらへいらっしゃれずにいた。それが私には心なしか、なんだかお一人で私のとこうへいらっしゃるのを躊躇《ちゅうちょ》なさっていられるようにも思えた。

私はそれから階下《した》へ降りていって、とり散らかした茶テエブルの上などを片づけながら、何喰わぬ顔をしてお待ちしていた。やっと楡の木の下に森さんが現われた。私ははじめて気がついたように、惶《あわ》ててあの方をお迎えした。

「どうも、飛んだところへはいり込んでしまいまして……」

あの方は、私の前に突立ったまま、灌木の茂みの向うにまだ車体の一部を覗かせながら、しきりなしに爆音を立てている車の方を振り向いていた。

私はともかくあの方をお上げして置いて、それからお隣りへ遊びに行っているお前を呼びにでもやろうと思っているうちに、さっきからすこし怪しかった空が急に暗くなって来て、いまにも夕立の来そうな空合いになった。森さんは何だか困ったような顔つきをなさって、

「安宅さんをお誘いしたら、何んだか夕立が来そうだから厭《いや》だと云っていましたが、どうも安宅さんの方が当ったようですな……」

そう云われながら、絶えずその暗くなった空を気になさっていた。

向うの雑木林の上方に、いちめんに古綿のような雲が掩《おお》いかぶさっていたが、一瞬間、稲妻がそれをジグザグに引き裂いた。と思うと、そのあたりで凄《すさ》まじい雷鳴がした。それから突然、屋根板に一つかみの小石が絶えず投げつけられるような音がしだした。……私たちはしばらくうつけたように、お互に顔を見合わせていた。それは非常に長い時間に見えた。……それまでちょっとエンジンの音を止めていた自動車が、不意に野獣のようにあばれ出した。木の枝の折れる音が続けさまに私たちの耳にもはいった。

「だいぶ木の枝を折ったようですな……」

「うちのだか何処のだか分らないんですから、ようございますわ」

稲妻がときどき枝を折られたそれらの灌木を照らしていた。

それからまだしばらく雷鳴がしていたが、やっとのことで向うの雑木林の上方がうっすらと明るくなりだした。私たちは何んだかほっとしたような気持がした。そうしてだんだん草の葉が日にひかり出すのをまぶしそうに見ていると、又しても、屋根板にぱらぱらと大きな音がした。私たちは思わず顔を見合わせた。が、それは楡の木の葉のしずくする音だった……

「雨が上ったようですから、少しそこいらを歩いて御覧になりません？」

そう云って私はあの方と向い合った椅子からそっと離れた。そうしてお隣りへお前を迎えにやって置いて、一足先きに、村のなかを御案内していることにした。

村は丁度養蚕の始まっている最中だった。家並は皆で三十軒足らずで、その上大抵の家はいまにも崩壊しそうで、中にはもう半ば傾き出しているのさえあった。そんな廃屋に近いものを取り囲みながら、ただ豆畑や唐黍畑《とうきびばたけ》だけは猛烈に繁茂していた。それは私たちの気もちに妙にこたえて来るような眺めだった。途中で、桑の葉を重たそうに背負ってくる、汚れた顔をした若い娘たちと幾人もすれちがいながら、私たちはとうとう村はずれの岐《わか》れ道《みち》まで来た。北よりには浅間山がまだ一面に雨雲をかぶりながら、その赤らんだ肌をところどころ覗かせていた。しかし南の方はもうすっかり晴れ渡り、いつもよりちかぢかと見える真向うの小山の上に捲き雲が一かたまり残っているきりだった。私たちが其処にぼんやりと立ったまま、気持よさそうにつめたい風に吹かれていると、丁度その瞬間、その真向うの小山のてっぺんから少し手前の松林にかけて、あたかもそれを待ち設けでもしていたかのように、一すじの虹がほのかに見えだした。

「まあ綺麗な虹だこと……」思わずそう口に出しながら私はパラソルのなかからそれを見上げた。森さんも私のそばに立ったまま、まぶしそうにその虹を見上げていた。そうして何だか非常に穏かな、そのくせ妙に興奮なさっていらっしゃるような面持をしていられた。

そのうち向うの村道から一台の自動車が光りながら走って来た。その中で誰かが私たちに向って手をふっているのが認められた。それは森さんのお車に乗せて貰って来たお前とお隣りの明《あきら》さんだった。明さんは写真機を持っていらしった。そうしてお前が耳打ちすると、明さんはその写真機をあの方に横から向けたりした。私は叱言《こごと》も言えずに、はらはらしてお前たちのそんな子供らしいはしゃぎ方を見ているよりしようがなかった。あの方はしかしそれにはお気がつかないような様子をなすって、すこし神経質そうに足もとの草をステッキで突いたり、ときどき私と言葉を交わしたりしながら、お前たちに撮られるがままになっていられた。

それから三四日、午後になると、一ぺんはきまって夕立がした。夕立はどうも癖になるらしい。その度毎に、はげしい雷鳴もした。私は窓ぎわに腰かけながら、楡の木ごしに向うの雑木林の上にひらめく無気味なデッサンを、さも面白いものでも見るように見入っていた。これまではあんなに雷を恐がった癖に。……

翌日は、霧がふかく、終日、近くの山々すら見えなかった。その翌日も、朝のうちはふかい霧がかかっていたが、正午近くなってから西風が吹き出し、いつのまにか気もちよく晴れ上った。

お前は二三日前からK村に行きたがっておいでだったが、私はお天気がよくなってからにしたらと云って止めていたところ、その日もお前がそれを云い出したので、「なんだか今日は疲れていて、私は行きたくないから、それじゃ、明さんに一緒に行っていただいたら……」と私は勧めて見た。最初のうちは「そんなら行きたくはないわ」と拗《す》ねておいでだったが、午後になると、急に機嫌を直して、明さんを誘って一緒に出かけていった。

が、一時間もするかしないうちに、お前たちは帰って来てしまった。あんなに行きたがっていた癖に、あんまり帰りが早過ぎるし、お前がなんだか不機嫌そうに顔を赤くし、いつも元気のいい明さんまでが、すこし鬱《ふさ》いでいるように見えるので、途中で、お前たちの間に、何か気まずいことでもあったのかしらと私は思った。明さんは、その日はおあがりにもならないで、そのまますぐ帰って行かれた。

その晩、お前は私にその日の出来事を自分から話し出した。お前はK村に行くと、真っ先きに森さんのところへお寄りする気になって、ホテルの外で明さんに待っていただいて、一人で中にはいっていった。丁度午餐《ごさん》後だったので、ホテルの中はひっそりとしていた。ボオイらしいものの姿も見えないので、帳場で居睡りをしていた背広服の男に、森さんの部屋の番号を教わると、一人で二階に上っていった。そして教わった番号の部屋のドアを叩くと、中からあの方らしい声がしたので、いきなりそのドアを開けた。お前をボオイかなんかだと思われていたらしく、あの方はベッドに横になったまま、何やら本を読んでいた。お前がはいってゆくのを見ると、あの方はびっくりなさったように、ベッドの上に坐り直された。

「おやすみだったんですか？」

「いいえ、こうやって本を読んでいただけなんです」

そう云いながら、あの方はしばらくお前の背後にじっと眼をやっていた。それからやっと気がついたように、

「おひとりなんですか？」とお前にきいた。

「ええ……」お前はなんだか当惑しながら、そのまま南向きの窓のふちに近よっていった。

「まあ、山百合がよくにおいますこと」

すると、あの方もベッドから降りていらしって、お前のとなりにお立ちになった。

「私はどうもそれを嗅《か》いでいると頭痛がしてくるんです」

「お母さんも、百合のにおいはお嫌いよ」

「お母さんもね……」

あの方は何故かしらひどく素気のない返事をなさった。お前は少しむっとした。

……その時、向うの亭の木蔦《きづた》のからんだ四目垣《よつめがき》ごしに、写真機を手にした明さんの姿がちらちらと見えたり隠れたりしているのにお前は気がついた。あんなにホテルの外

で待っているとお前に固く約束しておきながら、いつのまにかホテルの庭へはいり込んでいるそんな明さんの姿を認めると、お前はお前の幾分こじれた気もちを今度は明さんの方へ向けだしていた。

「あれは明さんでしょう?」

あの方はそれに気がつくと、いきなりお前にそう仰しゃった。そうしてそれから急になんだかお前に興味をお持ちになったように、じっとお前を見つめ出した。お前は思わず真っ赤な顔をして、あの方の部屋を飛び出してしまった。……

そんな短い物語を聞きながら、私はお前は何んでまあ子供らしいんだろうと思った。そしてそれがいかにも自然に見えたので、この頃どうかするとお前は妙に大人びて見えたりしたのは全く私の思い違いだったのかしらと思われる位であった。そうして私はお前自身にもよく分らないらしかった、あの時の羞《はず》かしさとも怒りともつかないものの原因をそれ以上知ろうとはしなかった。

それから数日後、東京から電報が来て、征雄が腸カタルを起して寝こんでいるから、誰か一人帰ってくれというので、とりあえずお前だけが帰京した。お前の出発したあとへ、森さんからお手紙が来た。

先日はいろいろ有難うございました。

O村は私もたいへん好きになりました。私もああいうところに隠遁《いんとん》できたらと柄にないことまで考えています。然しこの頃の気もちは却《かえ》って再び二十四五になったような、何やら訣《わけ》の分らぬ興奮を感じている位です。

殊にあの村はずれで御一緒に美しい虹を仰いだときは、本当にこれまで何やら行き詰まっていたようで暗澹《あんたん》としていた私の気もちも急に開けだしたような気がしました。これは全くあなたのお陰だと思って居ります。あの折、私は或る自叙伝風な小説のヒントをまで得ました。

明日、私は帰京いたす積りですが、いずれ又、お目にかかってゆっくりお話したいと思います。数日前お嬢さんがお見えになりましたが、私の知らない間に、お帰りになっていました。どうなさったのですか?


私がこの手紙を読むそばに、若《も》しお前がおいでだったら、私にはこの手紙はもっと深い意味のものにとれたかも知れない。しかし、私一人きりだったことが、読んだあとで平気でそれを他の郵便物と一緒に机の上に放り出させて置いた。それが私にこの手紙をごく何んでもないもののように思い込ませて呉れた。

同じ日の午後、明さんがいらしって、お前がもう帰京されたことを知ると、そんな突然の出発が何んだか御自分のせいではないかと疑うような、悲しそうな顔をして、お上りにもならずに帰って行かれた。明さんはいい方だけれど、早くから両親を失くなされたせいか、どうもすこし神経質すぎるようだ。……

この二三日で、ほんとうに秋めいて来てしまった。朝など、こうして窓ぎわに一人きりで何んということなしに物思いに耽《ふけ》っていると、向うの雑木林の間からこれまではぼんやりとしか見えなかった山々の襞《ひだ》までが一つ一つくっきりと見えてくるように、過ぎ去った日々のとりとめのない思い出が、その微細なものまで私に思い出されてくるような気がする。が、それはそんな気もちのするだけで、私のうちにはただ、何んとも云いようのない悔いのようなものが湧いてくるばかりだ。

日暮れどきなど、南の方でしきりなしに稲光りがする。音もなく。私はぼんやり頬杖をついて、若い頃よくそうする癖があったように窓硝子《まどガラス》に自分の額を押しつけながら、それを飽かずに眺めている。痙攣的《けいれんてき》に目たたきをしている、蒼ざめた一つの顔を硝子の向うに浮べながら……

その冬になってから、私は或る雑誌に森さんの「半生」という小説を読んだ。これがあのO村で暗示を得たと仰しゃっていた作品なのであろうと思われた。御自分の半生を小説的にお書きなさろうとしたものらしかったが、それにはまだずっとお小さい時のことしか出て来なかった。そういう一部分だけでも、あの方がどういうものをお書きになろうとしているのか見当のつかない事もなかった。が、この作品の調子には、これまであの方の作品についぞ見たことのないような不思議に憂鬱《ゆううつ》なものがあった。しかしその見知らないものは、ずっと前からあの方の作品のうちに深く潜在していたものであって、唯、われわれの前にあの方の佯《いつ》われていたbrilliantな調子のためすっかり掩《おお》いかくされていたに過ぎないように思われるものだった。――こういう生《なま》な調子でお書きになるのはあの方としては大へんお苦しいだろうとはお察しするが、どうか完成なさるようにと心からお祈りしていた。が、その「半生」は最初の部分が発表されたきりで、とうとうそのまま投げ出されたようだった。それは何か私にはあの方の前途の多難なことを予感させるようでならなかった。

二月の末、森さんがその年になってからの初めてのお手紙を下さった。私の差し上げた年賀状にも返事の書けなかったお詫《わ》びやら、暮からずっと神経衰弱でお悩みになっていられることなど書き添えられ、それに何か雑誌の切り抜きのようなものを同封されていた。何気なくそれを披《ひら》いてみると、それは或る年上の女に与えられた一聯《いちれん》の恋愛詩のようなものであった。何んだってこんなものを私のところにお送りになったのかしらといぶかりながら、ふと最後の一節、――「いかで惜しむべきほどのわが身かは。ただ憂ふ、君が名の……」という句を何んの事やら分らずに口ずさんでいるうち、これはひょっとすると私に宛てられたものかも知れないと思い出した。そう思うと、私は最初何んとも云えずばつの悪いような気がした。――それから今度は、それが若《も》し本当にそうなのなら、こんなことをお書きになったりしては困ると云う、ごく世間並みの感情が私を支配し出した。……たとえ、そういうお気持がおありだったにせよ、そのままそっとしておいたら、誰も知らず、私も知らず、そして恐らくあの方自身も知らぬ間にそれは忘れ去られ、葬られてしまうにちがいない。何故そんな移ろい易いようなお気持を、こんな婉曲《えんきょく》な方法にせよ、私にお打ち明けになったのだろう？　いままでのように、向うもこちらもそういう気持を意識せずにおつきあいしているのならいいが、いったん意識し合った上では、もうこれからはお逢いすることさえ出来ない。……

　そうして私はあの方のそんな一人よがりをお責めしたい気もちで一ぱいになっていた。しかし、そういうあの方を私はどうしても憎むような気もちにはなれなかった。そこに私の弱みがあったように思われる。……が、私はその数篇の詩が私に宛てられたものであることを知り得るのは、恐らく私一人ぐらいなものであろうことに気がつくと、何かほっとしながら、その紙片を破らずに自分の机の抽出《ひきだ》しのずっと奥の方に蔵《しま》ってしまった。そうして私は何んともないような風をしていた。

丁度、お前たちと夕方の食事に向っている時だった。私はスウプを啜《すす》ろうとしかけたとき、ふとあの紙片が「昴《すばる》」からの切り抜きであったことを憶《おも》い出《だ》した。（それまでもそれに気がついていたが、それが何んの雑誌だろうと私は別に問題にしていなかったのだ。）そしてその雑誌なら、毎号私のところにも送ってきてある筈だが、この頃手にもとらずに放ってあるので、若しかしたら私の知らぬ間に、兄さんはともかく、お前はもうその詩を読んでいるかも知れなかった。これは飛んでもないことになった、と私ははじめて考え出した。何んだか気のせいか、お前はさっきから私の方を見て見ないふりをしておいでのようでならなかった。すると突然、私のうちに誰にともつかない怒りがこみ上げてきた。しかし私はいかにも虔《つつ》ましそうにスウプの匙《さじ》を動かしていた。……

その日からというもの、私はあの方が私のまわりにお拡げになった、見知らない、なんとなく胸苦しいような雰囲気のなかに暮らしだした。私のお逢いする人達といえば、誰もかもみんなが私を何かけげんそうな顔をして見ているような気がされてならなかった。そうしてそれから数週間というものは、私はお前たちに顔を合わせるのさえ避けるようにして、自分の部屋に閉《と》じ籠《こも》っていた。私はただじっとして私の身に迫ろうとしている何やら私にも分からないものから身をはずしながら、それが私たちの傍を通り過ぎてしまうのを待っているより他はないような気がした。とにかくそれを私たちの中にはいりこませ、縺《もつ》れさせさえしなければ、私たちは救われる。そう私は信じていた。

そうして私はこんな思いをしているよりも一層のこと早く年をとってしまえたらとさえ思った。自分さえもっと年をとってしまい、そうしてもう女らしくなくなってしまえたら、たとえ何処であの方とお逢いしようとも、私は静かな気もちでお話が出来るだろう。——しかし今の私は、どうも年が中途半端なのがいけないのだ。ああ、一ぺんに年がとってしまえるものなら……

そんなことまで思いつめるようにしながら、私はこの日頃、すこし前よりも痩《や》せ、静脈のいくぶん浮きだしてきた自分の手をしげしげと見守っていることが多かった。

その年は空梅雨であった。そうして六月の末から七月のはじめにかけて、真夏のように暑い日照りが続いていた。私はめっきり身体が衰えたような気がし、一人だけ先きに、早目にO村に出かけた。が、それから一週間するかしないうちに、急に梅雨気味の雨がふりだし、それが毎日のように降り続いた。間歇的《かんけってき》に小止みにはなったが、しかしそんなときは霧がひどくて、近くの山々すら殆んどその姿を見せずにいた。

私はそんな鬱陶しいお天気をかえって好いことにしていた。それが私の孤独を完全に守っていて呉れたからだった。一日は他の日に似ていた。ひえびえとした雨があちらこちらに溜《たま》っている楡《にれ》の落葉を腐らせ、それを一面に臭わせていた。ただ小鳥だけは毎日異ったのが、かわるがわる、庭の梢にやってきて異った声で啼《な》いていた。私は窓に近よりながら、どんな小鳥だろうと見ようとすると、この頃すこし眼が悪くなってきたのか、いつまでもそれが見あたらずにいることがあった。そのことは半ば私を悲しませ、半ば私の気に入った。が、そうしていつまでもうつけたように、かすかに揺れ動いている梢を見上げていると、いきなり私の眼の前に、蜘蛛《くも》が長く糸をひきながら落ちてきて、私をびっくりさせたりした。

そのうちに、こんなに悪い陽気だけれど、ぼつぼつと別荘の人たちも来だしたらしい。二三度、私は裏の雑木林のなかを、淋しそうにレエンコオトをひっかけたきりで通って行く明さんらしい姿をお見かけしたが、まだ私きりなことを知っていらっしゃるからか、いつもうちへはお立寄りにならなかった。

八月にはいっても、まだ梅雨じみた天候がつづいていた。そのうちにお前もやって来たし、森さんがまたK村にいらしっているとか、これからいらっしゃるのだとか、あんまりはっきりしない噂を耳にした。何故またこんな悪い陽気だのにあの方はいらっしゃるのかしら？　あそこまでいらっしたら、こちらへもお見えになるかも知れないが、私はいまのような気もちではまだお目にかからない方がいいと思う。しかしそんな手紙をわざわざ差し上げるのも何んだから、いらしったらいらしったでいい、その時こそ、私はあの方によくお話をしよう。その場に菜穂子も呼んで、あの子によく納得できるように、お話をしよう。何を云おうかなどとは考えない方がいい。放っておけば、云うことはひとりでに出てくるものだ……。

そのうちときどき晴れ間も見えるようになり、どうかすると庭の面にうっすらと日の射し込んでくるようなこともあった。すぐまたそれは翳《かげ》りはしたけれど。私は、この頃庭の真んなかの楡の木の下に丸木のベンチを作らせた、そのベンチの上に楡の木の影がうっすらとあたったり、それがまた次第に弱まりながら、だんだん消えてゆきそうになる――そういう絶え間のない変化を、何かに怯《おび》やかされているような気もちがしながら見守っていた。あたかもこの頃の自分の不安な、落ちつかない心をそっくりそのままそれに見出しでもしているように。

それから数日後、かあっと日の照りつけるような日が続きだした。しかしその日ざしはすでに秋の日ざしであった。まだ日中はとても暑かったけれども。――森さんが突然お見えになったのは、そんな日の、それも暑いさかりの正午近くであった。

あの方は驚くほど憔悴《しょうすい》なすっていられるように見えた。そのお痩《や》せ方やお顔色の悪いことは、私の胸を一ぱいにさせた。あの方にお逢いするまでは、この頃、目立つほど老《ふ》けだした私の様子を、あの方がどんな眼でお見になるかとかなり気にもしていたが、私はそんなことはすっかり忘れてしまった位であった。そうして私は気を引き立てるようにしてあの方と世間並みの挨拶などを交わしているうちに、その間私の方をしげしげと見ていらっしゃるあの方の暗い眼ざしに私の窶《やつ》れた様子があの方をも同じように悲しませているらしいことをやっと気づき出した。私は心の圧《お》しつぶされそうなのをやっと耐えながら、表面だけはいかにももの静かな様子を伴《いつわ》っていた。が、私にはその時それが精一ぱいで、あの方がいらしったらお話をしようと決心していたことなどは、とてもいま切り出すだけの勇気はないように思えた。

やっと菜穂子が女中に紅茶の道具を持たせて出て来た。私はそれを受取って、あの方にお勧めしながら、お前が何かあの方に無愛想なことでもなさりはすまいかと、かえってそんなことを気にしていた。が、その時、私の全く思いがけなかったことには、お前はいかにも機嫌よさそうに、しかも驚くほど巧みな話しぶりであの方の相手をなさり出したのだ。この頃自分のことばかりにこだわっていて、お前たちのことはちっとも構わずにいたことを反省させられたほど、そのときのお前のおとなびた様子は私には思いがけなかった。――そう云うお前を相手になさっている方があの方にもよほど気軽だと見え、私だけを相手にされていた時よりもずっと御元気になられたようだった。

そのうちに話がちょっと途絶えると、あの方はひどくお疲れになっていられるような御様子だのに、急に立ち上がられて、もう一度去年見た村の古い家並みが見てきたいと仰しゃられるので、私たちもそこまでお伴《とも》をすることにした。しかし丁度日ざかりで、砂の白く乾いた道の上には私たちの影すらほとんど落ちない位だった。ところどころに馬糞《ばふん》が光っていた。そうしてその上にはいくつも小さな白い蝶がむらがっていた。やっと村にはいると、私たちはときどき日を除《よ》けるため道ばたの農家の前に立ち止まって、去年と同じように蚕を飼っている家のなかの様子を窺《うかが》ったり、私たちの頭の上にいまにも崩れて来そうな位に傾いた古い軒の格子を見上げたり、又、去年まではまだ僅かに残っていた砂壁がいまはもう跡方もなくなって、其処がすっかり唐黍《とうきび》畑《ばたけ》になっているのを認めたりしながら、何ということもなしに目を見合わせたりした。とうとう去年の村はずれまで来た。浅間山は私たちのすぐ目の前に、気味悪いくらい大きい感じで、松林の上にくっきりと盛り上っていた。それには何かそのときの私の気もちに妙にこたえてくるものがあった。

暫くの間、私たちはその村はずれの分かれ道に、自分たちが無言でいることも忘れたように、うつけた様子で立ちつくしていた。そのとき村の真ん中から正午を知らせる鈍い鐘の音が出し抜けに聞えてきた。それがそんな沈黙をやっと私たちにも気づかせた。森さんはときどき気になるように向うの白く乾いた村道を見ていられた。迎えの自動車がもう来る筈だったのだ。——やがてそれらしい自動車が猛烈な埃《ほこ》りを上げながら飛んで来るのが見え出した。その埃りを避けようとして、私たちは道ばたの草の中へはいった。が、誰ひとりその自動車を呼び止めようともしないで、そのまま草の中にぼんやりと突立っていた。それはほんの僅かな時間だったのだろうけれど、私には長いことのように思えた。その間私は何か切ないような夢を見ながら、それから醒《さ》めたいのだが、いつまでもそれが続いていて醒められないような気さえしていた。

……

自動車は、ずっと向うまで行き過ぎてから、やっと私たちに気がついて引っ返して来た。その車の中によろめくようにお乗りになってから、森さんは私たちの方へ帽子にちょっと手をかけて会釈されたきりだった。……その車が又埃りを上げながら立去った後も、私たちは二人ともパラソルでその埃りを避けながら、何時までも黙って草の中に立っていた。

去年と同じ村はずれでの、去年と殆ど同じような分かれ、——それだのに、まあ何んと去年のそのときとは何もかもが変ってしまっているのだろう。何が私たちの上に起り、そして過ぎ去ったのであろう？

「さっき此処《ここ》いらで昼顔を見たんだけれど、もうないわね」

私はそんな考えから自分の心を外らせようとして、殆ど口から出まかせに云った。

「昼顔？」

「だって、さっき昼顔が咲いていると云ったのはお前じゃなかった？」

「私、知らないわ……」

お前は私の方をけげんそうに見つめた。さっきどうしても見たような気のしたその花は、しかし、いくらそこらを眼で捜して見てももう見つからなかった。私にはそれが何んだかひどく奇妙なことのように思われた。が、次ぎの瞬間にはこんなことをひどく奇妙に思ったりするのは、よほど私自身の気もちがどうかしているのだろうという気がしだしていた。……


それから二三日するかしないうちに、森さんからこれから急に木曾の方へ立たれると云うお端書《はがき》をいただいた。私はあの方にお逢いしたらあれほどお話しておこうと決心していたのだが、変にはぐれてしまったのを何か後悔したいような気もちであった。が、一方では、ああやって何事もなかったようにお逢いし、そうして何事もなかったようにお分れしたのもかえって好いことだったかも知れない、——そう、自分自身に云って聞かせながら、いくぶん自分に安心を強いるような気もちでいた。そうしてその一方、私は、自分たちの運命にも関するような何物かが——今日でなければ、明日にもその正体がはっきりとなりそうな、しかしそうなることが私たちの運命を好くさせるか、悪くさせるかそれすら分らないような何物かが——一滴の雨をも落さずに村の上を過《よ》ぎってゆく暗い雲のように、自分たちの上を通り過ぎていってしまうようにと希《ねが》っていた。……

或る晩のことであった。私はもうみんなが寝静まったあとも、何んだか胸苦しくて眠れそうもなかったので一人でこっそり戸外に出て行った。そうして、しばらく真っ暗な林の中を一人で歩いているうちに漸《ようや》く心もちが好くなって来たので、家の方へ戻って来ると、さっき出がけにみんな消して来た筈の広間の電気が、いつの間にか一つだけ点《つ》いているのに気がついた。お前はもう寝てしまったとばかり思っていたので、誰だろうと思いながら、楡《にれ》の木の下にちょっと立ち止まったまま見ていると、いつも私のすわりつけている窓ぎわで、私がよくそうしているように窓硝子《まどガラス》に自分の額を押しつけながら、菜穂子がじっと空《くう》を見つめているらしいのが認められた。

お前の顔は殆ど逆光線になっているので、どんな表情をしているのか全然分からなかったが、楡の木の下に立っている私にも、お前はまだ少しも気づいていないらしかった。——そういうお前の物思わしげな姿はなんだかそんなときの私にそっくりのような気がされた。

その時、一つの想念が私をとらえた。それはさっき私が戸外に出て行ったのを知ると、お前は何か急に気がかりになって、其処《そこ》へ下りて来て、私のことをずっと考えておいでだったにちがいないと云う想念であった。恐らくお前はそれと知らずにそんな私とそっくりな姿勢をしているのだろうが、それはお前が私のことを立ち入って考えているうちに知《し》らず識《し》らず私と同化しているためにちがいなかった。いま、お前は私のことを考えておいでなのだ。もうすっかりお前の心のそとへ出て行ってしまって、もう取り返しのつかなくなったものでもあるかのように、私のことを考えておいでなのだ。

いいえ、私はお前の傍から決して離れようとはしませぬ。それだのにお前の方でこの頃私を避けようとしてばかりいる。それが私にまるで自分のことを罪深い女かなんぞのように怖れさせ出しているだけなのだ。ああ、私たちはどうしてもっと他の人達のように虚心に生きられないのかしら？……

そう心の中でお前に訴えかけながら、私はいかにも何気ないように家の中にはいって行き、無言のままでお前の背後を通り抜けようとすると、お前はいきなり私の方を向いて、殆んどなじるような語気で、

「何処へ行っていらしったの？」と私に訊《き》いた。私はお前が私のことでどんなに苦い気もちにさせられているかを切ないほどはっきり感じた。

第二部

一九二八年九月二十三日、O村にて

この日記に再び自分が戻って来ることがあろうなどとは私はこの二三年思ってもみなかった。去年のいま頃、このO村でふとしたことから暫く忘れていたこの日記のことを思い出させられて、何とも云えない慚愧《ざんき》のあまりにこれを焼いてしまおうかと思ったことはあった。が、そのときそれを焼く前に一度読み返しておこうと思って、それすらためらわれているうちに焼く機会さえ失ってしまった位で、よもや自分がそれを再び取り上げて書き続けるような事になろうとは夢にも思わなかったのである。それをこうやって再び自分の気持に鞭《むち》うつようにしながら書き続けようとする理由は、これを読んでゆくうちにお前には分かっていただけるのではないかと思う。

森さんが突然北京《ペキン》でお逝《な》くなりになったのを私が新聞で知ったのは、去年の七月の朝から息苦しいほど暑かった日であった。その夏になる前に征雄は台湾の大学に赴任したばかりの上、丁度お前もその数日前から一人でO村の山の家に出掛けて居り、雑司ヶ谷のだだっ広い家には私ひとりきり取り残されていたのだった。その新聞の記事で見ると、この一箇年殆《ほとん》ど支那《しな》でばかりお暮らしになって、作品もあまり発表せられなくなっていられた森さんは、古い北京の或《ある》物静かなホテルで、宿痾《しゆくあ》のために数週間病床に就かれたまま、何者かの来るのを死の直前まで待たれるようにしながら、空しく最後の息を引きとって行かれたとの事だった。

一年前、何者かから逃れるように日本を去られて、支那へ赴かれてからも、二三度森さんは私のところにもお便りを下すった。支那の外のところはあまりお好きでないらしかったが、都市全体が「古い森林のような」感じのする北京だけはよほどお気に入られたと見え、自分はこういうところで孤独な晩年を過ごしながら誰にも知られずに死んでゆきたいなどと御常談のようにお書きになって寄こされたこともあったが、まさか今がこんな事になろうとは私には考えられなかった。或《あるい》は森さんは北京をはじめて見られてそんな事を私に書いてお寄こしになったときから、既に御自分の運命を見透されていたのかも知れなかった。……

私は一昨々年の夏、O村で森さんにお会いしたきりで、その後はときおり何か人生に疲れ切ったような、同時にそういう御自分を自嘲せられるような、いかにも痛々しい感じのするお便りばかりをいただいていた。それに対して私などにあの方をお慰めできるような返事などがどうして書けたろう？　殊に支那へ突然出立される前に、何か非常に私にもお逢いになりたがっていられたようだったが（どうしてそんな心の余裕がおありになったのかしら？）、私はまだ先の事があってからあの方にさっぱりとした気持でお逢い出来ないような気がして、それは婉曲《えんきょく》におことわりした。そんな機会にでももう一度お逢いしていたら、と今になって見れば幾分悔やまれる。が、直接お逢いしてみたところで、手紙以上のことがどうしてあの方に向って私に云えただろう？　……

森さんの孤独な死について、私がともかくもそんな事を半ば後悔めいた気持でいろいろ考え得られるようになったのは、その朝の新聞を見るなり、急に胸を圧《お》しつけられるようになって、気味悪いほど冷汗を掻いたまま、しばらく長椅子の上に倒れていた、そんな突然私を怯《おび》やかした胸の発作がどうにか鎮まってからであった。

思えば、それが私の狭心症の最初の軽微な発作だったのだろうが、それまではそれについて何んの予兆もなかったので、そのときはただ自分の驚愕《きょうがく》のためかと思った。そのとき自分の家に私ひとりきりであったのが却《かえ》って私にはその発作に対して無頓着《むとんじゃく》でいさせたのだ。私は女中も呼ばず、しばらく一人で我慢していてから、やがてすぐ元通りになった。私はそのことは誰にも云わなかった。……

菜穂子、お前はO村で一人きりでそういう森さんの死を知ったとき、どんな異常な衝動を受けたであろうか。少くともこのときお前はお前自身のことよりか私のことを、――それから私が打ちのめされながらじっとそれを耐えている、見るに見かねるような様子を半ば気づかいながら、半ば苦々しく思いながら一人で想像していたろうことは考えられる。……が、お前はそれに就いては全然沈黙を守っており、これまではほんの申訣《もうしわけ》のように書いてよこした端書《はがき》の便りさえそのときぎり書いてよこさなくなってしまった。私にはこのときはその方が却って好かった。自然なようにさえ思えた。あの方がもうお亡くなりになった上は、いつかはあの方の事に就いてもお前と心をひらいて語り合うことも出来よう。――そう私は思って、そのうち私達がＯ村ででも一しょに暮らしているうちに、それを語り合うに最もよい夕《ゆうべ》のあることを信じていた。が、八月の半ば頃になって溜《た》まっていた用事が片づいたので、漸《や》っとの事でＯ村へ行けるようになった私と入れちがいにお前が前もって何も知らせずに東京へ帰って来てしまったことを知ったときは、流石《さすが》の私もすこし憤慨した。そうして私達の不和ももうどうにもならないところまで行っているのをその事でお前に露わに見せつけられたような気がしたのだった。

　平野の真ん中の何処かの駅と駅との間で互にすれちがった儘《まま》、私はお前と入れ代ってＯ村で爺やたちを相手に暮らすようになり、お前もお前で、強情そうに一人きりで生活し、それからは一度もＯ村へ来ようとはしなかったので、それなり私達は秋まで一遍も顔を合わせずにしまった。私はその夏も殆ど山の家に閉じこもった儘でいた。八月の間は、村をあちこちと二三人ずつ組んで散歩をしている学生たちの白絣姿《しろがすりすがた》が私を村へ出てゆくことを億劫《おつくう》にさせていた。九月になって、その学生たちが引き上げてしまうと、例年のように霖雨《りんう》が来て、こんどはもう出ようにも出られなかった。爺やたちも私があんまり所在なさそうにしているので陰では心配しているらしかったが、私自身にはそうやって病後の人のように暮らしているのが一番好かった。私はときどき爺やの留守などに、お前の部屋にはいって、お前が何気なくそこに置いていった本だとか、そこの窓から眺められるかぎりの雑木の一本一本の枝ぶりなどを見ながら、お前がその夏この部屋でどういう考えをもって暮らしていたかを、それ等のものから読みとろうとしたりしながら、何か切ないもので一ぱいになって、知《し》らず識《し》らずの裡《うち》に其処《そこ》で長い時間を過ごしていることがあった。……

そのうちに雨が漸《や》っとの事で上がって、はじめて秋らしい日が続き出した。何日も何日も濃い霧につつまれていた山々や遠くの雑木林が突然、私達の目の前にもう半ば黄ばみかけた姿を見せ出した。私は矢っ張何かほっとし、朝夕、あちこちの林の中などへ散歩に行くことが多くなった。余儀なく家にばかり閉じこもらされていたときはそんな静かな時間を自分に与えられたことを有難がっていたのだったけれど、こうして林の中を一人で歩きながら何もかも忘れ去ったような気分になっていると、こういう日々もなかなか好く、どうしてこの間まではあんなに陰気に暮らしていられたのだろうと我ながら不思議にさえ思われてくる位で、人間というものは随分勝手なものだと私は考えた。私の好んで行った山よりの落葉松林《からまつばやし》は、ときおり林の切れ目から薄赤い穂を出した芒《すすき》の向うに浅間の鮮な山肌をのぞかせながら、何処までも真直に続いていた。その林がずっと先きの方でその村の墓地の横手へ出られるようになっていることは知っていたけれど、或日私は好い気持になって歩いているうちにその墓地近くまで来てしまい、急に林の奥で人ごえのするのに驚いて、惶《あわ》ててそこから引っ返して来た。丁度その日はお彼岸の中日だったのだ。私はその帰り道、急に林の切れ目の芒の間から一人の土地の者らしくない身なりをした中年の女が出てきたのにばったりと出会った。向うでも私のような女を見てちょっと驚いたらしかったが、それは村の本陣のおようさんだった。

「お彼岸だものですから、お墓詣《はかまいり》に一人で出て来たついでに、あんまり気持が佳《よ》いのでつい何時までも家に帰らずにふらふらしていました。」おようさんは顔を薄赤くしながらそう云って何気なさそうな笑い方をした。「こんなにのんびりとした気持になれたことはこの頃滅多にないことです。……」

おようさんは長年病身の一人娘をかかえて、私同様、殆ど外出することもないらしいので、ここ四五年と云うものは私達はときおりお互の噂を聞き合う位で、こうして顔を合わせたことはついぞなかったのだ。私達はそれだものだから、なつかしそうについ長い立ち話をして、それから漸《ようや》くの事で分かれた。

　私は一人で家路に著《つ》きながら、途々《みちみち》、いま分かれてきたばかりのおようさんが、数年前に逢ったときから見ると顔など幾分老《ふ》けたようだが、私とは只の五つ違いとはどうしても思われぬ位、素振りなどがいかにも娘々しているのを心に蘇《よみがえ》らせているうちに、自分などの知っているかぎりだけでも随分不為合《ふしあわ》せな目にばかり逢って来たらしいのに、いくら勝気だとはいえ、どうしてああ単純な何気ない様子をしていられるのだろうと不思議に思われてならなかった。それだのに、始終、そうでもしていなければ気がすまなくなっているかのように、もうどうでも好いような事をいつまでも心痛している、——そういう自分達がいかにも異様に私に感ぜられて来だした。

　林の中から出きらないうちに、もう日がすっかり傾いていた。私は突然或決心をしながら、おもわず足を早めて帰ってきた。家に著くと、私はすぐ二階の自分の部屋に上がっていって、此の手帳を用簞笥《ようだんす》の奥から取り出してきた。この数日、日が山にはいると急に大気が冷え冷えとしてくるので、いつも私が夕方の散歩から帰るまでに爺やに暖炉に火を焚《た》いて置くように云いつけてあったが、その日に限って爺やは他の用事に追われて、まだ火を焚きつけていなかった。私はいますぐにもその手帳を暖炉にていたのだ。が、私は傍らの椅子に腰かけたまま、その手帳を無雑作に手に丸めて持ちながら、一種苛ら立《いらだ》たしいような気持で、爺やが薪を焚きつけているのを見ている外はなかった。

爺やはそういう苛ら苛らしている私の方を一度も振りかえろうとはせずに、黙って薪を動かしていたが、この人の好い単純な老人には私はそんな瞬間にもふだんの物静かな奥様にしか見えていなかったろう。……それからこの夏私の来るまで此処で一人で本ばかり読んで暮らしていたらしい菜穂子だって私にはあんなに手のつけようのない娘にしか思われないのに、この爺やには矢っ張私と同じような物静かな娘に見えていたのだったろう。そしてこういう単純な人達の目には、いつも私達は「お為合《しあ》わせな」人達なのだ。私達がどんなに仲の悪い母娘であるかと云う事をいくら云って聞かせてみても此人達にはそんな事は到底信ぜられないだろう。……そのときふとこういう気が私にされてきた。実はそういう人達――いわば純粋な第三者の目に最も生き生きと映っているだろう恐らくは為合わせな奥様としての私だけがこの世に実在しているので、何かと絶えず生の不安に怯《おび》やかされている私のもう一つの姿は、私が自分勝手に作り上げている架空の姿に過ぎないのではないか。……きょうおようさんを見たときから、私にそんな考えが萌《きざ》して来だしていたのだと見える。おようさんにはおようさん自身がどんな姿で感ぜられているか知らない。しかし私にはおようさんは勝気な性分で、自分の背負っている運命なんぞは何んでもないと思っているような人に見える。恐らくは誰の目にもそうと見えるにちがいない。そんな風に誰の目にもはっきりそうと見えるその人の姿だけがこの世に実在しているのではないか。そうすると、私だってもそれは人生半ばにして夫に死別し、その後は多少寂しい生涯だったが、ともかくも二人の子供を立派に育て上げた堅実な寡婦、——それだけが私の本来の姿で、そのほかの姿、殊に此の手帳に描かれてあるような私の悲劇的な姿なんぞはほんの気まぐれな仮象にしか過ぎないのだ。此の手帳さえなければ、そんな私はこの地上から永久に姿を消してしまう。そうだ、こんなものは一思いに焼いてしまうほかはない。本当にいますぐにも焼いてしまおう。……

　それが夕方の散歩から帰って来たときからの私の決心だったのだ。それだのに、私は爺やが其処を立ち去った後も、ちょっとその機会を失ってしまったかのように、その手帳をぼんやりと手にしたまま火の中へ投ぜずにいた。私には既に反省が来ていた。私達のような女は、そうしようと思った瞬間なら自分達にできそうもない事でもしでかし、それをした理由だってあとからいくらでも考え出せるが、自分がこれからしようとしている事を考え出したら最後、もうすべての事が逡巡《ためら》われてくる。そのときも、私はいざこれから此の手帳を火に投じようとしかけた時、ふいともう一度それを読み返して、それが長いこと私を苦しめていた正体を現在のこのような醒《さ》めた心で確かめてからでも遅くはあるまいと考えた。しかし、私はそうは思ったものの、そのときの気分ではそれをどうしても読み返してみる気にはなれなかった。そうして私はそれをその儘《まま》、マントル・ピイスの上に置いておいた。その夜のうちにも、ふいとそれを手にとって読んで見るような気になるまいものでもないと思ったからであった。が、その夜遅く、私は寝るときにそれを自分の部屋の元あった場所に戻しておくより外はなかった。

そんな事があってから二三日立つか立たないうちの事だったのだ。或夕方、私がいつものように散歩をして帰って来てみると、いつ東京から来たのか、お前がいつも私の腰かけることにしている椅子に靠《もた》れたまま、いましがたぱちぱち音を立てながら燃え出したばかりらしい暖炉の火をじっと見守っていたのは……

その夜遅くまでのお前との息苦しい対話は、その翌朝突然私の肉体に現われた著しい変化と共に、私の老いかけた心にとっては最も大きな傷手を与えたのだった。その記憶も漸《ようや》く遠のいて私の心の裡《うち》でそれが全体としてはっきりと見え易いようになり出した、それから約一年後の今夜、その同じ山の家の同じ暖炉の前で、私はこうして一度は焼いてしまおうと決心しかけた此の手帳を再び自分の前にひらいて、こんどこそは私のしたことのすべてを贖《つぐな》うつもりで、自分の最後の日の近づいてくるのをひたすら待ちながら、こうして自分の無気力な気持に鞭《むち》うちつつその日頃の出来事をつとめて有りの儘《まま》に書きはじめているのだ。

お前は暖炉の傍らに腰かけたまま、そこに近づいていった私の方へは何か怒ったような大きい目ざしを向けたきり、何んとも云い出さなかった。私も私で、まるできのうも私達がそうしていたように、押し黙ったまま、お前の隣りへ他の椅子をもっていって徐《しず》かに腰を下ろした。私はなぜかお前の目つきからすぐお前の苦しんでいるのを感じ、どんなにかお前の心の求めているような言葉をかけてやりたかったろう。が、同時に、お前の目つきには私の口の先まで出かかっている言葉をそこにそのまま凍らせてしまうようなきびしさがあった。どうしてそんな風に突然こちらへ来たのかを率直にお前に問うことさえ私には出来悪《できにく》かった。お前もそれがひとりでに分かるまでは何んとも云おうとしないように見えた。漸《や》っとの事で私達が二言三言話し合ったのは雑司ヶ谷の人達の上ぐらいで、あとはそれが毎日の習慣でもあるかのように二人並んで黙って焚火《たきび》を見つめていた。

日は昏《く》れていった。しかし、私達はどちらもあかりを点《つ》けに立とうとはしないで、そのまま暖炉に向っていた。外が暗くなり出すにつれて、お前の押し黙った顔を照らしている火かげがだんだん強く光り出していた。ときおり焔《ほのお》の工合でその光の揺らぐのが、お前が無表情な顔をしていればいるほど、お前の心の動揺を一層示すような気がされてならなかった。

　だが、山家らしい質素な食事に二人で相変らず口数寡《すくな》く向った後、私達が再び暖炉の前に帰っていってから大ぶ立ってからだった。ときどき目をつぶったりして、いかにも疲れて睡たげにしていたお前が、突然、なんだか上ずったような声で、しかし爺やたちに聞かれたくないように調子を低くしながら話し出した。それは私もうすうす察していたように、矢っ張お前の縁談についてだった。それまでも二三度そんな話を他から頼まれて持ってきたが、いつも私達が相手にならなかった高輪のお前のおばが、この夏もまた新しい縁談を私のところに持ってきたが、丁度森さんが北京でお亡くなりになったりした時だったので、私も落ち着いてその話を聞いてはいられなかった。しかし二度も三度もうるさく云って来るものだから、しまいには私もつい面倒になって、菜穂子の結婚のことは当人の考えに任せる事にしてありますから、と云って帰した。ところがお前が八月になって私と入れ代りに東京へ帰ったのを知ると、すぐお前のところに直接その縁談を勧めに来たらしかった。そしてそのとき私が何もかもお前の考えの儘にさせてあると云った事を妙に楯《たて》にとって、お前がそれまでどんな縁談を持ちこまれてもみんな断ってしまうのを私までがそれをお前の我儘のせいにしているようにお前に向って責めたらしかった。私がそう云ったのは、何もそんなつもりではない位な事は、お前も承知していていい筈だった。それだのに、お前はそのときお前のおばにそんな事で突込まれた腹立ちまぎれに、私の何んの悪気もなしに云った言葉をもお前への中傷のようにとったのだろうか。少くとも、いまお前の私に向ってその話をしている話し方には、私のその言葉をも含めて怒っているらしいのが感ぜられる。

……

そんな話の中途から、お前は急に幾分ひきつったような顔を私の方へもち上げた。

「その話、お母様は一体どうお思いになって？」

「さあ、私には分からないわ。それはあなたの……」いつもお前の不機嫌そうなときに云うようなおどおどした口調でそう云いさして、私は急に口をつぐんだ。こんなお前を避けるような態度でばかりはもう断じてお前に対すまい、私は今宵こそはお前に云いたいだけのことを云わせるようにし、自分もお前に云っておくべきことだけは残らず云っておこう。私はお前のどんな手きびしい攻撃の矢先にもまともに耐えて立っていようと決心した。で、私は自分に鞭うつような強い語気で云い続けた。「……私は本当のところをいうとね、その御方がいくら一人息子でも、そうやって母親と二人きりで、いつまでも独身でおとなしく暮らしていらしったというのが気になるのよ。なんだか話の様子では、母親に負けているような気がしますわ、その御方が……」

お前はそう私に思いがけず強く出られると、何か考え深そうになって燃えしきっている薪を見つめていた。二人は又しばらく黙っていた。それから急にいかにもその場で咄嗟《とっさ》に思いついたような不確かな調子でお前が云った。

「そういうおとなし過ぎる位の人の方がかえって好さそうね。私なんぞのような気ばかし強いものの結婚の相手には……」

　私はお前がそんなことを本気で云っているのかどうか試めすようにお前の顔を見た。お前は相変らずぱちぱち音を立てて燃えている薪を見据えるようにしながら、しかもそれを見ていないような、空虚な目ざしで自分の前方をきっと見ていた。それは何か思いつめているような様子をお前に与えていた。いまお前の云ったような考え方が私への厭味《いやみ》ではなしに、お前の本気から出ているのだとすれば、私はそれには迂闊《うかつ》に答えられないような気がして、すぐには何んとも返事がせられずにいた。

　お前が云い足した。「私は自分で自分のことがよく分かっていますもの。」

「………」私はいよいよ何んと返事をしたらいいか分からなくなって、ただじっとお前の方を見ていた。

「私、この頃こんな気がするわ、男でも、女でも結婚しないでいるうちはかえって何かに束縛されているような……始終、脆《もろ》い、移り易いようなもの、例えば幸福なんていう幻影《イリユウジヨン》に囚《とら》われているような……そうではないのかしら？　しかし結婚してしまえば、少くともそんな果敢《はか》ないものからは自由になれるような気がするわ……」

　私はすぐにはそういうお前の新しい考えについては行かれなかった。私はそれを聞きながら、お前が自分の結婚ということを当面の問題として真剣になって考えているらしいのに何よりも驚いた。その点は、私はすこし認識が足りなかった。しかし、いまお前の云ったような結婚に対する見方がお前自身の未経験な生活からひとりでに出来てきたものかどうかと云うことになるといささか懐疑的だった。――私としては、この儘こうして私の傍でお前がいらいらしながら暮らしていたら、互に気持をこじらせ合ったまま、自分で自分がどんなところへ行ってしまうか分からないと云ったような、そんな不安な思いからお前が苦しまぎれに縋《すが》りついている、成熟した他人の思想としてしか見えないのだ……「そういう考え方はそれはそれとして肯《うなず》けるようだけれど、何もその考えのためにお前のように結婚を向きになって考えることはないと思うわ……」私はそう自分の感じたとおりのことを云った。「……もうすこし、お前、なんていったらいいか、もうすこし、そうね、暢気《のんき》になれないこと?」

お前は顔に反射している火かげのなかで、一種の複雑な笑いのようなものを閃《ひらめ》かせながら、

「お母様は結婚なさる前にも暢気でいられた?」と突込んで来た。

「そうね……私は随分暢気な方だったんでしょう、なにしろまだ十九かそこいらだったから。……学校を出ると、うちが貧乏のため母の理想の洋行にやらせられずに、すぐお嫁にゆかせられるようになったのを大喜びしていた位でしたもの。……」

「でも、それはお父様が好いお方なことがお分かりになっていられたからではなくって？」

お前の好いお父様の話がいかにも自然に私達の話題に上ったことが急に私をいつになくお前のまえで生き生きとさせ出した。

「本当に私にはもったいない位に好いお父様でした。私の結婚生活が最初から最後まで順調に行ったのも、私の運が好かったのだなどとは一度も私に思わせず、そうなるのがさも当り前のように考えさせたのが、お父様の性格でした。ことに私がいまでもお父様に感謝しているのは、結婚したてはまだほんの小娘に過ぎなかった私を、はじめからどんな場合にでも、一個の女性としてばかりでなく、一個の人間として相手にして下すったことでした。私はそのおかげでだんだん人間としての自信がついてきました。……」

「好いお父様だったのね。……」お前までがいつになく昔を懐しがるような調子になって云った。「私は子供の時分よくお父様のところへお嫁に行きたいなあと思っていたものだわ。……」

「…………」私は思わず生き生きした微笑をしながら黙っていた。が、こういう昔話の出た際に、もうすこしお父様の生きていらしった頃のことや、お亡くなりになった後のことについてお前に云って置かなければならない事があると思った。

が、お前がそういう私の先を越して云った。こんどは何か私に突っかかるような嗄《しゃ》がれ声《ごえ》だった。

「それでは、お母様は森さんのことはどうお思いになっていらっしゃるの？」

「森さんのこと？　……」私はちょっと意外な問いに戸惑いながら、お前の方へ徐《しず》かに目をもっていった。

「……………」こんどはお前が黙って頷《うなず》いた。

「それとこれとは、お前、全然……」私は何んとなく曖昧《あいまい》な調子でそう云いかけているうちに、急にいまのお前のこだわったようなものの問い方で、森さんが私達の不和の原因となったとお前の思い込んでいたものがはっきりと分かったような気がした。ずっと前に亡くなられたお父様のことがいつまでもお前の念頭から離れなかったのだ。あの頃のお前は私というものがお前の考えている母というものから抜け出して行ってしまいそうだったので気が気でなかったのだ。それがお前の思い過ごしであったことは、いまのお前ならよく分かるだろう。けれども、そのときは私もまた私でお前にそれがそうであることを率直に云ってやれなかった、どうしてだかそんな事までが自分の思うように云えないように事物をすこし込み入らせて私は考えがちであった、いわば私の唯一の過失はそこにこそあったのだ。いま、私はそれをお前にも、また私自身にもはっきりと云い聞かしておかなければならないと思った。「……いいえ、そんな云いようはもうしますまい。それは本当に何でもない事だったのが私達にはっきり分かって来ているのですから、何でもない事として云います。森さんが私にお求めになったのは、結局のところ、年上の女性としてのお話し相手でした。私なんぞのような世間知らずの女が気どらずに申し上げたことが反って何んとなく身にしみてお感ぜられになっただけなのです。それだけの事だったのがそのときはあの方にも分からず、私自身にも分からなかったのです。それは只の話し相手は話し相手でも、あの方が私にどこまでも一個の女性としての相手を望まれていたのがいけなかったのでした。それが私をだんだん窮屈にさせていったのです。……」そう息もつかずに云いながら、私はあんまり暖炉の火をまともに見つづけていたので、目が痛くなって来て、それを云い終るとしばらく目を閉じていた。再びそれを開けたときは、こんどは私はお前の顔の方へそれを向けながら、「……私はね、菜穂子、この頃になって漸《や》っと女ではなくなったのよ。私は随分そういう年になるのを待っていました。……私は自分がそういう年になれてから、もう一度森さんにお目にかかって心おきなくお話の相手をして、それから最後のお分かれをしたかったのですけれど……」

お前はしかし押し黙って暖炉の火に向った儘《まま》、その顔に火かげのゆらめきとも、又一種の表情とも分かちがたいものを浮べながら、相変らず自分の前を見据えているきりだった。

その沈黙のうちに、いま私が少し許《ばか》り上ずったような声で云った言葉がいつまでも空虚に響いているような気がして、急に胸がしめつけられるようになった。私はお前のいま考えていることを何んとでもして知りたくなって、そんな事を訊《き》くつもりもなしに訊いた。

「お前は森さんのことをどうお考えなの？」

「私？　……」お前は脣《くちびる》を嚙んだまま、しばらくは何んとも云い出さなかった。

「……そうね、お母様の前ですけれど、私はああいう御方は敬遠して置きたいわ。それはお書きになるものは面白いと思って読むけれども、あの御方とお附き合いしたいとは思いませんでしたわ。なんでも御自分のなさりたいと思うことをしていいと思っているような天才なんていうものは、私は少しも自分の側《そば》にもちたいとは思っていませんわ。……」

お前のそういう一語一語が私の胸を異様に打った。私はもう為様《しよう》がないといった風に再び目を閉じたまま、いまこそ私との不和がお前から奪ったものをはっきりと知った。それは母としての私ではない、断じてそうでない、それは人生の最も崇高なものに対する女らしい信従なのである。母としての私は再びお前に戻されても、そういう人生への信従はもう容易には返されないのではなかろうか？　……

もう夜もだいぶ更けたらしく、小屋の中までかなり冷え込んできていた。さきに寝かせてあった爺やがもう一寝入りしてから、ふと目を覚ましたようで、台所部屋の方から年よりらしい咳払いのするのが聞え出した。私達はそれに気づくと、もうどちらからともなく暖炉に薪を加えるのを止めていたが、だんだん衰え出した火力が私達の身体を知《し》らず識《し》らず互に近よらせ出していた。心と心とはいつか自分自分の奥深くに引き込ませてしまいながら……

その夜は、もう十二時を過ぎてから各自の寝室に引き上げた後も、私はどうにも目が冴えて、殆どまんじりとも出来なかった。私は隣りのお前の部屋でも夜どおし寝台のきしるのを耳にしていた。それでも明け方、漸《ようや》く窓のあたりが白んでくるのを認めると、何かほっとしたせいか、私はついうとうとと睡《まどろ》んだ。が、それからどの位立ったか覚えていないが、私は急に何者かが自分の傍らに立ちはだかっているような気がして、おもわず目を覚ました。そこに髪をふりみだしながら立っている真白な姿が、だんだん寝巻のままのお前に見え出した。お前は私がやっとお前を認めたことに気がつくと、急におこったような切口上で云い出した。

「……私にはお母様のことはよく分かっているのよ。でも、お母様には、私のことがちっとも分からないの。何ひとつだって分かって下さらないのね。……けれども、これだけは事実としてお分かりになっておいて頂戴。私、こちらへ来る前に実はおば様にさっきのお話の承諾をして来ました。……」

夢とも現《うつつ》ともつかないような空《うつ》ろな目ざしでお前をじっと見つめている私の目を、お前は何か切なげな目つきで受けとめていた。私はお前の云っている事がよく分からないように、そしてそれを一層よく聞こうとするかのように、殆ど無意識に寝台の上に半ば身を起そうとした。

しかし、そのときはお前はもう私の方をふりむきもしないで、素早く扉のうしろに姿を消していた。

下の台所ではさっきからもう爺やたちが起きてごそごそと何やら物音を立て出していた。それが私にその儘《まま》起きてお前のあとを追って行くことをためらわせた。

私はその朝も七時になると、いつものように身だしなみをして、階下に降りていった。私はその前にしばらくお前の寝室の気配に耳を傾けてみたが、夜じゅうときどき思い出したようにきしっていた寝台の音も今はすっかりしなくなっていた。私はお前がその寝台の上で、眠られぬ夜のあとで、かきみだれた髪の中に顔を埋めているうちに、さすがに若さから正体もなく寝入ってしまうと、間もなく日が顔に一ぱいあたり出して、涙をそれとなく乾かしている……そんなお前のしどけない寝姿さえ想像されたが、そのままお前を静かに寝かせておくため、足音を忍ばせて階下に降りてゆき、爺やには菜穂子の起きてくるまで私達の朝飯の用意をするのを待っているように云いつけておいて、私は一人で秋らしい日の斜めに射して木かげの一ぱいに拡がった庭の中へ出て行った。寝不足の目には、その木かげに点々と落ちこぼれている日の光の工合が云いようもなく爽《さわ》やかだった。私はもうすっかり葉の黄いろくなった楡《にれ》の木の下のベンチに腰を下ろして、けさの寝ざめの重たい気分とはあまりにかけはなれた、そういう赫《かがや》かしい日和《ひより》を何か心臓がどきどきするほど美しく感じながら、かわいそうなお前の起きてくるのを心待ちに待っていた。お前が私に対する反抗的な気持からあまりにも向う見ずな事をしようとしているのを断然お前に諫止《かんし》しなければならないと思った。その結婚をすればお前がかならず不幸になると私の考える理由は何ひとつない、ただ私はそんな気がするだけなのだ。——私はお前の心を閉じてしまわせずに、そこのところをよく分かって貰うためには、どういうところから云い出したらいいのであろうか。いまからその言葉を用意しておいたって、それを一つ一つお前に向って云えようとは思えない、——それよりか、お前の顔を見てから、こちらが自分をすっかり無くして、なんの心用意もせずにお前に立ち向いながら、その場で自分に浮んでくることをその儘云った方がお前の心を動かすことが云えるのではないかと考えた。……そう考えてからは、私はつとめてお前のことから心を外らせて、自分の頭上の真黄いろな楡の木の葉がさらさらと音を立てながら絶えず私の肩のあたりに撒《ま》き散《ち》らしている細かい日の光をなんて気持がいいんだろうと思っているうちに、自分の心臓が何度目かに劇《はげ》しくしめつけられるのを感じた。が、こんどはそれはすぐ止まず、まあこれは一体どうしたのだろうと思い出した程、長くつづいていた。私はその腰かけの背に両手をかけて漸《や》っとの事で上半身を支えていたが、その両手に急に力がなくなって……

菜穂子の追記

此処で、母の日記は中絶している。その日記の一番終りに記されてある或秋の日の小さな出来事があってから、丁度一箇年立って、やはり同じ山の家で、母がその日のことを何を思い立たれてか急にお書き出しになっていらっしった折も折、再度の狭心症の発作に襲われてその儘お倒れになった。此の手帳はその意識を失われた母の傍らに、書きかけのまま開かれてあったのを爺やが見つけたものである。

母の危篤の知らせに驚いて東京から駈けつけた私は、母の死後、爺やから渡された手帳が母の最近の日記らしいのをすぐ認めたが、そのときは何かすぐそれを読んで見ようという気にはなれなかった。私はその儘、それをO村の小屋に残してきた。私はその数箇月前に既に母の意に反した結婚をしてしまっていた。その時はまだ自分の新しい道を伐《き》り拓《ひら》こうとして努力している最中だったので、一たび葬った自分の過去を再びふりかえって見るような事は私には堪え難いことだったからだ。……

その次ぎに又O村の家に残して置いたものの整理に一人で来たとき、私ははじめてその母の日記を読んだ。この前のときからまだ半年とは立っていなかったが、私は母が気づかったように自分の前途の極めて困難であるのを漸《ようや》く身にしみて知り出していた折でもあった。私は半ばその母に対する一種のなつかしさ、半ば自分に対する悔恨から、その手帳をはじめて手にとったが、それを読みはじめるや否や、私はそこに描かれている当時の少女になったようになって、やはり母の一言一言に小さな反抗を感ぜずにはいられない自分を見出した。私は何んとしてもいまだに此の日記の母をうけいれるわけにはいかないのである。――お母様、この日記の中でのように、私がお母様から逃げまわっていたのはお母様自身からなのです。それはお母様のお心のうちにだけ在る私の悩める姿からなのです。私はそんな事でもって一度もそんなに苦しんだり悩んだりした事はございませんもの。……

私はそう心のなかで、思わず母に呼びかけては、何遍もその手帳を中途で手放そうと思いながら、矢っ張最後まで読んでしまった。読《よ》み了《おわ》っても、それを読みはじめたときから私の胸を一ぱいにさせていた憤懣《ふんまん》に近いものはなかなか消え去るようには見えなかった。

しかし気がついてみると、私はこの日記を手にしたまま、いつか知《し》らず識《し》らずのうちに、一昨年の秋の或る朝、母がそこに腰かけて私を待ちながら最初の発作に襲われた、大きな楡の木の下に来ていた。いまはまだ春先きで、その楡の木はすっかり葉を失っていた。ただそのときの丸木の腰かけだけが半ば毀《こわ》れながら元の場所に残っていた。

私がその半ば毀れた母の腰かけを認めた瞬間であった。この日記読了後の一種説明しがたい母への同化、それ故にこそ又同時にそれに対する殆ど嫌悪にさえ近いものが、突然私の手にしていた日記をその儘その楡の木の下に埋めることを私に思い立たせた。

……

菜穂子

一

「やっぱり菜穂子さんだ。」思わず都築明は立ち止りながら、ふり返った。

すれちがうまでは菜穂子さんのようでもあり、そうでないようにも思えたりして、彼は考えていたが、すれちがったとき急にもうどうしても菜穂子さんだという気がした。

明は暫く目まぐるしい往来の中に立ち止った儘《まま》、もうかなり行き過ぎてしまった白い毛の外套《がいとう》を着た一人の女とその連れの夫らしい姿を見送っていた。そのうちに突然、その女の方でも、今すれちがったのは誰だか知った人のようだったと漸《や》っと気づいたかのように、彼の方をふり向いたようだった。夫も、それに釣られたように、こっちをちょいとふり向いた。その途端、通行人の一人が明に肩をぶつけ、空《うつ》けたように佇《たたず》んでいた背の高い彼を思わずよろめかした。

明がそれから漸っと立ち直ったときは、もうさっきの二人は人込みの中に姿を消していた。

何年ぶりかで見た菜穂子は、何か目に立って憔悴《しょうすい》していた。白い毛の外套に身を包んで、並んで歩いている彼女よりも背の低い夫には無頓著《むとんじゃく》そうに、考え事でもしているように、真直を見たままで足早に歩いていた。一度夫が何か彼女に話しかけたようだったが、それは彼女にちらりと蔑《さげす》むような頰笑みを浮べさせただけだった。――都築明は自分の方へ向って来る人込みの中に目ざとくそう云う二人の姿を見かけ、菜穂子さんを見るような人だがと思い出すと、俄《にわ》かに胸の動悸《どうき》が高まった。彼がその白い外套の女から目を離さずに歩いて行くと、向うでも一瞬彼の方を訝《いぶか》しそうに見つめ出したようだった。しかし、何となくこちらを見ていながら、まだ何にも気づかないでいる間のような、空虚な眼ざしだった。それでも明はその宙に浮いた眼ざしを支え切れないように、思わずそれから目を外《そ》らせた。そして彼がちょいと何でもない方を見ている暇に、彼女はとうとう目の前の彼にそれとは気づかずに、夫と一しょにすれちがって行ってしまったのだった……。

明はそれからその二人とは反対の方向へ、なぜ自分だけがそっちへ向って歩いて行かなければならないのか急に分からなくなりでもしたかのように、全然気がすすまぬように歩いて行った。こうして人込みの中を歩いているのが、突然何んの意味も無くなってしまったかのようだった。毎晩、彼の勤めている建築事務所から真直に荻窪の下宿へ帰らずに、何時間もこう云う銀座の人込みの中で何と云う事もなしに過していたのが、今までは兎も角も一つの目的を持っていたのに、その目的がもう永久に彼から失われてしまったとでも云うかのようだった。

今いる町のなかは、三月なかばの、冷え冷えと曇り立った暮方だった。

「なんだが菜穂子さんはあんまり為合《しあわ》せそうにも見えなかったな」と明は考え続けながら、有楽町駅の方へ足を向け出した。「だが、そんな事を勝手に考えたりするおれの方が余っ程どうかしている。まるで人の不為合せになった方が自分の気に入るみたいじゃないか……。」

二

都築明は、去年の春私立大学の建築科を卒業してから、或《ある》建築事務所に勤め出していた。彼は毎日荻窪の下宿から銀座の或ビルディングの五階にあるその建築事務所へ通って来ては、几帳面《きちょうめん》に病院や公会堂なぞの設計に向っていた。この一年間と云うもの、時にはそんな設計の為事《しごと》に全身を奪われることはあっても、しかし彼は心からそれを楽しいと思ったことは一度もなかった。

「お前はこんなところで何をしている?」ときどき何物かの声が彼に囁《ささや》いた。

この間、彼がもう二度と胸に思い描くまいと心に誓っていた菜穂子にはからずも町なかで出逢ったときの事は、誰にとて話す相手もなく、ただ彼の胸のうちに深い感動として残された。そしてそれがもう其処《そこ》を離れなかった。――あの銀座の雑沓《ざつとう》、夕方のにおい、一しょにいた夫らしい男、まだそれらのものをありありと見ることが出来た。あの白い毛の外套に身を包んで空《くう》を見ながら歩き過ぎたその人も、――殊にその空を見入っていたようなあのときの眼ざしが、いまだにそれを思い浮べただけでもそれから彼が目を外らせずにはいられなくなる位、何か痛々しい感じで、はっきりと思い出されるのだった。――昔から菜穂子は何か気に入らない事でもあると、誰の前でも構わずにあんな空虚な眼ざしをしだす習癖のあった事を、彼は或日ふと何かの事から思い出した。

「そうだ、こないだあの人がなんだが不為合せなような気がひょいとしたのは、事によるとあのときのあの人の眼つきのせいだったのかも知れない。」

都築明はそんな事を考え出しながら、暫く製図の手を休めて、事務所の窓から町の屋根だの、その彼方にあるうす曇った空だのを、ぼんやりと眺めていた。そんなとき不意に自分の楽しかった少年時代の事なんぞがよみ返って来たりすると、明はもう為事に身を入れず、どうにもしようがないように、そう云う追憶に自分を任せ切っていた。……

その赫《かがや》かしい少年の日々は、七つのとき両親を失くした明を引きとって育てて呉れた独身者の叔母の小さな別荘のあった信州のO村と、其処で過した数回の夏休みと、その村の隣人であった三村家の人々、――殊に彼と同じ年の菜穂子とがその中心になっていた。明と菜穂子とはよくテニスをしに行ったり、自転車に乗って遠乗りをしてて来たりした。が、その頃から既に、本能的に夢を見ようとする少年と、反対にそれから目醒《めざ》めようとする少女とが、その村を舞台にして、互に見えつ隠れつしながら真剣に鬼ごっこをしていたのだった。そしていつもその鬼ごっこから置きざりにされるのは少年の方であった。……

或夏の日の事、有名な作家の森於菟彦が突然彼等の前に姿を現わした。高原の避暑地として知られた隣村のMホテルに暫く保養に来ていたのだった。三村夫人は偶然そのホテルで、旧知の彼に出会って、つい長い間よもやまの話をし合った。それから二三日してから、O村へのおりからの夕立を冒しての彼の訪れ、養蚕をしている村への菜穂子や明を交《ま》じえての雨後の散歩、村はずれでの愉《たの》しいほど期待に充ちた分かれ――、それだけの出会が、既に人生に疲弊したようなこの孤独な作家を急に若返らせでもさせたような、異様な亢奮《こうふん》を与えずにはおかなかったように見えた。……

翌年の夏もまた、隣村のホテルに保養に来ていたこの孤独な作家は不意にO村へも訪ねて来たりした。その頃から、三村夫人が彼女のまわりに拡げ出していた一種の悲劇的な雰囲気は、何か理由がわからないなりにも明の好奇心を惹《ひ》いて、それを夫人の方へばかり向けさせていた間、彼はそれと同じ影響が菜穂子から今までの快活な少女を急に抜け出させてしまった事には少しも気がつかなかった。そして明が漸っとそう云う菜穂子の変化に気づいたときは、彼女は既に彼からは殆《ほとん》ど手の届かないようなところに行ってしまっていた。この勝気な少女は、その間じゅう、一人で誰にも打ち明けられぬ苦しみを苦しみ抜いて、その挙句もう元通りの少女ではなくなっていたのだった。

その前後からして、彼の赫かしかった少年の日々は急に陰《かげ》り出していた。……

或日、所長が事務所の戸を開けて入って来た。

「都築君。」

と所長は明の傍にも近づいて来た。明の沈鬱《ちんうつ》な顔つきがその人を驚かせたらしかった。

「君は青い顔をしている。何処《どこ》か悪いんじゃないか?」

「いいえ別に」と明は何だか気まりの悪そうな様子で答えた。前にはもっと入念に為《し》事《ごと》をしていたではないか、どうしてこう熱意が無くなったのだ、と所長の眼が尋ねているように彼には見えた。

「無理をして身体を毀《こわ》してはつまらん」しかし所長は思いの外の事を云った。

「一月《ひとつき》でも二月《ふたつき》でも、休暇を上げるから田舎へ行って来てはどうだ？」

「実はそれよりも――」と明は少し云いにくそうに云いかけたが、急に彼独特の人懐そうな笑顔に紛《まぎ》らわせた。「――が、田舎へ行かれるのはいいなあ。」

所長もそれに釣り込まれたような笑顔を見せた。

「今の為事が為上がり次第行きたまえ」

「ええ、大抵そうさせて貰います。実はもうそんな事は自分には許されないのかと思っていたのです……。」

明はそう答えながら、さっき思い切って所長に此事務所をやめさせて下さいと云い出しかけて、それを途中で止めてしまった自分の事を考えた。今の為事をやめてしまって、さてその自分にすぐ新しい人生を踏み直す気力があるかどうか自分自身にも分かっていない事に気づくと、こんどは所長の勧告に従って、暫く何処かへ行って養生して来よう、そうしたら自分の考えも変るだろうと、咄嗟《とっさ》に思いついたのだった。

明は一人になると、又沈鬱な顔つきになって、人の好さそうな所長が彼の傍を去ってゆく後姿を、何か感謝に充ちた目で眺めていた。

三

三村菜穂子が結婚したのは、今から三年前の冬、彼女の二十五のときだった。

結婚した相手の男、黒川圭介は、彼女より十も年上で、高商出身の、或商事会社に勤務している、世間並に出来上った男だった。圭介は長いこと独身で、もう十年も後家を立て通した母と二人きりで、大森の或坂の上にある、元銀行家だった父の遺して行った古い屋敷に地味に暮らしていた。その屋敷を取囲んだ数本の椎の木は、植木好きだった父をいつまでも思い出させるような恰好《かっこう》をして枝を拡げた儘《まま》、世間からこの母と子の平和な暮しを安全に守っているように見えた。圭介はいつも勤め先からの帰り途、夕方、折鞄《おりかばん》を抱えて坂を上って来て、わが家の椎の木が見え出すと、何かほっとしながら思わず足早になるのが常だった。そして晩飯の後も、夕刊を膝の上に置いたまま、長火鉢を隔てて母や新妻を相手にしながら、何時間も暮し向きの話などをしつづけていた。――菜穂子は結婚した当座は、そう云う張り合いのない位に静かな暮しにも格別不満らしいものを感じているような様子はなかった。

唯、菜穂子の昔を知っている友達たちは、なぜ彼女が結婚の相手にそんな世間並の男を選んだのか、皆不思議がった。が、誰一人、それはその当時彼女を劫《おびや》かしていた不安な生から逃れるためだった事を知るものはなかった。――そして結婚してから一年近くと云うものは、菜穂子は自分が結婚を誤たなかったと信じていられた。他人の家庭は、その平和がいかによそよそしいものであろうとも、彼女にとっては恰好の避難所であった。少くとも当時の彼女にはそう思えた。が、その翌年の秋、菜穂子の結婚から深い心の傷手《いたで》を負うたように見えた彼女の母の、三村夫人が突然狭心症で亡くなってしまうと、急に菜穂子は自分の結婚生活がこれまでのような落《お》ち著きを失い出したのを感じた。静かに、今のままのよそよそしい生活に堪えていようという気力がなくなったのではなく、そのように自己を伴《いつわ》ってまで、それに堪えている理由が少しも無くなってしまったように思えたのだ。

菜穂子は、それでも最初のうちは、何かを漸《や》っと堪えるような様子をしながらも、いままでどおり何んの事もなさそうに暮らしていた。夫の圭介は、相変らず、晩飯後も茶の間を離れず、この頃は大抵母とばかり暮し向きの話などをしながら、何時間も過していた。そしていつも話の圏外に置きざりにされている菜穂子には殆ど無頓著《むとんじゃく》そうに見えたが、圭介の母は女だけに、そう云う菜穂子の落ち著かない様子に何時までも気づかないでいるような事はなかった。彼女の娵《よめ》がいまのままの生活に何か不満そうにし出している事が、（彼女にはなぜか分からなかったが）しまいには自分たちの一家の空気をも重苦しいものにさせかねない事を何よりも怖れ出していた。

この頃は夜なかなどに、菜穂子がいつまでも眠れないでつい咳などをしたりすると、隣りの部屋に寝ている圭介の母はすぐ目を醒《さ》ました。そうすると彼女はもう眠れなくなるらしかった。しかし、圭介や他のものの物音で目を醒ましたようなときは、必ずすぐまた眠ってしまうらしかった。そんな事が又、菜穂子には何もかも分かって、一々心に応えるのだった。

菜穂子は、そう云う事毎に、他家へ身を寄せていて、自分のしたい事は何ひとつ出来ずにいる者にありがちな胸を刺されるような気持を絶えず経験しなければならなかった。――それが結婚する前から彼女の内に潜伏していたらしい病気をだんだん亢《こう》じさせて行った。菜穂子は目に見えて痩《や》せ出した。そして同時に、彼女の裡《うち》にいつか涌《わ》いて来た結婚前の既に失われた自分自身に対する一種の郷愁のようなものは反対にいよいよ募るばかりだった。しかし、彼女はまだ自分でもそれに気づかぬように出来るだけ堪えに堪えて行こうと決心しているらしく見えた。

三月の或暮方、菜穂子は用事のため夫と一しょに銀座に出たとき、ふと雑沓《ざっとう》の中で、幼馴染の都築明らしい、何かこう打ち沈んだ、その癖相変らず人懐しそうな、背の高い姿を見かけた。向うではじめから気がついていたようだが、こちらはそれが明である事を漸っと思い出したのは、もうすれちがって大ぶ立ってからの事だった。ふり返って見たときは、もう明の背の高い姿は人波の中に消えていた。

それは菜穂子にとっては、何でもない邂逅《かいこう》のように見えた。しかし、それから日が立つにつれて、何故かその時から夫と一しょに外出したりなどするのが妙に不快に思われ出した。わけても彼女を驚かしたのは、それが何か自分を伴っていると云う意識からはっきりと来ていることに気づいた事だった。それに近い感情はこの頃いつも彼女が意識の閾《しきみ》の下に漠然と感じつづけていたものだったが、菜穂子はあの孤独そうな明を見てから、なぜか急にそれを意識の閾の上にのぼらせるようになったのだった。

四

田舎へ行って来いと云われたとき都築明はすぐ少年の頃、何度も夏を過しに行った信州のO村の事を考えた。まだ寒いかも知れない、山には雪もあるだろう、何もかもが其処ではこれからだ、――そういう未だ知らぬ春先きの山国の風物が何よりも彼を誘った。

明はその元は宿場だった古い村に、牡丹屋《ぼたんや》という夏の間学生達を泊めていた大きな宿のあった事を思い出して、それへ問合わせて見ると、いつでも来てくれと云って寄《よこ》したので、四月の初め、明は正式に休暇を貰って信州への旅を決行した。

明の乗った信越線の汽車が桑畑のおおい上州を過ぎて、いよいよ信州へはいると、急にまだ冬枯れたままの、山陰などには斑雪《まだらゆき》の残っている、いかにも山国らしい景色に変り出した。明はその夕方近く、雪解けあとの異様な赭肌《あかはだ》をした浅間山を近か近かと背にした、或小さな谷間の停車場に下りた。

明には停車場から村までの途中の、昔と殆ど変らない景色が何とも云えず寂しい気がした。それはそんな昔のままの景色に比べて彼だけがもう以前の自分ではなくなったような寂しい心もちにさせられたばかりではなく、その景色そのものも昔から寂しかったのだ。――停車場からの坂道、おりからの夕焼空を反射させている道端の残雪、森のかたわらに置き忘れられたように立っている一軒の廃屋にちかい小家、尽きない森、その森も漸《や》っと半分過ぎたことを知らせる或岐《わか》れ道《みち》（その一方は村へ、もう一方は明がそこで少年の夏の日を過した森の家へ通じていた……）、その森から出た途端旅人の眼に印象深く入って来る火の山の裾野に一塊りになって傾いている小さな村……

O村での静かなすこし気の遠くなるような生活が始まった。

山国の春は遅かった。林はまだ殆ど裸かだった。しかしもう梢から梢へくぐり抜ける小鳥たちの影には春らしい敏捷《びんしょう》さが見られた。暮方になると、近くの林のなかで雉《きじ》がよく啼《な》いた。

牡丹屋の人達は、少年の頃の明の事も、数年前故人になった彼の叔母の事も忘れずにいて、深切に世話を焼いて呉れた。もう七十を過ぎた老母、足の悪い主人、東京から嫁いだその若い細君、それから出戻りの主人の姉のおよう、――明はそんな人達の事を少年の頃から知るともなしに知っていた。殊にその姉のおようと云うのが若い頃その美しい器量を望まれて、有名な避暑地の隣りの村でも一流のMホテルへ縁づいたものの、どうしても性分から其処がいやでいやで一年位して自分から飛び出して来てしまった話なぞを聞かされていたので、明は何となくそのおように対しては前から一種の関心のようなものを抱いていた。が、そのおように今年十九になる、けれどももう七八年前から脊髄炎《せきずいえん》で床に就ききりになっている、初枝という娘のあった事なぞは此度の滞在ではじめて知ったのだった。……

そう云う過去のある美貌の女としては、およう は今では余りに何でもない女のような構わない容子をしていた。けれどももう四十に近いのだろうに台所などでまめまめしく立ち働いている彼女の姿には、まだいかにも娘々した動作がその儘《まま》に残っていた。明はこんな山国にはこんな女の人もいるのかと懐しく思った。

林はまだその枝を透いてあらわに見えている火の山の姿と共に日毎に生気を帯びて来た。

来てから、もう一週間が過ぎた。明は殆ど村じゅうを見て歩いた。森のなかの、昔住んでいた家の方へも何度も行って見た。既に人手に渡っている筈の亡き叔母の小さな別荘もその隣りの三村家の大きな楡《にれ》の木のある別荘も、ここ数年誰も来ないらしく何処もかも釘づけになっていた。夏の午後などよく其処へ皆で集った楡の木の下には、半ば傾いたベンチがいまにも崩れそうな様子で無数の落葉に埋まっていた。明はその楡の木かげでの最後の夏の日の事をいまだに鮮かに思い出すことが出来た。――その夏の末、隣村のホテルに又来ているとかという噂が前からあった森於菟彦が突然O村に訪ねて来てから数日後、急に菜穂子が誰にも知らさずに東京へ引き上げて行ってしまった。その翌日、明はこの木の下で三村夫人からはじめてその事を聞いた。何かそれが自分のせいだと思い込んだらしい少年は落《お》ち著《つ》かないせかせかした様子で、思い切ったように訊《き》いた。「菜穂子さんは僕に何んにも云って行きませんでしたか？」「ええ別に何んとも……」夫人は考え深そうな、暗い眼つきで彼の方を見守った。「あの娘《こ》はあんな人ですから……」少年は何か怺《こら》えるような様子をして、大きく頷《うなず》いて見せ、その儘其処を立ち去って行った。――それがこの楡の家に明の来た最後になった。翌年から、明はもう叔母が死んだために此の村へは来なくなった。……

これでもう何度目かにその半ば傾いたベンチの上に腰かけた儘、その最後の夏の日のそう云う情景を自分の内によみ返らせながら、永久にこっちを振り向いてくれそうもない少女の事をもう一遍考えかけたとき、明は急に立ち上って、もう此処へは再び来まいと決心した。

そのうちに春らしい驟雨《しゅうう》が日に一度か二度は必らず通り過ぎるようになった。明は、そんな或日、遠い林の中で、雷鳴さえ伴った物凄い雨に出逢った。明は頭からびしょ濡れになって、林の空地に一つの藁葺小屋《わらぶきごや》を見つけると、大急ぎで其処へ飛び込んだ。何かの納屋かと思ったら、中はまっ暗だが、空虚らしかった。小屋の中は思いの外深い。彼は手さぐりで五六段ある梯子《はしご》のようなものを下りて行ったが、底の方の空気が異様に冷え冷えとしているので、思わず身顫《みぶる》いをした。しかし彼をもっと驚かせたのは、その小屋の奥に誰かが彼より先にはいって雨宿りしているらしい気配のした事だった。漸《ようや》く周囲に目の馴れて来た彼は突然の闖入者《ちんにゅうしゃ》の自分のために隅の方へ寄って小さくなっている一人の娘の姿を認めた。

「ひどい雨だな。」彼はそれを認めると、てれ臭そうに独り言をいいながら、娘の方へ背を向けた儘、小屋の外ばかり見上げていた。

が、雨はいよいよ烈《はげ》しく降っていた。それは小屋の前の火山灰質の地面を削って其処いらを泥流と化していた。落葉や折れた枝などがそれに押し流されて行くのが見られた。

半ば毀《こわ》れた藁屋根《わらやね》からは、諸方に雨洩りがしはじめ、明はそれまでの場所に立っていられなくなって、一歩一歩後退《あとずさり》して行った。娘との距離がだんだん近づいた。

「ひどい雨ですね。」と明はさっきと同じ文句を今度はもっと上ずった声で娘の方へ向けて云った。

「…………」娘は黙って頷《うなず》いたようだった。

明はそのとき初めてその娘を間近かに見ながらそれが同じ村の綿屋《わたや》という屋号の家の早苗と云う娘であるのに気づいた。娘の方では先に明に気づいていたらしかった。明はそれを知ると、こんな薄暗い小屋の中にその娘と二人きりで黙り合ってなんぞいる方が余っ程気づまりになったので、まだ少し上ずった声で、

「此の小屋は一体何んですか?」と問うて見た。

娘はしかし何んだかもじもじしているばかりで、なかなか返事をせずにいた。

「普通の納屋でもなさそうだけれど……。」明はもうすっかり目が馴れて来ているので小屋の中を一とあたり見廻した。

そのとき娘が漸っとかすかな返事をした。

「氷室《ひむろ》です。」

まだ藁屋根の隙間からはぽたりぽたりと雨垂れが打ち続けていたが、さすがの雨もどうやら漸く上りかけたらしかった。いくぶん外が明るくなって来た。

明は急に気軽そうに云った。「氷室と云うのはこれですか。……」

昔、此の地方に鉄道が敷設された当時、村の一部の人達は冬毎に天然氷を採取し、それを貯《たくわ》えて置いて夏になると各地へ輸送していたが、東京の方に大きな製氷会社が出来るようになると次第に誰も手を出す者がなくなり、多くの氷室がその儘諸方に立腐れになった。今でもまだ森の中なんぞだったら何処かに残っているかも知れない。——そんな事を村の人達からもよく聞いていたが明もそれを見るのは初めてだった。

「なんだか今にも潰《つぶ》れて来そうだなあ……。」明はそう云いながら、もう一度ゆっくりと小屋の中を見廻した。いままで雨垂れのしていた藁屋根の隙間から、突然、日の光がいくすじも細長い線を引き出した。不意と娘は村の者らしくない色白な顔をその方へもたげた。彼はそれをぬすみ見て、一瞬美しいと思った。

明が先になって、二人はその小屋を出た。娘は小さな籠《かご》を手にしていた。林の向うの小川から芹《せり》を摘んで来た帰りなのだった。二人は林を出ると、それからは一ことも物を云い合わずに、後になったり先になったりしながら、桑畑の間を村の方へ帰って行った。

その日から、そんな氷室のある林のなかの空地は明の好きな場所になった。彼は午後になると其処へ行って、その毀れかかった氷室を前にして草の中に横わりながら、その向うの林を透いて火の山が近か近かと見えるのを飽かずに眺めていた。

夕方近くになると、芹摘みから戻って来た綿屋の娘が彼の前を通り抜けて行った。そして暫く立ち話をして行くのが二人の習慣になった。

五

そのうちにいつの間にか、明と早苗とは、毎日、午後の何時間かをその氷室を前にして一しょに過すようになった。

明が娘の耳のすこし遠いことを知ったのは或風のある日だった。漸《や》っと芽ぐみ初めた林の中では、ときおり風がざわめき過ぎて木々の梢が揺れる度毎に、その先にある木の芽らしいものが銀色に光った。そんな時、娘は何を聞きつけるのか、明がはっと目を瞠《みは》るほど、神々しいような顔つきをする事があった。明はただ此の娘とこうやって何んの話らしい話もしないで逢ってさえいればよかった。其処には云いたい事を云い尽してしまうよりか、それ以上の物語をし合っているような気分があった。そしてそれ以外の欲求は何んにも持とうとはしない事くらい、美しい出会はあるまいと思っていた。それが相手にも何んとかして分からないものかなあと考えながら……

早苗はと云えば、そんな明の心の中ははっきりとは分からなかったけれども、何か自分が余計な事を話したりし出すと、すぐ彼が機嫌を悪くしたように向うを向いてしまうので、殆ど口をきかずにいる事が多かった。彼女ははじめのうちはそれがよく分からなくて、彼の厄介になっている牡丹屋と自分の家とが親戚《しんせき》の癖に昔から仲が悪いので、自分が何の気なしに話したおよう達の事でもって何か明の気を悪くさせるような事でもあったのだろうと考えた。が、外の事をいくら話し出しても同じだった。ただ一つ、彼女の話に彼が好んで耳を傾けたのは、彼女が自分の少女時代のことを物語ったときだけだった。殊に彼女の幼馴染だったおようの娘の初枝の小さい頃の話は何度も繰返して話させた。初枝は十二の冬、村の小学校への行きがけに、凍《し》みついた雪の上に誰かに突き転がされて、それがもとで今の脊髄炎《せきずいえん》を患ったのだった。その場に居合わせた多くの村の子達にも誰がそんな悪戯《いたずら》をしたのか遂に分からなかった。……

明はそう云う初枝の幼時の話などを聞きながら、ふとあの勝気そうなおようが何処かの物陰に一人で淋しそうにしている顔つきを心に描いたりした。今でこそおようは自分の事はすっかり諦《あきら》め切って、娘のためにすべてを犠牲にして生きているようだけれど、数年前明がまだ少年で此の村へ夏休みを送りに来ていた時分、そのおようがその年の春から彼女の家に勉強に来て冬になってもまだ帰ろうとしなかった或法科の学生と或噂が立ち、それが別荘の人達の話題にまで上った事のあるのを明はふと思い出したりして、そう云う迷いの一ときもおようにはあったと云う事が一層彼のうちのおようの絵姿を完全にさせるように思えたりした。……

早苗は、彼女の傍で明が空《うつ》けたような眼つきをしてそんな事なんぞを考え出している間、手近い草を手ぐりよせては、自分の足首を撫でたりしていた。

二人はそうやって二三時間逢った後、夕方、別々に村へ帰って行くのが常だった。そんな帰りがけに明はよく途中の桑畑の中で、一人の巡査が自転車に乗って来るのに出逢った。それは此の近傍の村々を巡回している、人気のいい、若い巡査だった。明が通り過ぎる時、いつも軽い会釈をして行った。明はこの人の好さそうな若い巡査がいま自分の逢って来たばかりの娘への熱心な求婚者である事をいつしか知るようになった。彼はそれからは一層その若い巡査に特殊な好意らしいものを感じ出していた。

六

或朝、菜穂子は床から起きようとした時、急にはげしく咳き込んで、変な痰《たん》が出たと思ったら、それは真赤だった。

菜穂子は慌てずに、それを自分で始末してから、いつものように起きて、誰にも云わないでいた。一日中、外には何んにも変った事が起らなかった。が、その晩、勤めから帰って来ていつものように何事もなさそうにしている夫を見ると、突然その夫を狼狽《ろうばい》させたくなって、二人きりになってからそっと朝の喀血《かっけつ》のことを打明けた。「何、それ位なら大した事はないさ。」圭介は口先ではそう云いながら、見るも気の毒なほど顔色を変えていた。

菜穂子はそれには故意と返事をせずに、ただ相手をじっと見つめ返していた。それがいま夫の云った言葉をいかにも空虚に響かせた。

夫はそう云う菜穂子の眼ざしから顔を外《そ》らせた儘《まま》、もうそんな気休めのようなことは口に出さなかった。

翌日、圭介は母には喀血のことは抜かして、菜穂子の病気を話し、今のうちに何処かへ転地させた方がよくはないかと相談を持ちかけた。菜穂子もそれには同意している事もつけ加えた。昔気質《むかしかたぎ》の母は、この頃何かと気ぶっせいな娵《よめ》を自分達から一時別居させて以前のように息子と二人きりになれる気楽さを圭介の前では顔色にまで現わしながら、しかし世間の手前病気になった娵を一人で転地させる事にはなかなか同意しないでいた。漸っと菜穂子の診て貰っている医者が、母を納得させた。転地先は、その医者も勧めるし、当人も希望するので、信州の八ヶ岳の麓《ふもと》にある或高原療養所が選ばれた。

或薄曇った朝、菜穂子は夫と母に附添われて、中央線の汽車に乗り、その療養所に向った。

午後、その山麓《さんろく》の療養所に著《つ》いて、菜穂子が患者の一人として或病棟の二階の一室に収容されるのを見届けると、日の暮れる前に、圭介と母は急いで帰って行った。菜穂子は、療養所にいる間絶えず何かを怖れるように背中を丸くしていた母とその母のいるところでは自分にろくろく口も利けないほど気の小さな夫とを送り出しながら、何かその母がわざわざ夫と一しょに自分に附添って来てくれた事を素直には受取れないように感じていた。それほどまで自分の事を気づかって呉れると云うよりか、圭介をこんな病人の自分と二人きりにさせて置いて彼の心を自分から離れがたいものにさせてしまう事を何よりも怖れているがためのようだった。菜穂子はその一方、そう云う事まで猜疑《さいぎ》しずにはいられなくなっている自分を、今こうしてこんな山の療養所に一人きりでいなければならなくなった自分よりも、一層寂しいような気持で眺めていた。

此処こそは確かに自分には持って来いの避難所だ、と菜穂子は最初の日々、一人で夕飯をすませ、物静かにその日を終えようとしながら窓から山や森を眺めて、そう考えた。露台に出て見ても、近くの村々の物音らしいものが何処か遠くからのように聞えて来るばかりだった。ときどき風が木々の香りを翻《あお》りながら、彼女のところまでさっと吹いて来た。それが云わば此処で許される唯一の生のにおいだった。

彼女は自分の意外な廻り合わせについて反省するために、どんなにかこう云う一人になりたかったろう。何処から来ているのか自分自身にも分らない不思議な絶望に自分の心を任せ切って気のすむまでじっとしていられるような場所を求めるための、昨日までの何んという渇望、――それが今すべてかなえられようとしている。彼女はもう今は何もかも気ままにして、無理に聞いたり、笑ったりせずともいいのだ。彼女は自分の顔を装ったり、自分の眼つきを気にしたりする心配がもうないのだ。

ああ、このような孤独のただ中での彼女のふしぎな蘇生《そせい》。――彼女はこう云う種類の孤独であるならばそれをどんなに好きだったか。彼女が云い知れぬ孤独感に心をしめつけられるような気のしていたのは、一家団欒《いっかだんらん》のもなか、母や夫たちの傍《かたわら》であった。いま、山の療養所に、こうして一人きりでいなければならない彼女は、此処ではじめて生の愉《たの》しさに近いものを味っていた。生の愉しさ？　それは単に病気そのもののけだるさ、そのために生じるすべての瑣事《さじ》に対する無関心のさせる業だろうか。或は抑制せられた生に抗して病気の勝手に生み出す一種の幻覚に過ぎないのだろうか。

一日は他の日のように徐《しず》かに過ぎて行った。

そういう孤独な、屈托《くったく》のない日々の中で、菜穂子が奇蹟のように精神的にも肉体的にもよみ返って来だしたのは事実だった。しかし一方、彼女はよみ返ればよみ返るほど、漸《ようや》くこうして取戻し出した自分自身が、あれほどそれに対して彼女の郷愁を催していた以前の自分とは何処か違ったものになっているのを認めない訣《わけ》には行かなかった。彼女はもう昔の若い娘ではなかった。もう一人ではなかった。不本意にも、既に人の妻だった。その重苦しい日常の動作は、こんな孤独な暮しの中でも、彼女のする事なす事にはもはやその意味を失いながらも、いまだに執拗《しつよう》に空《くう》を描きつづけていた。彼女は今でも相変らず、誰かが自分と一しょにいるかのように、何んと云う事もなしに眉をひそめたり、笑をつくったりしていた。それから彼女の眼ざしはときどきひとりでに、何か気に入らないものを見咎《みとが》めでもするように、長いこと空《くう》を見つめたきりでいたりした。

彼女はそう云う自分自身の姿に気がつく度毎に、「もう少しの辛抱……もう少しの……」と何かわけも分からずに、唯、自分自身に云って聞かせていた。

七

五月になった。圭介の母からはときどき長い見舞の手紙が来たが、圭介自身は殆ど手紙と云うものをよこした事がなかった。彼女はそれをいかにも圭介らしいと思い、結局その方が彼女にも気儘《きまま》でよかった。彼女は気分が好くて起床しているような日でも、姑へ返事を書かなければならないときは、いつもわざわざ寝台にはいり、仰向けになって鉛筆で書きにくそうに書いた。それが手紙を書く彼女の気持を佯《いつわ》らせた。若《も》し相手がそんな姑ではなくて、もっと率直な圭介だったら、彼女は彼を苦しめるためにも、自分の感じている今の孤独の中での蘇生の悦《よろこ》びをいつまでも隠《かく》し了《おお》せてはいられなかっただろう。……

「かわいそうな菜穂子。」それでもときどき彼女はそんな一人で好い気になっているような自分を憐むように独り言をいう事もあった。「お前がそんなにお前のまわりから人々を突き退けて大事そうにかかえ込んでいるお前自身がそんなにお前には好いのか。これこそ自分自身だと信じ込んで、そんなにしてまで守っていたものが、他日気がついて見たら、いつの間にか空虚だったと云うような目になんぞ逢ったりするのではないか……」

彼女はそういう時、そんな不本意な考えから自分を外《そ》らせるためには窓の外へ目を持って行きさえすればいい事を知っていた。

其処では風が絶えず木々の葉をいい匂をさせたり、濃く淡く葉裏を返したりしながら、ざわめかせていた。「ああ、あの沢山の木々。……ああ、なんていい香りなんだろう……」

或日、菜穂子が診察を受けに階下の廊下を通って行くと、二十七号室の扉のそとで、白いスウェタアを着た青年が両腕で顔を抑えながら、溜《た》まらなそうに泣きじゃくっているのを見かけた。重患者の許嫁《いいなずけ》の若い娘に附添って来ている、物静かそうな青年だった。数日前からその許嫁が急に危篤に陥り、その青年が病室と医局との間を何か血走った眼つきをして一人で行ったり来たりしている、いつも白いスウェタアを着た姿が絶えず廊下に見えていた。……

「やっぱり駄目だったんだわ、お気の毒に……」菜穂子はそう思いながら、その痛々しい青年の姿を見るに忍びないように、いそいでその傍を通り過ぎた。

彼女は看護婦室を通りかかったとき、ふいと気になったので其処へ寄って訊《き》いて見ると、事実はその許嫁の若い娘がいましがた急に奇蹟のように持ち直して元気になり出したのだった。それまでその危篤の許嫁の枕もとにふだんと少しも変らない静かな様子で附添っていた青年はそれを知ると、急にその傍を離れて、扉のそとへ飛び出して行ってしまった。そしてその陰で、突然、それが病人にもわかるほど、嬉し泣きに泣きじゃくり出したのだそうだった。……

診察から帰って来たときも、菜穂子はまだその病室の前にその白いスウェタアを着た青年が、さすがにもう声に出して泣いてはいなかったけれど、やはり同じように両腕で顔を掩《おお》いながら立ち続けているのを見出した。菜穂子はこんどは我知らず貪《むさぼ》るような眼つきで、その青年の震える肩を見入りながら、その傍を大股にゆっくり通り過ぎた。

菜穂子はその日から、妙に心の重苦しいような日々を送っていた。機会さえあれば看護婦を捉えて、その若い娘の容態を自分でも心から同情しながら根掘り葉掘り聞いたりしていた。しかし、その若い娘がそれから五六日後の或夜中に突然喀血《かっけつ》して死に、その白いスウェタア姿の青年も彼女の知らぬ間に療養所から姿を消してしまった事を知ったとき、菜穂子は何か自分でも理由の分からずにいた、又、それを決して分かろうとはしなかった重苦しいものからの釈放を感ぜずにはいられなかった。そしてその数日の間彼女を心にもなく苦しめていた胸苦しさは、それきり忘れ去られたように見えた。

八

明は相変らず、氷室《ひむろ》の傍で、早苗と同じようなあいびきを続けていた。

しかし明はますます気むずかしくなって、相手には滅多に口さえ利かせないようになった。明自身も殆ど喋舌《しゃべ》らなかった。そして二人は唯、肩を並べて、空を通り過ぎる小さな雲だの、雑木林の新しい葉の光る具合だのを互に見合っていた。

明はときどき娘の方へ目を注いで、いつまでもじっと見つめている事があった。娘がなんと云う事もなしに笑い出すと、彼は怒ったような顔をして横を向いた。彼は娘が笑うことさえ我慢できなくなっていた。ただ娘が無心そうにしている容子だけしか彼には気に入らないと見える。そう云う彼が娘にもだんだん分かって、しまいには明に自分が見られていると気がついても、それには気がつかないようにしていた。明の癖で、彼女の上へ目を注ぎながら、彼女を通してそのもっと向うにあるものを見つめているような眼つきを肩の上に感じながら……

しかし、そんな明の眼つきがきょうくらい遠くのものを見ている事はなかった。娘は自分の気のせいかとも思った。娘はきょうこそ自分が此の秋にはどうしても嫁いで行かなければならぬ事をそれとなく彼に打ち明けようと思っていた。それを打ち明けて見て、さて相手にどうせよと云うのではない、唯、彼にそんな話を聴いて貰って、思いきり泣いて見たかった。自分の娘としての全てに、そうやってしみじみと別れを告げたかった。何故なら明とこうして逢っている間くらい、自分が娘らしい娘に思われる事はなかったのだ。いくら自分に気むずかしい要求をされても、その相手が明なら、そんな事は彼女の腹を立てさせるどころか、そうされればされる程、自分が反って一層娘らしい娘になって行くような気までしたのだった。……

何処か遠くの森の中で、木を伐《き》り倒《たお》している音がさっきから聞え出していた。明は不意に
「何処かで木を伐っているようだね。あれは何だか物悲しい音だなあ。」

独り言のように云った。

「あの辺の森ももとは残らず牡丹屋の持物でしたが、二三年前にみんな売り払ってしまって……」早苗は何気なくそう云ってしまってから、自分の云い方に若《も》しや彼の気を悪くするような調子がありはしなかったかと思った。

が、明はなんとも云わずに、唯、さっきから空《くう》を見つめ続けているその眼つきを一瞬切なげに光らせただけだった。彼は此の村で一番由緒あるらしい牡丹屋の地所もそうやって漸次人手に渡って行くより外はないのかと思った。あの気の毒な旧家の人達――足の不自由な主人や、老母や、おようや、その病身の娘など……。

早苗はその日もとうとう自分の話を持ち出せなかった。日が暮れかかって来たので、明だけを其処に残して、早苗は心残りそうに一人で先に帰って行った。

明は早苗をいつものように素気なく帰した後、暫くしてから彼女がきょうは何んとなく心残りのような様子をしていたのを思い出すと、急に自分も立ち上って、村道を帰って行く彼女の後姿の見える赭松《あかまつ》の下まで行って見た。

すると、その夕日に赫《かがや》いた村道を早苗が途中で一しょになったらしい例の自転車を手にした若い巡査と離れたり近づいたりしながら歩いていく姿が、だんだん小さくな

りながら、いつまでも見えていた。

「お前はそうやって本来のお前のところへ帰って行こうとしている……」と明はひとり心に思った。「おれは寧《むし》ろ前からそうなる事を希《ねが》ってさえいた。おれは云って見ればお前を失うためにのみお前を求めたようなものだ。いま、お前に去られる事はおれには余りにも切な過ぎる。だが、その切実さこそおれには入用なのだ。……」

そんな咄嗟《とっさ》の考えがいかにも彼に気に入ったように、明はもう意を決したような面持ちで、赭松に手をかけた儘《まま》、夕日を背に浴びた早苗と巡査の姿が遂に見えなくなるまで見送っていた。二人は相変らず自転車を中にして互に近づいたり離れたりしながら歩いていた。

九

六月にはいってから、二十分の散歩を許されるようになった菜穂子は、気分のいい日などには、よく山麓《さんろく》の牧場の方まで一人でぶらつきに行った。

牧場は遥か彼方まで拡がっていた。地平線のあたりには、木立の群れが不規則な間隔を置いては紫色に近い影を落していた。そんな野面の果てには、十数匹の牛と馬が一しょになって、此処彼処《ここかしこ》と移りながら草を食べていた。菜穂子は、その牧場をぐるりと取り巻いた牧柵《ぼくさく》に沿って歩きながら、最初はとりとめもない考えをそこいらに飛んでいる黄いろい蝶のようにさまよわせていた。そのうちに次第に考えがいつもと同じものになって来るのだった。

「ああ、なぜ私はこんな結婚をしたのだろう?」菜穂子はそう考え出すと、何処でも構わず草の上へ腰を下ろしてしまった。そして彼女はもっと外の生き方はなかったものかと考えた。「なぜあの時あんな風な抜きさしならないような気持になって、まるでそれが唯一の避難所でもあるかのように、こんな結婚の中に逃げ込んだのだろう?」彼女は結婚の式を挙げた当時の事を思い出した。彼女は式場の入口に新夫の圭介と並んで立ちながら、自分達のところへ祝いを述べに来る若い男達に会釈していた。この男達とだって自分は結婚できたのだと思いながら、そしてその故に反って、自分と並んで立っている、自分より背の低い位の夫に、或気安さのようなものを感じていた。「ああ、あの日に私の感じていられたあんな心の安らかさは何処へ行ってしまったのだろう?」

或日、牧柵を潜《くぐ》り抜けて、かなり遠くまで芝草の上を歩いて行った菜穂子は、牧場の真ん中ほどに、ぽつんと一本、大きな樹が立っているのを認めた。何かその樹の立ち姿のもっている悲劇的な感じが彼女の心を捉えた。丁度牛や馬の群れがずっと野の果ての方で草を食《は》んでいたので、彼女はそちらへ気を配りながら、思い切ってそれに近づけるだけ近づいて行って見た。だんだん近づいて見ると、それは何んと云う木だか知らなかったけれど、幹が二つに分かれて、一方の幹には青い葉が簇《むら》がり出ているのに、他方の幹だけはいかにも苦しみ悶《もだ》えているような枝ぶりをしながらすっかり枯れていた。菜穂子は、形のいい葉が風に揺れて光っている一方の梢と、痛々しいまでに枯れたもう一方の梢とを見比べながら、

「私もあんな風に生きているのだわ、きっと。半分枯れた儘で……」と考えた。

彼女は何かそんな考えに一人で感動しながら、牧場を引き返すときにはもう牛や馬を怖いとも思わなかった。

六月の末に近づくと、空は梅雨らしく曇って、幾日も菜穂子は散歩に出られない日が続いた。こういう無聊《ぶりよう》な日々は、さすがの菜穂子にも殆ど堪えがたかった。一日中、何んという事もなしに日の暮れるのが待たれ、そして漸《や》っと夜が来たと思うと、いつも気のめいるような雨の音がし出していた。

そんな薄寒いような日、突然圭介の母が見舞に来た。その事を知って、菜穂子が玄関まで迎えに行くと、丁度其処では一人の若い患者が他の患者や看護婦に見送られながら退院して行くところだった。菜穂子も姑と一しょにそれを見送っていると、傍にいた看護婦の一人がそっと彼女に、その若い農林技師は自分がしかけて来た研究を完

成して来たいからと云って医師の忠告もきかずに独断で山を下りて行くのだと囁《ささや》いた。

「まあ」と思わず口に出しながら、菜穂子は改めてその若い男を見た。彼だけはもう背広姿だったので、ちょっと見たところは病人とは思えない位だったが、よく見ると手足の真黒に日に灼《や》けた他の患者達よりもずっと痩《や》せこけ、顔色も悪かった。その代り、他の患者達に見られない、何か切迫した生気が眉宇《びう》に漂っていた。彼女はその未知の青年に一種の好意に近いものを感じた。……

「あそこにいたのが患者さんたちなのかえ?」姑は菜穂子と廊下を歩き出しながら、訝《いぶか》しそうな口吻《くちぶり》で云った。「どの人も皆普通の人よりか丈夫そうじゃないか。」

「ああ見えても、皆悪いのよ。」菜穂子は心にもなく彼等の味方についた。

「気圧なんかが急に変ったりすると、あんな人達の中からも喀血《かっけつ》したりする人がすぐ出るのよ。ああして患者同志が落ち合ったりすると、こんどは誰の番だろうと思いながら、それが自分の番かも知れない不安だけはお互に隠そうとし合うのね、だから元気というよりか、寧《むし》ろはしゃいでいるだけだわ。」

　菜穂子はそんな彼女らしい独断を下しながら、自分自身も姑にはすっかり快くなったように見え、こんな山の療養所にいつまでも一人で居るのを何かと云われはすまいかと気づかいでもするように、自分の左の肺からまだラッセルがとれないでいる事なんぞを、いかにも不安そうに説明したりした。

突き当りの病棟の二階の端近くにある病室にはいると、姑はクレゾオルの匂のする病室の中をちらりと見廻したきりで、長くその中に止まることを怖れるかのように、すぐ露台へ出て行った。露台はうすら寒そうだった。

「まあ、どうして此の人は此処へ来ると、いつもあんなに背中を曲げてばかりいるんだろう？」と菜穂子は露台の手すりに手をかけて向うを向いている姑の背を、何か気に入らないもののように見据えながら、心の中で思っていた。そのうち不意に姑が彼女の方へふり向いた。そして菜穂子が自分の方を空《うつ》けたように見据えているのに気づくと、いかにもわざとらしい笑顔をして見せた。

それから一時間ばかり立った後、菜穂子はいくら引き留めてもどうしてもすぐ帰ると云う姑を見送りながら、再び玄関まで附いていった。その間も絶えず、何かを怖れでもするようにことさらに曲げているような姑の背中に、何か虚偽的なものをいままでになく強く感じながら……

十

黒川圭介は、他人のために苦しむという、多くの者が人生の当初において経験するところのものを、人生半ばにして漸《よう》く身に覚えたのだった。……

九月初めの或日、圭介は丸の内の勤め先に商談のために長与と云う遠縁にあたる者の訪問を受けた。種々の商談の末、二人の会話が次第に個人的な話柄の上に落ちて行った時だった。

「君の細君は何処かのサナトリウムにはいっているんだって？　その後どうなんだい？」長与は人にものを訊《き》くときの癖で妙に目を瞬《また》きながら訊いた。

「何、大した事はなさそうだよ。」圭介はそれを軽く受流しながら、それから話を外《そ》らせようとした。菜穂子が胸を患って入院している事は、母がそれを厭《いや》がって誰にも話さないようにしているのに、どうして此の男が知っているのだろうかと訝《いぶか》しかった。

「何でも一番悪い患者達の特別な病棟へはいっているんだそうじゃないか。」

「そんな事はない。それは何かの間違えだ。」

「そうか。そんなら好いが……。そんな事を此の間うちのおふくろが君んちのおふくろから聞いて来たって云ってたぜ。」

圭介はいつになく顔色を変えた。「うちのおふくろがそんな事を云う筈はないが……。」

彼はいつまでも妙な気持になりながら、その友人を不機嫌そうに送り出した。

その晩、圭介は母と二人きりの口数の少ない食卓に向っているとき、最初何気なさそうに口をきいた。

「菜穂子が入院している事を長与が知っていましたよ。」

母は何か空惚《そらとぼ》けたような様子をした。「そうかい。そんな事があの人達にどうして知れたんだろうね。」

圭介はそう云う母から不快そうに顔を外らせながら、不意といま自分の傍にいないものが急に気になり出したように、そちらへ顔を向けた。——こういう晩飯のときなど、菜穂子はいつも話の圏外に置きざりにされがちだった。圭介達はしかし彼女には殆ど無頓著《むとんじやく》のように、昔の知人だの瑣末《さまつ》な日々の経済だのの話に時間を潰《つぶ》していた。そう云うときの菜穂子の何かをじっと怺《こら》えているような、神経の立った俯向《うつむ》き顔を、いま圭介は其処にありありと見出したのだった。そんな事は彼には殆どそれがはじめてだと云ってよかった。……

母は自分の息子の娵《よめ》が胸などを患ってサナトリウムにはいっている事を表向き憚《はばか》って、ちょっと神経衰弱位で転地しているように人前をとりつくろっていた。そしてそれを圭介にも含ませ、一度も妻のところへ見舞に行かせない位にしていた。それ故、一方陰でもって、その母が菜穂子の病気のことを故意と云い触らしていようなどとは、圭介は今まで考えても見なかったのだった。

圭介は菜穂子から母のもとへ度々手紙が来たり、又、母がそれに返事を出しているらしい事は知ってはいた。が、稀《まれ》に母に向って病人の容態を尋ねる位で、いつも簡単な母の答で満足をし、それ以上立ち入ってどう云う手紙をやりとりしているか、全然知ろうとはしなかった。圭介はその日の長与の話から、母がいつも何か自分に隠し立てをしているらしい事に気づくと、突然相手に云いようのない苛立《いらだ》たしさを感じ出すと共に、今までの自分の遣り方にも烈《はげ》しく後悔しはじめた。

それから二三日後、圭介は急に明日会社を休んで妻のところへ見舞に行って来ると云い張った。母はそれを聞くと、なんとも云えない苦い顔をした儘《まま》、しかし別にそれには反対もしなかった。

十一

黒川圭介が、事によると自分の妻は重態で死にかけているのかも知れないと云うような漠然とした不安に戦《おのの》きながら、信州の南に向ったのは、丁度二百廿日前の荒れ模様の日だった。ときどき風が烈しくなって、汽車の窓硝子《まどガラス》には大粒の雨が音を立てて当った。そんな烈しい吹き降りの中にも、汽車は国境に近い山地にかかると、何度も切り換えのために後戻りしはじめた。その度毎に、外の景色の殆ど見えないほど雨に曇った窓の内で、旅に慣れない圭介は、何だか自分が全く未知の方向へ連れて行かれるような思いがした。

汽車が山間らしい外の駅と少しも変らない小さな駅に著《つ》いた後、危く発車しようとする間際になって、それが療養所のある駅であるのに気づいて、圭介は慌てて吹き降りの中にびしょ濡れになりながら飛び下りた。

駅の前には雨に打たれた古ぼけた自動車が一台駐《とま》っていたきりだった。圭介の外にも、若い女の客が一人いたが、同じ療養所へ行くので、二人は一しょに乗って行く事にした。

「急に悪くなられた方があって、いそいで居りますので……」その若い女の方で云《い》い訣《わけ》がましく云った。その若い女は隣県のK市の看護婦で、療養所の患者が喀血などして急に附添が入るようになると電話で呼ばれて来る事を話した。

圭介は突然胸さわぎがして、「女の患者ですか？」とだしぬけに訊《き》いた。

「いいえ、こんど初めて喀血をなすったお若い男の方のようです。」相手は何んの事もなさそうに返事をした。

自動車は吹き降りの中を、街道に沿った穢《きたな》い家々へ水溜《みずたま》りの水を何度もはねかえしながら、小さな村を通り過ぎ、それから或傾斜地に立った療養所の方へ攀《よ》じのぼり出した。急にエンジンの音を高めたり、車台を傾《かし》がせたりして、圭介をまだ何んとなく不安にさせた儘……

療養所に著くと、丁度患者達の安静時間中らしく、玄関先には誰の姿も見えないので、圭介は濡れた靴をぬぎ、一人でスリッパアを突っかけて、構わず廊下へ上がり、ここいらだったろうと思った病棟に折れて行ったが、漸《や》っと間違えに気がついて引き返して来た。途中の、或病室の扉が半開きになっていた。通りすがりに、何の気なしに中を覗いて見ると、つい鼻先きの寝台の上に、若い男の、薄い顎鬚《あごひげ》を生やした、蠟《ろう》のような顔が仰向いているのがちらりと見えた。向うでも扉の外に立っている圭介の姿に気がつくと、その顔の向きを変えずに、鳥のように大きく見ひらいた眼だけを彼の方へそろそろと向け出した。

圭介は思わずぎょっとしながら、その扉の傍をいそいで通り過ぎようとすると、同時に内側からも誰かが近づいて来てその扉を締めた。その途端、何やらひょいと会釈されたようなので、気がついて見ると、それはもう白衣に着換えた、駅から一しょに来たさっきの若い女だった。

圭介は漸っと廊下で一人の看護婦を捉えて訊くと、菜穂子のいる病棟はもう一つ先の病棟だった。教わったとおり、突き当りの階段を上がると、ああ此処だったなと前に妻の入院に附添って来たときの事を何かと思い出し、急に胸をときめかせながら菜穂子のいる三号室に近づいて行った。事によったら、菜穂子もすっかり衰弱して、さっきの若い喀血患者《かっけつかんじゃ》のような無気味なほど大きな眼でこちらを最初誰だか分からないように見るのではないかと考えながら、そんな自身の考えに思わず身慄《みぶる》いをした。

　圭介は先ず心を落ち著《つ》けて、ちょっと扉をたたいてから、それを徐《しず》かに明けて見ると、病人は寝台の上に向う向きになった儘《まま》でいた。病人は誰がはいって来たのだが知りたくもなさそうだった。

「まあ、あなたでしたの？」菜穂子は漸っとふり返ると、少し窶《やつ》れたせいか、一層大きくなったような眼で彼を見上げた。その眼は一瞬異様に赫《かがや》いた。

　圭介はそれを見ると、何かほっとし、思わず胸が一ぱいになった。

「一度来ようとは思っていたんだがね。なかなか忙しくて来られなかった。」

　夫がそう云《い》い訣《わけ》がましい事を云うのを聞くと、菜穂子の眼からは今まであった異様な赫きがすうと消えた。彼女は急に暗く陰った眼を夫から離すと、二重になった硝子《ガラス》窓《まど》の方へそれを向けた。風はその外側の硝子へときどき思い出したように大粒の雨をぶつけていた。

　圭介はこんな吹き降りを冒してまで山へ来た自分を妻が別に何んとも思わないらしい事が少し不満だった。が、彼は目の前に彼女を見るまで自分の胸を圧《お》しつぶしていた例の不安を思い出すと、急に気を取り直して云った。

「どうだ。あれからずっと好いんだろう？」圭介はいつも妻に改ってものを云うときの癖で目を外《そ》らせながら云った。

「…………」菜穂子も、そんな夫の癖を知りながら、相手が自分を見ていようといまいと構わないように、黙って頷《うなず》いただけだった。

「何あに、此處にもう暫く落ち著いていれば、お前なんぞはすぐ癒《なお》るさ。」圭介はさっき思わず目に入れたあの喀血患者の死にかかった鳥のような無気味な目つきを浮べながら、菜穂子の方へ思い切って探るような目を向けた。

しかし彼はそのとき菜穂子の何か彼を憐れむような目つきと目を合わせると、思わず顔をそむけ、どうして此の女はいつもこんな目つきでしか俺を見られないんだろうと訝《いぶか》りながら、雨のふきつけている窓の方へ近づいて行った。窓の外には、向う側の病棟も見えない位飛沫を散らしながら、木々が木の葉をざわめかせていた。


暮方になっても、この荒れ気味の雨は歇《や》まず、そのため圭介もいっこう帰ろうとはしなかった。とうとう日が暮れかかって来た。

「ここの療養所へ泊めて貰えるかしら?」窓ぎわに腕を組んで木々のざわめきを見つめていた圭介が不意に口をきいた。

彼女は訝かしそうに返事をした。「泊って入らっしゃっていいの?　そんなら村へ行けば宿屋だってないことはないわ。しかし、此処じゃ……」

「しかし此処だって泊めて貰えないことはないんだろう。おれは宿屋なんぞより此処の方が余っ程好い。」彼はいまさらのように狭い病室の中を見廻した。

「一晩位なら、此処の床板だって寝られるさ。そう寒いというほどでもないし……」

菜穂子は「まあ此の人が……」と驚いたようにしげしげと圭介を見つめた。それから云っても云わなくとも好い事を云うように、「変っているわね……」と軽く揶揄《やゆ》した。しかし、そのときの菜穂子の揶揄するような眼ざしには圭介を苛《い》ら苛《い》らさせるようなものは何一つ感ぜられなかった。

圭介はひとりで女の多い附添人達の食堂へ夕食をしに行き、当直の看護婦に泊る用意もひとりで頼んで来た。


八時頃、当直の看護婦が圭介のために附添人用の組立式のベッドや毛布などを運んで来て呉れた。看護婦が夜の検温を見て帰った後、圭介は一人で無器用そうにベッドをこしらえ出した。菜穂子は寝台の上から、不意と部屋の隅に圭介の母の少し険を帯びた眼ざしらしいものを感じながら、軽く眉をひそめるようにして圭介のする事を見ていた。

「これでベッドは出来たと……」圭介はそれを試めすように即製のベッドに腰をかけて見ながら、衣嚢《かくし》に手を突込んで何か探しているような様子をしていたが、やがて巻煙草を一本とり出した。

「廊下なら煙草をのんで来てもいいかな。」

菜穂子はしかしそれには取り合わないように黙っていた。

圭介はとりつく島もなさそうに、のそのそと廊下へ出て行ったが、そのうちに彼が煙草をのみながら部屋の外を行ったり来たりしているらしい足音が聞えて来た。菜穂子はその足音と木の葉をざわめかせている雨風の音とに代る代る耳を傾けていた。

彼が再び部屋に入って来ると、蛾が妻の枕もとを飛び廻り、天井にも大きな狂おしい影を投げていた。

「寝る前にあかりを消してね。」彼女がうるさそうに云った。

彼は妻の枕もとに近づき、蛾を追い払って、あかりを消す前に、まぶしそうに目をつぶっている彼女の眼のまわりの黒ずんだ暈《くま》をいかにも痛々しそうに見やった。

「まだおやすみになれないの？」暗がりの中から菜穂子はとうとう自分の寝台の裾の方でいつまでもズックの張のベッドを軋《きし》ませている夫の方へ声をかけた。

「うん……」夫はわざとらしく寝惚《ねぼ》けたような声をした。「どうも雨の音がひどいなあ。お前もまだ寝られないのか？」

「私は寝られなくったって平気だわ。……いつだってそうなんですもの……」

「そうなのかい。……でも、こんな晩はこんな所に一人でなんぞ居るのは嫌だろうな。……」圭介はそういいかけて、くるりと彼女の方へ背を向けた。それは次の言葉を思い切って云うためだった。「……お前は家へ帰りたいとは思わないかい?」

暗がりの中で菜穂子は思わず身を竦《すく》めた。

「身体がすっかり好くなってからでなければ、そんな事は考えないことにしていてよ。」そう云ったぎり、彼女は寝返りを打って黙り込んでしまった。

圭介もその先はもう何んにも云わなかった。二人を四方から取り囲んだ闇は、それから暫くの間は、木々をざわめかす雨の音だけに充たされていた。

十二

翌日、菜穂子は、風のために其処へたたきつけられた木の葉が一枚、窓硝子《まどガラス》の真ん中にぴったりとくっついた儘《まま》になっているのを不思議そうに見守っていた。そのうちに何か思い出し笑いのようなものをひとりでに浮べている自分自身に気がついて、彼女は思わずはっとした。

「後生だから、お前、そんな眼つきでおれを見る事だけはやめて貰えないかな。」帰りぎわに圭介は相変らず彼女から眼を外らせながら軽く抗議した。――彼女は、いま、嵐の中でそれだけが麻痺《まひ》したようになっている一枚の木の葉を不思議そうに見守っている自分の眼つきから不意とその夫の意外な抗議を思い出したのだった。

「何もこんな私の眼つきはいま始まった事ではない。娘の時分から、死んだ母などにも何かと嫌がられたものだけれど、あの人は漸《や》っといまこれに気がついたのかしら。それとも今までそれが気になっていても私に云い得ず、漸っときょう打解けて云えるようになったのかしら。何だかゆうべなどはまるであの人でない見たいだった。……だが、相変らず気の小さなあの人は、汽車の中でこんな嵐に逢ってどんなに一人で怖がっているだろう。……」

一晩じゅう何かに怯《おび》えたように眠れない夜を明かした末、翌日の午《ひる》近く漸《ようや》く雲が切れ、一面に濃い霧が拡がり出すのを見ると、ほっとしたような顔をして停車場へ急いで行ったが、又天候が一変して、汽車に乗り込んだか乗り込まないかの内にこんな嵐に遭遇している夫の事を、菜穂子は別にそう気を揉《も》みもしないで思いやりながら、何時かまた窓硝子に描かれたようにこびりついている一枚の木の葉を何か気になるように見つめ出していた。そのうちに、彼女はまた自分でも気づかない程かすかに笑いを洩らしはじめていた。……

その同じ頃、黒川圭介を乗せた上り列車は、嵐に揉まれながら、森林の多い国境を横切っていた。

　圭介にとっては、しかしその嵐以上に、山の療養所で経験したすべての事が異常で、いまだに気がかりでならなかった。それは彼にとっては、云わば或未知の世界との最初の接触だった。往きのときよりももっとひどい嵐のため、窓とすれすれのところで苦しげに葉を揺すりながら身悶《みもだ》えしているような樹々の外には殆ど何も見えない客車の中で、圭介は生れてはじめての不眠のためにとりとめもなくなった思考力で、いよいよ孤独の相を帯び出した妻の事だの、その傍でまるで自分以外のものになったような気持で一夜を明かしたゆうべの自分自身の事だの、大森の家で一人でまんじりともしないで自分を待ち続けていたであろう母の事だのを考え通していた。此の世に自分と息子とだけいればいいと思っているような排他的な母の許《もと》で、妻まで他処《よそ》へ逐《お》いやって、二人して大切そうに守って来た一家の平和なんぞというものは、いまだに彼の目先にちらついている、菜穂子がその絵姿の中心となった、不思議に重厚な感じのする生と死との絨毯《じゆうたん》の前にあっては、いかに薄手《うすで》なものであるかを考えたりしていた。彼のいま陥《おこ》ち込んでいる異様な心的興奮が何かそんな考えを今までの彼の安逸さを根こそぎにする程にまで強力なものにさせたのだった。――森林の多い国境辺を汽車が嵐を衝《つ》いて疾走している間、圭介はそう云う考えに浸り切りになって殆ど目もつぶった儘にしていた。ときおり外の嵐に気がつくようにはっとなって目をひらいたが、しかし心《しん》が疲れているので、おのずから目がふさがり、すぐまた夢うつつの境に入って行くのだった。そこでは又、現在の感覚と、現在思い出しつつある感覚とが絡《から》まり合《あ》って、自分が二重に感ぜられていた。いま一心に窓外を見ようとしながら何も見えないので空《くう》を見つめているだけの自分自身の眼つきが、きのう山へ著《つ》くなり或半開の扉のかげからふと目を合わせてしまった瀕死《ひんし》の患者の無気味な眼つきに感ぜられたり、或はいつも自分がそれから顔をそらせずにはいられない菜穂子の空《うつ》けたような眼ざしに似て行くような気がしたり、或はその三つの眼ざしが変に交錯し合ったりした。

……

急に窓のそとが明るくなり出した事が、そう云う彼をも幾分ほっとさせた。曇った硝子を指で拭いて外を見ると、汽車が漸っと国境辺の山地を通り過ぎて、大きな盆地の真ん中へ出て来たためらしかった。風雨はいまだに弱まらないでいた。圭介の空《うつ》け切った眼には、そこら一帯の葡萄畑《ぶどうばたけ》の間に五六人ずつ蓑《みの》をつけた人達が立って何やら喚き合っているような光景がいかにも異様に映った。そういう葡萄畑の人達の只ならぬ姿が何人も何人も見かけられるようになった頃には、車内もおのずから騒然とし出していた。ゆうべの豪雨が此の地方では多量の雹《ひょう》を伴っていたため、漸《ようや》く熟れ出した葡萄の畑という畑がこっぴどくやられ、農夫達は今のところは手を拱《こま》ねいて嵐のやむのをただ見守っているのだと云う事が、周囲の人々の話から圭介にも自然分かって来た。

駅に著く毎に、人々の騒ぎが一層物々しくなり、雨の中をびしょ濡れになった駅員が何か罵《ののし》りながら走り去るような姿も窓外に見られた。

汽車がそんな惨状を示した葡萄畑の多い平地を過ぎた後、再び山地にはいり出した頃は、遂に雲が切れ目を見せ、ときどきそこから日の光が洩れて窓硝子をまぶしく光らせた。圭介は漸く覚醒《かくせい》した人になり始めた。同時に彼には、今までの彼自身が急に無気味に思え出した。もうあの瀕死の鳥のような病人の異様な眼つきも、それを知《し》らず識《し》らずに真似していたような自分自身のいましがたの眼つきもけろりと忘れ去り、唯、菜穂子の痛々しい眼ざしだけが彼の前に依然として鮮かに残っているきりだった。

……

汽車が雨あがりの新宿駅に著いた頃には、構内いっぱい西日が赤あかと漲《みなぎ》っていた。圭介は下車した途端に、構内の空気の蒸し蒸ししているのに驚いた。ふいと山の療養所の肌をしめつけるような冷たさが快くよみ返って来た。彼はプラットフォームの人込みを抜けながら、何やらその前に人だかりがしているのを見ると、何んの気なしに足を駐《と》めて掲示板を覗いた。それは今彼の乗って来た中央線の列車が一部不通になった知らせだった。それで見ると、彼の乗り合わせていた列車が通過した跡で、山峡の或鉄橋が崩壊し、次ぎの列車から嵐の中に立往生になったらしかった。

　圭介はそれを知ると、何んだ、そんな事だったのかと云った顔つきで、再びプラットフォームの人込みの中を一種異様な感情を味いながら抜けて行った。こんなに沢山の人達の中で、自分だけが山から自分と一しょに附いて来た何か異常なもので心を充たされているのだと云った考えから、真直を向いて歩きながら何か一人で悲痛な気持ちにさえなっていた。しかし、彼はいま自分の心を充たしているものが、実は死の一歩手前の存在としての生の不安であるというような深い事情には思い到らなかった。

　その日は、黒川圭介はどうしてもその儘大森の家へ帰って行く気がしなかった。彼は新宿の或店で一人で食事をし、それから外の同じような店で茶をゆっくり喫《の》み、それからこんどは銀座へ出て、いつまでも夜の人込みの中をぶらついていた。そんな事は四十近くになって彼の知った初めての経験といってよかった。彼は自分の留守の間、母がどんなに不安になって自分の帰るのを待っているだろうかとときどき気になった。その度毎に、そう云う母の苦しんでいる姿を自分の内にもう少し保っていたいためかのように、わざと帰るのを引き延ばした。よくもあんな人気のない家で二人きりの暮しに我慢して居られたものだと思いさえした。彼はその間も絶えず自分につきまとうて来る菜穂子の眼ざしを少しもうるさがらずにいた。しかし、ときどき彼の脳裡《のうり》を掠《かす》める、生と死との絨毯《じゆうたん》はその度毎に少しずつぼやけて来はじめた。彼はだんだん自分の存在が自分と後になり先になりして歩いている外の人達のと余り変らなくなって来たような気がしだした。彼はそれが前日来の疲労から来ている事に漸《や》っと気がついた。彼は何物かに自分が引き摺《ひず》られて行くのをもうどうにもしようがないような心もちで、遂に大森の家に向って、はじめて自分の帰ろうとしているのが母の許《もと》だと云う事を妙に意識しながら、十二時近く帰って行った。

十三

おようがO村から娘の初枝の病気を東京の医者に治療して貰うために上京して来ている。――そんな事を聞いて、七月から又前とは少しも変らない沈鬱《ちんうつ》そうな様子で建築事務所に通っていた都築明が、築地のその病院へ見舞に行ったのは、九月も末近い或日だった。

「どんな具合です?」明は寝台の上の初枝の方をなるべく見ないように気を配りながら、おようの方へばかり顔を向けていた。

「有難うございます――」おようは山国の女らしく、こんな場合に明をどう取り扱っその儘口籠《ままくちごも》って好いのか分からなさそうに、唯、相手をいかにも懐しげに眺めながら、その儘口籠っていた。「なんですか、どうも思うように参りませんで……。誰方《どなた》に診て頂いても、はっきりした事を云って下さらないので困ってしまいます。いっそ手術でもしたらと、思い切ってこうして出て参りましたが、それも見込み無いだろうと皆さんに云われますし……」

明はちらりと寝ている初枝の方を見た。こんな近くで初枝を見たのははじめてだった。初枝は、母親似の、細面《ほそおもて》の美しい顔立をし、思ったほど窶《やつ》れてもいなかった。そして自分の病気の話をそんな目の前でされているのに、嫌な顔ひとつしないで、ただ羞《はずか》しそうな様子をしていた。

おようがお茶を淹《い》れに立ったので明はちょっとの間、初枝と差し向いになっていた。明はつとめて相手から目をそらせていた。それほど初枝は彼の前でどうして好いか分からないような不安な眼つきをし、顔を薄赤らめていた。いつも十二三の小娘のような甘えた口のきき方でおように話しかけているのを物陰で聞いていたきりだったので、この娘の眼がこんなに娘らしい赫《かがや》きを示そうとは思っても見なかった。——明は突然、この初枝が彼の恋人の早苗と幼馴染であったと云う話を思い浮べた。早苗はこの秋の初めに、彼とも顔馴染の、村で人気者の若い巡査のところへ嫁いだ筈だった。

それから明は殆ど二三日隔《お》き位に、事務所の帰りなどに彼女達を見舞って行くようになった。いつも秋らしい夕方の光が彼女達の病室へ一ぱい差し込んでいるような日が多かった。そんな穏かな日差しの中で、おようと初枝とがいかにも何気ない会話や動作をとりかわしているのを、明は傍で見たり聞いたりしているうちに、其処から突然O村の特有な匂のようなものが漂って来るような気がしたりした。彼はそれを貪《むさぼ》るように嗅《か》いだ。そんなとき、彼には自分が一人の村の娘に空しく求めていたものを図らずも此の母と娘の中に見出しかけているような気さえされるのだった。おようは明と早苗の事はうすうす気づいているらしかったが、ちっともそれを匂わせようとしない事も明には好ましかった。が、それだけ、ときどき此の年上の女の温かい胸に顔を埋めて、思う存分村の匂をかぎながら、何も云わず云われずに慰められたいような気持ちのする事もないではなかった。

「なんだか夜中などに目をさますと、空気が湿々《じめじめ》していて、心もちが悪くなります。」山の乾燥した空気に馴れ切ったおようは、この滞京中、そんな愚痴を云っても分かって貰えるのは明にだけらしかった。おようは何処までも生粋の山国の女だった。O村で見ると、こんな山の中には珍らしい、容貌の整った、気性のきびしい女に見えるおようも、こう云う東京では、病院から一歩も出ないでいてさえ、何か周囲の事物としっくりしない、いかにも鄙《ひな》びた女に見えた。

過去のおおい、その癖まだ娘のようなおもかげを何処かに残しているおようと、長患いのために年頃になってもまだ子供から抜け切れない一人娘の初枝と、――その二人は明にはいつの間にかどっちをどっち切り離しても考える事の出来ない存在となっていた。病院から帰る時、いつも玄関まで見送られる途中、彼ははっきりと自分の背中におようの来るのを感じながら、ふと自分が此の母子と運命を共にでもするようになったら、とそんな全然有り得なくもなさそうな人生の場面を胸のうちに描いたりした。

十四

或る夕方、都築明は少し熱があるようなので、事務所を早目に切り上げ、真直に荻窪に帰って来た。大抵事務所の帰りの早い時にはおよう達を見舞って来たりするので、こんなにあかるいうちに荻窪の駅に下りたのは珍らしい事だった。電車から下りて、茜色《あかねいろ》をした細長い雲が色づいた雑木林の上に一面に拡がっている西空へしばらくうっとりと目を上げていたが、彼は急にはげしく咳き込み出した。するとプラットフォームの端に向うむきに佇《たたず》んで何か考え事でもしていたような、背の低い、勤人らしい男がひどくびっくりしたように彼の方をふり向いた。明はそれに気がついたとき何処か見覚えのある人だと思った。が、彼は苦しい咳の発作を抑えるために、その人に見られるが儘になりながら、背をこごめたきりでいた。漸《よう》くその発作が鎮まると、そのときはもうその人の事を忘れたように階段の方へ歩いて行ったが、それへ足をかけようとした途端、不意といまの人が菜穂子の夫のようだった事を思い出して、急いでふり返って見た。すると、その人は又、夕焼した空と黄ばんだ雑木林とを背景にして、さっきと同じような少し気の鬱《ふさ》いだ様子で、向うむきに佇んでいた。

「何か寂しそうだったな、あの人は……。」明はそう考えながら駅を出た。「菜穂子さんでもどうかしたのではないかな？　ひょっとすると病気かも知れない。この前見たときそんな気がした。それにしても、あの時はもっと取つき悪い人のように見えたが、案外好い人らしいな。何しろ、おれと来たら、何処か寂しそうなところのない人間は全然取つけないからなあ。……」

明は自分の下宿に帰ると、咳の発作を怖れてすぐには服を脱ぎ換えようともしないで、西を向いた窓に腰かけた儘、事によると菜穂子さんは何処かずっと此の西の方にある、遠い場所で、自分なんぞの思い設けないような不為合《ふしあわ》せな暮らし方でもしているのではないかと考えながら、生れて初めてそちらへ目をやるように、夕焼けした空や黄ばんだ木々の梢などを眺めていた。空の色はそのうちに変り始めた。明はその色の変化を見ているうちに、急にたまらないほど悪寒を感じ出した。

黒川圭介は、その時もまださっきと同じ考え事をしているような様子で、夕焼けした西空に向いながら、プラットフォームの端にぼんやりと突立っていた。彼はさっきからもう何台となく電車をやり過していた。しかし人を待っているような様子でもなかった。その間、圭介がその不動に近い姿勢を崩したのは、さっき誰かが自分の背後でひどく咳き入っているのに思わずびっくりしてその方をふり向いた時だけだった。それは背の高い、瘦《や》せぎすな未知の青年だったが、そんなひどい咳を聞いたのははじめてだった。圭介はそれから自分の妻がよく明け方になるとそれに稍《やや》近い咳き方で咳いていたのを思い出した。それから電車が何台か通り過ぎた後、突然、中央線の長い列車が地響きをさせながら素通りして行った。圭介ははっとしたような顔を上げ、まるで食い入るような眼つきで自分の前を通り過ぎる客車を一台一台見つめた。彼はもし見られたら、その客車内の人達の顔を一人一人見たそうだった。彼等は数時間の後には八ヶ岳の南麓《なんろく》を通過し、彼の妻のいる療養所の赤い屋根を車窓から見ようとおもえば見ることも出来るのだ。……

黒川圭介は根が単純な男だったので、一度自分の妻がいかにも不為合《ふしあわ》せそうだと思い込んでからは、そうと彼に思い込ませた現在の儘《まま》の別居生活が続いているかぎりは、その考えが容易に彼を立ち去りそうもなかった。

彼が山の療養所を訪れてから、一月《ひとつき》の余になって、社の用事などでいろいろと忙しい思いをし、それから何もかも忘れ去るような秋らしい気持ちのいい日が続き出してからも、まるで菜穂子を見舞ったのは、つい此の間の事のように、何もかもが記憶にはっきりとしていた。社での一日の仕事が終り、夕方の混雑の中を疲れ切っておもわず帰宅を急いでいる時など、ふと其処には妻がいない事を考えると、忽《たちま》ちあの雨にとざされた山の療養所であった事から、帰りの汽車の中で襲われた嵐の事から、何から何までが残らず記憶によみ返って来るのだった。菜穂子はいつも、何処かから彼をじっと見守っていた。急にその眼ざしがついそこにちらつき出すような気のする事もあった。彼はときどきはっと思って、電車の中に菜穂子に似た眼つきをした女がいたのかどうかと捜し出したりした。……

　彼は妻には手紙を書いた事が一遍もなかった。そんな事で自分の心が充たされようなどとは、彼のような男は思いもしなかったろう。又、たといそう思ったにしろ、すぐそれが実行できるような性質の男ではなかった。彼は母が菜穂子とときおり文通しているらしいのを知ってはいたが、それにも何んにも口出しをしなかった。そして菜穂子のいつも鉛筆でぞんざいに書いた手紙らしいのが来ていても、それを披《ひら》いて妻の文句を見ようともしなかった。唯、どうかするとちょいと気になるように、その上へいつまでも目を注いでいる事があった。そんな時には、彼は自分の妻が寝台の上に仰向いた儘、鉛筆でその痩せた頬を撫でながら、心にもない文句を考え考えその手紙を書いている、いかにも懶《ものう》そうな様子をぼんやりと思い浮べているのだった。

圭介はそう云う自分の煩悶《はんもん》を誰にも打ち明けずにいたが、或日、彼は或先輩の送別会のあった会場を一人の気のおけない同僚と一しょに出ながら、不意と此の男なら何かと頼もしそうな気がして妻のことを打ち明けた。

「それは気の毒だな。」一杯機嫌の相手はいかにも彼に同情するように耳を傾けていたが、それから急に何を思ったのか、吐き出すように云った。「だが、そう云う女房は反って安心でいいだろう」

圭介には最初相手の云った言葉の意味が分からなかった。が、彼はその同僚の細君が身持ちの悪いという以前からの噂を突然思い出した。圭介はもうその同僚に妻のことをそれ以上云い出さなかった。

そのときそう云われた事が、圭介にはその夜じゅう何か胸に閊《つか》えているような気もちだった。彼はその夜は殆どまんじりともしないで妻のことを考え通していた。彼には、菜穂子のいまいる山の療養所がなんだか世の果てのようなところのように思えていた。自然の慰藉《いしゃ》と云うものを全然理解すべくもなかった彼には、その療養所を四方から取囲んでいるすべての山も森も高原も単に菜穂子の孤独を深め、それを世間から遮蔽《しゃへい》している障礙《しょうがい》のような気がしたばかりだった。そんな自然の牢《ひとや》にも近いものの中に、菜穂子は何か詮《あきら》め切ったように、ただ一人で空《くう》を見つめた儘、死の徐《しず》かに近づいて来るのを待っている。――

「何が安心でいい。」圭介は一人で寝た儘、暗がりの中で急に誰に対してともつかない怒りのようなものを湧き上がらせていた。

圭介は余っ程母に云って菜穂子を東京へ連れ戻そうかと何遍決心しかけたか分からなかった。が、菜穂子がいなくなってから何かほっとして機嫌好さそうにしている母が、菜穂子の病状を楯《たて》にして、例の剛情さで何かと反対をとなえるだろう事を思うと、もううんざりして何んにも云い出す気がなくなるのだった。――それに菜穂子を連れ戻して来たって、母と妻とのこれまでの折合《おりあい》を考えると、彼女の為合せのために自分が何をしてやれるか、圭介自身にも疑問だった。

そして結局は、すべての事が今までの儘にされていたのだった。

或野分立《のわきだ》った日、圭介は荻窪の知人の葬式に出向いた帰り途《かえりみち》、駅で電車を待ちながら、夕日のあたったプラットフォームを一人で行ったり来たりしていた。そのとき突然、中央線の長い列車が一陣の風と共にプラットフォームに散らばっていた無数の落葉を舞い立たせながら、圭介の前を疾走して行った。圭介はそれが松本行の列車であることに漸《や》っと気がついた。彼はその長い列車が通り過ぎてしまった跡も、いつまでも舞い立っている落葉の中に、何か痛いような眼つきをしてその列車の去った方向を見送っていた。それが数時間の後には、信州へはいり、菜穂子のいる療養所の近くを今と同じような速力で通過することを思い描きながら。……

生れつき意中の人の幻影をあてもなく追いながら町の中を一人でぶらついたりする事の出来なかった圭介は、思いがけずそのとき妻の存在が一瞬まざまざと全身で感ぜられたものだから、それからは屢々《しばしば》会社の帰りの早いときなどには東京駅からわざわざ荻窪の駅まで省線電車で行き、信州に向う夕方の列車の通過するまでじっとプラットフォームに待っていた。いつもその夕方の列車は、彼の足もとから無数の落葉を舞い立たせながら、一瞬にして通過し去った。その間、彼が食い入るような眼つきで一台一台見送っていたそれらの客車と共に、彼の内から一日じゅう何か彼を息づまらせていたものが俄《にわ》かに引き離され、何処へともなく運び去られるのを、彼は切ないほどはっきりと感ずるのだった。

十五

山では秋らしく澄んだ日が続いていた。療養所のまわりには、どっちへ行っても日あたりの好い斜面がある。菜穂子は毎日日課の一つとして、いつも一人で気持ちよく其処此処を歩きながら、野茨《のいばら》の真赤な実なぞに目を愉《たの》しませていた。温かな午後には、牧場の方までその散歩を延ばして、柵《さく》を潜り抜け、芝草の上をゆっくりと踏みながら、真ん中に一本ぽつんと立った例の半分だけ朽ちた古い木にまだ黄ばんだ葉がいくらか残って日にちらちらしているのが見えるところまで歩いて行った。日の短くなる頃で、地上に印せられたその高い木の影も、彼女自身の影も、見る見るうちに異様に長くなった。それに気がつくと、彼女は漸っとその牧場から療養所の方へ帰って来た。彼女は自分の病気の事も、孤独の事も忘れていることが多かった。それほど、すべての事を忘れさせるような、人が一生のうちでそう何度も経験出来ないような、美しい、気散じな日々だった。

しかし、夜は寒く、淋しかった。下の村々から吹き上げてきた風が、この地の果てのような場所まで来ると、もう何処へいったらいいか分からなくなってしまったとでも云うように、療養所のまわりをいつまでもうろついていた。誰かが締めるのを忘れた硝子窓《ガラスまど》が、一晩中、ばたばた鳴っているような事もあった。……

或日、菜穂子は一人の看護婦から、その春独断で療養所を出ていったあの若い農林技師がとうとう自分の病気を不治のものにさせて再び療養所に帰って来たという事を聞いた。彼女はその青年が療養所を立って行くときの、元気のいい、しかし青ざめ切った顔を思い浮べた。そしてそのときの何か決意したところのあるようなその青年の生き生きした眼ざしが彼を見送っていた他の患者達の姿のどれにも立ち勝って、強く彼女の心を動かした事まで思い出すと、彼女は何か他人事《ひとごと》でないような気がした。

冬はすぐ其処まで来ているのだけれど、まだそれを気づかせないような温かな小春《こはる》日和《びより》が何日か続いていた。

十六

およう は、二月《ふたつき》の余も病院で初枝を徹底的に診て貰っていたが、その効はなく、結局医者にも見放された恰好《かっこう》で、再び郷里に帰って行った。O村からは、牡丹屋の若い主婦《おかみ》さんがわざわざ迎えに来た。

二週間ばかり建築事務所を休んでいた明は、それを知ると、喉《のど》に湿布をしながら、上野駅まで見送りに行った。初枝は、およう達に附添われて、車夫に背負われた儘《まま》、プラットフォームにはいって来た。明の姿を見かけると、きょうは殊更に血の気を頬に透かせていた。

「御機嫌よう。どうぞ貴方様もお大事に——」およう は、明の病人らしい様子を反って気づかわしそうに眺めながら、別れを告げた。

「僕は大丈夫です。事によったら冬休みに遊びに行きますから待っていて下さい」明はおようや初枝に寂しいほほ笑みを浮べて見せながら、そんな事を約束した。「では御機嫌よう」

汽車はみるみる出て行った。汽車の去った跡、プラットフォームには急に冬らしくなった日差しがたよりなげに漂った。其処にぽつねんと一人残された明には、何か爽《さわ》やかな気分になり切れないものがあった。さて、これからどうしようかと云ったように、彼は何をするのも気だるそうに歩きだした。そして心の中でこんな事を考えていた。――結局は医者に見放されて郷里へ帰って行ったおようにも病人の初枝にも、さすがに何か淋しそうなところはあったけれども、それにしても世の中に絶望したような素振りは何処にも見られなかったではないか。寧《むし》ろ、二人ともO村へ早く帰れるようになったので、何かほっとして、いそいそとしているような安心な様子さえしていたではないか。此の人達には、それほど自分の村だとか家だとかが好いのだろうか？

「だが、そんなものの何んにもない此のおれは一体どうすれば好いのか？　此の頃のおれの心の空しさは何処から来ているのだ？　……」そう云う彼の心の空しさなど何事も知らないでいるようなおよう達に逢っていると、自分だけが誰にも附いて来られない自分勝手な道を一人きりで歩き出しているような不安を確めずにはいられなくなる一方、その間だけは何かと心の休まるのを覚えたのも事実だった。そのおよう達も遂に彼から去った今、彼の周囲で彼の心を紛わせてくれるものとてはもう誰一人いなくなった。そのとき彼は急に思い出したように烈《はげ》しい咳をしはじめ、それを抑えるために暫く背をこごめながら立ち止っていた。彼が漸《や》っとそれから背をもたげたときは、構内にはもう人影が疎《まば》らだった。「――いま事務所でおれにあてがわれている仕事なんぞは此のおれでなくったって出来る。そんな誰にだって出来そうな仕事を除いたら、おれの生活に一体何が残る？　おれは自分が心からしたいと思った事をこれまでに何ひとつしたか？　おれは何度今までにだって、いまの勤めを止め、何か独立の仕事をしたいと思ってそれを云い出しかけては、所長のいかにも自分を信頼しているような人の好さそうな笑顔を見ると、それもつい云いそびれて有耶無耶《うやむや》にしてしまったか分からない。そんな遠慮ばかりしていて一体おれはどうなる？　おれはこんどの病気を口実に、しばらく又休暇を貰って、どこか旅にでも出て一人きりになって、自分が本気で求めているものは何か、おれはいま何にこんなに絶望しているのか、それを突き止めて来ることは出来ないものか？　おれがこれまでに失ったと思っているものだって、おれは果してそれを本気で求めていたと云えるか？　菜穂子にしろ、早苗にしろ、それからいま去って行ったおよう達にしろ、……」

そう明は沈鬱《ちんうつ》な顔つきで考え続けながら、冬らしい日差しのちらちらしている構内を少し背をこごめ気味にして歩いて行った。

十七

八ヶ岳にはもう雪が見られるようになった。それでも菜穂子は、晴れた日などには、秋からの日課の散歩を廃《よ》さなかった。しかし太陽が赫《かがや》いて地上をいくら温めても、前日の凍《こご》えからすっかりそれをよみ返らせられないような、高原の冬の日々だった。白い毛の外套《がいとう》に身を包んだ彼女は、自分の足の下で、凍えた草のひび割れる音をきくような事もあった。それでもときおりは、もう牛や馬の影の見えない牧場の中へはいって、あの半ば立ち枯れた古い木の見えるところまで、冷い風に髪をなぶられながら行った。その一方の梢にはまだ枯葉が数枚残り、透明な冬空の唯一の汚点となった儘、自らの衰弱のためにもう顫《ふる》えが止まらなくなったように絶えず顫えているのを暫く見上げていた。それから彼女はおもわず深い溜息《ためいき》をつき療養所へ戻って来た。

十二月になってからは、曇った、底冷えのする日ばかり続いた。この冬になってから、山々が何日も続いて雪雲に蔽《おお》われていることはあっても、山麓《さんろく》にはまだ一度も雪は訪れずにいた。それが気圧を重くるしくし、療養所の患者達の気をめいらせていた。菜穂子ももう散歩に出る元気はなかった。終日、開け放した寒い病室の真ん中の寝台にもぐり込んだ儘、毛布から目だけ出して、顔じゅうに痛いような外気を感じながら、暖炉が愉《たの》しそうに音を立てている何処かの小さな気持ちのいい料理店の匂だとか、其処を出てから町裏の程よく落葉の散らばった並木道をそぞろ歩きする一時《ひととき》の快さなどを心に浮べて、そんななんでもないけれども、いかにも張り合いのある生活がまだ自分にも残されているように考えられたり、又時とすると、自分の前途にはもう何んにも無いような気がしたりした。何一つ期待することもないように思われるのだった。「一体、わたしはもう一生を終えてしまったのかしら?」と彼女はぎょっとして考えた。「誰かわたしにこれから何をしたらいいか、それともこの儘何もかも諦《あきら》めてしまうほかはないのか、教えて呉れる者はいないのかしら?　……」

或日、菜穂子はそんなとりとめのない考えから看護婦に呼《よ》び醒《さ》まされた。「御面会の方がいらしっていますけれど……」看護婦は彼女に笑を含んだ目で同意を求め、それから扉の外へ「どうぞ」と声をかけた。

扉の外から、急に聞き馴れない、烈しい咳きの声が聞え出した。菜穂子は誰だろうと不安そうに待っていた。やがて彼女は戸口に立った、背の高い、痩《や》せ細《ほそ》った青年の姿を認めた。

「まあ、明さん。」菜穂子は何か咎《とが》めるようなきびしい目つきで、思いがけない都築明のはいって来るのを迎えた。

明は戸口に立った儘《まま》、そんな彼女の目つきに狼狽《うろた》えたような様子で、鯱《しゃちほこ》張《ば》ったお辞儀をした。それから相手の視線を避けるように病室の中を大きな眼をして見廻わしながら、外套《がいとう》を脱ごうとして再び烈《はげ》しく咳き入っていた。

寝台に寝た儘、菜穂子は見かねたように云った。「寒いから、着たままでいらっしゃい。」

明はそう云われると、素直に半分脱ぎかけた外套を再び着直して、寝台の上の菜穂子の方へ笑いかけもせず見つめた儘、次いで彼女から云われる何かの指図を待つかのように突立っていた。

彼女は改めてそう云う相手の昔とそっくりな、おとなしい、悪気のない様子を見ていると、なぜか痙攣《けいれん》が自分の喉元《のどもと》を締めつけるような気がした。しかし又、此の数年の間、――殊に彼女が結婚してからは殆ど音沙汰のなかった明が、何のためにこんな冬の日に突然山の療養所まで訪ねて来るような気になったのか、それが分からないうちは彼女はそう云う相手の悪気のなさそうな様子にも何か絶えずいらいらし続けていなければならなかった。

「そこいらにお掛けになるといいわ」菜穂子は寝たまま、いかにも冷やかな目つきで椅子を示しながら、そう云うのが漸《や》っとだった。

「ええ」と明はちらりと彼女の横顔へ目を投げ、それから又急いで目を外《そ》らせるようにしながら、端近い革張の椅子に腰を下ろした。「此処へ来ていらっしゃるという事を旅の出がけに聞いたので、汽車の中で急に思い立ってお立寄りしたのです」と彼は自分の掌で瘦《や》せた頰を撫でながら云った。

「何処へいらっしゃるの？」彼女は相変らずいらいらした様子で訊《き》いた。

「別に何処って……」と明は自問自答するように口籠《くちごも》っていた。それから突然目を思い切り大きく見ひらいて、自分の云いたい事を云おうと思う前には、相手も何もないかのような語気で云った。「急に何処というあてもない冬の旅がしたくなったのです。」

菜穂子はそれを聞くと、急に一種のにが笑いに近いものを浮べた。それは少女の頃からの彼女の癖で、いつも相手の明なんぞのうちに少年特有な夢みるような態度や言葉が現われると、彼女はそう云う相手を好んでそれで揶揄《やゆ》したものだった。

菜穂子はいまも自分がそんな少女の頃に癖になっていたような表情をひとりでに浮べている事に気がつくと、いつの間にか自分のうちにも昔の自分がよみ返って来たような、妙に弾んだ気持ちを覚えた。が、それもほんの一瞬で、明が又さっきのように烈しく咳き込み出したので、彼女は思わず眉をひそめた。

「こんなに咳ばかりしていて此の人はまあ何んで無茶なんだろう、そんな為《し》なくとも好い旅に出て来るなんて……」菜穂子は他人事《ひとごと》ながらそんな事も思った。

それから彼女は再び元の冷やかな目つきになりながら云った。「お風邪でも引いていらっしゃるんじゃない？　それなのに、こんな寒い日に旅行なんぞなすってよろしいの？」

「大丈夫です。」明は何か上の空で返事をするような調子で返事をした。「ちょっと喉をやられているだけですから。雪のなかへ行けば反って好くなりそうな気がするんです。」

そのとき彼は心の一方でこんな事を考えていた。——「おれは菜穂子さんに逢って見たいなんぞとはこれまでついぞ考えもしなかったのに、何故さっき汽車のなかで思い立つと、すぐその気になって、何年も逢わない菜穂子さんをこんなところに訪れるような真似が出来たんだろう。おれは菜穂子さんがいまどんな風にしているか、すっかり昔と変ってしまったか、それともまだ変らないでいるか、そんな事なぞちっとも知りたかあなかった。只、ほんの一瞬間、昔のようにお互に怒ったような眼つきで眼を見合わせて、それだけで帰るつもりだった。それだのに、此の人に逢っていると又昔のように、向うですげなくすればするほど、自分の痕《きず》を相手にぎゅうぎゅう捺《お》しつけなくては気がすまなくなって来そうだ。そう、おれはもう最初の目的を達したのだから、早く帰った方がいい。……」

明はそう考えると急に立ち上って、菜穂子の寝ている横顔を見ながら、もじもじし出した。しかし、どうしてもすぐ帰るとは云い出せずに、少し咳払いをした。こんどは空咳だった。

「雪はまだなんですね？」明は菜穂子の方を同意を求めるような眼つきで見ながら、露台の方へ出て行った。そして半開きになった扉の傍に立ち止って、寒そうな恰好《かっこう》をして山や森を眺めていたが、暫くしてから彼女の方へ向って云った。「雪があると此の辺はいいんでしょうね。僕はもうこっちは雪かと思っていました。……」

それから彼は漸っと思い切ったように露台に出て行った。そしてその手すりに手をかけて、背なかを丸くした儘、其処からよく見える山や森へ何か熱心に目をやっていた。

「あの人は昔の儘だ。」菜穂子はそう思いながら、いつまでも露台で同じような恰好をして同じところへ目をやっているような明の後姿をじっと見守っていた。昔からその明には、人一倍内気で弱々しげに見える癖に、いざとなるとなかなか剛情になり、自分のしたいと思う事は何でもしてしまおうとするような烈しい一面もあって、どうかするとそんな相手に彼女もときどき手古摺《てこず》らされた事のあったのを、彼女はその間何んという事もなしに思い出していた。……

そのとき露台から明が不意に彼女の方へふり向いた。そして彼女が自分に向って何か笑いかけたそうにしているのに気がつくと、まぶしそうな顔をしながら、手すりから手を離して部屋の方へはいって来た。彼女は彼に向ってつい口から出るが儘《まま》に云った。「明さんは羨《うらや》ましいほど、昔と変らないようね。……でも、女はつまらない、結婚するとすぐ変ってしまうから。……」

「あなたでもお変りになりましたか?」明は何んだか意外なように、急に立ち止って、そう問い返した。

菜穂子はそう率直に反問されると、急に半ばごまかすような、半ば自嘲するような笑いを浮べた。「明さんにはどう見えて?」

「さあ……」明は本当に困惑したような目つきで彼女を見返しながら口籠《くちごも》っていた。

「……なんて云っていいんだか難しいなあ。」

そう口では云いながら、彼は胸のうちで此の人は矢っ張誰にも理解して貰えずにきっと不為合せ《ふしあわ》なのかも知れないと思った。彼は何も結婚後の菜穂子の事をたずねる気もしなかったし、又、そんな事はとても自分などには打明けてくれないだろうと思ったけれど、菜穂子の事なら今の自分にはどんな事でも分かってやれるような気がした。昔は彼女のする事が何もかも分からないように思われた一時期もないではなかったが、今ならば菜穂子がどんな心の中の辿《たど》りにくい道程を彼に聞かせても、何処までも自分だけはそれについて行けそうな気がした。……

「此の人はそれが誰にも分かって貰えないと思い込んで、苦しんでいるのではなかろうか?」と明は考え続けた。「菜穂子さんだって、昔はいつも僕の夢みがちなのを嫌ってばかりいたが、やっぱり自分だって夢をもっていたんだ、あの僕の大好きだった菜穂子さんのお母さんのように……。それがこんな勝気な人だものだから、心の底の底にその夢がとじこめられた儘、誰にも気づかれずにいたのだ、当の菜穂子さんにだって。……しかし、その夢はまあどんなに思いがけない夢だろうか? ……」

明はそんな風な想念を眼ざしに籠《こ》めながら、菜穂子の上へじっとその眼を据えていた。

彼女はしかしその間、目をつぶった儘、何か自身の考えに沈んでいた。ときどき痙《けい》攣《れん》のようなものが彼女の痩《や》せた頸《くび》の上を走っていた。

明はそのとき不意といつか荻窪の駅で彼女の夫らしい姿を見かけた事を思い出し、それを菜穂子に帰りがけにちょっと云って行こうとしかけたが、急にそれは云わない方がいいような気がして途中でやめてしまった。そしてさあもう帰らなければと決心して、彼は二三歩寝台の方へ近づき、ちょっともじもじした様子でその傍に立った儘、

「僕、もう……」とだけ言葉を掛けた。

菜穂子はさっきと同じように目をつぶった儘、相手が何を云い出そうとしているのか待っていたが、それきり何も云わないので、目をあけて彼の方を見て漸《や》っと彼が帰り支度をしているのに気がついた。

「もうお帰りになるの？」菜穂子は驚いたようにそれを見て、あまりあっけない別れ方だと思ったが、べつに引き留めもしないで、寧《むし》ろ何物かから釈《と》き放《はな》されるような感情を味いながら、相手に向って云った。「汽車は何時なの？」

「さあ、それは見て来なかったなあ。だけど、こんな旅だから、何時になったって構いません。」明はそう云いながら、はいって来たときと同様に、鯱《しゃちほこ》張《ば》ってお辞儀をした。「どうぞお大事に……」

菜穂子はそのお辞儀の仕方を見ると、突然、明が彼女の前に立ち現われたときから何かしら自分自身に伴《いつわ》っていた感情のある事を鋭く自覚した。そして何かそれを悔いるかのように、いままでにない柔かな調子で最後の言葉をかけた。

「本当にあなたも御無理なさらないでね……」

「ええ……」明も元気そうに答えながら、最後にもう一度彼女の方へ大きい眼を注いで、扉の外へ出て行った。

やがて扉の向うに、明が再びはげしく咳き込みながら立ち去って行くらしい気配がした。菜穂子は一人になると、さっきから心に滲《にじ》み出《だ》していた後悔らしいものを急にはっきりと感じ出した。

十八

冬空を過《よぎ》った一つの鳥かげのように、自分の前をちらりと通りすぎただけでその儘消え去るかと見えた一人の旅びと、……その不安そうな姿が時の立つにつれていよいよ深くなる痕跡《きずあと》を菜穂子の上に印したのだった。その日、明が帰って行った後、彼女はいつまでも何かわけのわからない一種の後悔に似たものばかり感じ続けていた。最初、それは何か明に対して或感情を伴っているかのような漠然とした感じに過ぎなかった。彼が自分の前にいる間じゅう、彼女は相手に対してとも自分自身に対してともつかず始終苛ら立《いだ》っていた。彼女は、昔、少年の頃の相手が彼女によくそうしたように、今も自分の痕を彼女の心にぎゅうぎゅう捺《お》しつけようとしているような気がされて、そのために苛ら苛らしていたばかりではなかった。――それ以上にそれが彼女を困惑させていた。云って見れば、それが現在の彼女の、不為合《ふしあわ》せなりに、一先ず落《お》ち著《つ》くところに落ち著いているような日々を脅《おびや》かそうとしているのが漠然と感ぜられ出していたのだ。彼女よりももっと痛めつけられている身体でもって、傷いた翼でもっともっと翔《か》けようとしている鳥のように、自分の生を最後まで試みようとしている、以前の彼女だったら眉をひそめただけであったかも知れないような相手の明が、その再会の間、屡々《しばしば》彼女の現在の絶望に近い生き方以上に真摯《しんし》であるように感ぜられながら、その感じをどうしても相手の目の前では相手にどころか自分自身にさえはっきり肯定しようとはしなかったのだった。

菜穂子は自分のそう云う一種の瞞著《まんちゃく》を、それから二三日してから、はじめて自分に白状した。何故あんなに相手にすげなくして、旅の途中にわざわざ立寄って呉れたものを心からの言葉ひとつ掛けてやれずに帰らせてしまったのか、とその日の自分がいかにも大人気《おとなげ》ないように思われたりした。——しかし、そう思う今でさえ、彼女の内には、若《も》し自分がそのとき素直に明に頭を下げてしまって居たら、ひょっとしてもう一度彼と出逢うような事のあった場合、そのとき自分はどんなに惨《みじ》めな思いをしなければならないだろうと考えて、一方では思わず何かほっとしているような気持ちもないわけではなかった。……

菜穂子が今の孤独な自分がいかに惨めであるかを切実な問題として考えるようになったのは、本当に此の時からだと云ってよかった。彼女は、丁度病人が自分の衰弱を調べるためにその痩せさらぼえた頰へ最初はおずおずと手をやってそれを優しく撫で出すように、自分の惨めさを徐々に自分の考えに浮べはじめた。彼女には、まだしも愉《たの》しかった少女時代を除いては、その後彼女の母なんぞのように、一つの思出だけで後半生を充たすに足りるような精神上の出来事にも出逢わず、又、将来だっていまの儘では何等期待するほどのことは起りそうもないように思われる。現在をいえば、為合せなんぞと云うものからは遥かに遠く、とは云え此の世の誰よりも不為合せだと云うほどのことでもない。只、こんな孤独の奥で、一種の心の落ち著きに近いものは得ているものの、それとてこうして陰惨な冬の日々にも堪えていなければならない山の生活の無聊《ぶりょう》に比べればどんなに報《むく》いの少ないものか。殊に明があんなに前途に不安そうな様子をしながら、しかもなお自分の生のぎりぎりのところまで行って自分の夢の限界を突き止めて来ようとしているような真摯さの前では、どんなに自分のいまの生活はごまかしの多いものであるか。それでも自分はまだ此の先の日々に何か恃《たの》むものがあるように自分を説き伏せて此の儘こうした無為の日々を過していなければならないのか。それとも本当に其処に何か自分をよみ返らして呉れるようなものがあるのであろうか。……

菜穂子の考えはいつもそうやって自分の惨めさに突き当った儘、そこで空しい逡《しゅん》巡《じゅん》を重ねている事が多かった。

十九

それまで菜穂子は、圭介の母からいつも分厚い手紙を貰っても、枕もとに打《う》ち棄《す》てて置いた儘すぐそれを開こうとはせず、又、それを一度も嫌悪の情なしには開いた事はなかった。そして彼女はその次ぎには、それ以上の嫌悪に打ち勝って、心にもない言葉を一つ一つ工夫しながら、それに対する返事を認《したた》めなければならなかった。

菜穂子はしかし冬に近づく時分から、その姑の手紙の中に何かいままでの空しさとは違ったものを徐々に感じ出してはいた。彼女はその手紙の文句に一々これまでのように眉をひそめたりしないでもそれを読み過せるようになった。彼女は相変らず姑の手紙が来る毎に面倒そうにそれをすぐ開きもせず、長いこと枕もとに置いたきりにはしていたが、一度それを手にとるといつまでもそれを手放さないでいた。何故それが今までのような不愉快なものでなくなって来たか、彼女は別にそれを気にとめて考えて見ようともしなかったが、一手紙毎に、姑のたどたどしい筆つきを通して、ますます其処に描かれている圭介の此の頃のいかにも打ち沈んだような様子が彼女にも生き生きと感ぜられるようになって来た事を、菜穂子は自分に否もうとはしなかった。

明が訪れてから数日後の、或雪曇った夕方、菜穂子はいつも同じ灰色の封筒にはいった姑の手紙を受け取ると、矢っ張いつものように面倒そうに手にとらずにいたが、暫くしてからひょっとしたら何か変った事でも起きたのではないかしらと思い出し、そう思うとこんどは急いで封を切った。が、それには此の前の手紙と殆ど変らない事しか書いてはなくて、彼女の一瞬前に空想したように圭介も突然危篤にはなっていなかったので、彼女は何んだか失望したように見えた。それでもその手紙の走り書きのところが読みにくかったし、そんなところは急いで飛ばし飛ばし読んでいたので、もう一遍最初から丁寧に読み返して見た。それから彼女は暫く考え深そうに目をつぶっていたが、気がついて夕方の検温をし、相変らず七度二分なのを確かめると、寝台に横になった儘《まま》、紙と鉛筆をとって、いかにも書く事がなくて困ったような手つきで姑への返事を書き出した。――「きのうきょうのこちらのお寒いことと云ったらとても話になりません。しかし、療養所のお医者様たちはこちらで冬を辛抱すればすっかり元通りの身体にしてやるからと云って、お母様のおっしゃるようになかなか家へは帰してくれそうにもないのです。ほんとうにお母様のみならず、圭介様にもさぞ……」彼女はこう書き出して、それから暫く鉛筆の端で自分の窶《やつ》れた頰を撫でながら、彼女の夫の打ち沈んだ様子を自分の前にさまざまに思い描いた。いつもそんな眼つきで彼女が見つめるとすぐ彼がそれから顔を外《そ》らせてしまう、あの見据えるような眼ざしを、つい今も知《し》らず識《し》らずにそれ等の夫の姿へ注ぎながら……

「そんな眼つきでおれを見ないでくれないか。」そう彼がとうとう堪《たま》らなくなったように彼女に向って云った、あの豪雨にとじこめられた日の不安そうだった彼の様子が、急に彼の他のさまざまな姿に立ち代って、彼女の心の全部を占め出した。彼女はそのうちにひとりでに目をつぶり、その嵐の中でのように、少し無気味な思い出し笑いのようなものを何んとはなしに浮べていた。

来る日も来る日も、雪曇りの曇った日が続いていた。ときどき何処かの山からちらちらとそれらしい白いものが風に吹き飛ばされて来たりすると、いよいよ雪だなと患者達の云い合っているのが聞えたが、それはそれきりになって、依然として空は曇ったままでいた。吸いつくような寒さだった。こんな陰気な冬空の下を、いま頃明はあの旅びとらしくもない憔悴《しょうすい》した姿で、見知らない村から村へと、恐らく彼の求めて来たものは未だ得られもせずに（それが何か彼女にはわからなかったが）、どんな絶望の思いをして歩いているだろうと、菜穂子はそんな憑《つ》かれたような姿を考えれば考えるほど自分も何か人生に対する或決意をうながされながら、その幼馴染の上を心から思いやっているような事もあった。

「わたしには明さんのように自分でどうしてもしたいと思う事なんぞないんだわ。」そんなとき菜穂子はしみじみと考えるのだった。「それはわたしがもう結婚した女だからなのだろうか？　そしてもうわたしにも、他の結婚した女のように自分でないものの中に生きるより外はないのだろうか？　……」

二十

或夕方、信州の奥から半病人の都築明を乗せた上り列車はだんだん上州との国境に近いO村に近づいて来た。

一週間ばかりの陰鬱《いんうつ》な冬の旅に明はすっかり疲れ切っていた。ひどい咳をしつづけ、熱もかなりありそうだった。明は目をつぶった儘、窓枠にぐったりと体を靠《もた》らせながら、ときどき顔を上げ、窓の外に彼にとっては懐しい唐松や楢《なら》などの枯木林の多くなり出したのをぼんやりと感じていた。

明はせっかく一箇月の休暇を貰って今後の身の振り方を考えるために出て来た冬の旅をこの儘空《ままむな》しく終える気にはどうしてもなれなかった。それではあまり予期に反し過ぎた。彼はさしずめO村まで引き返し、其処で暫く休んで、それからまた元気を恢《かい》復《ふく》し次第、自分の一生を決定的なものにしようとしている此の旅を続けたいという心組になった。早苗は結婚後、夫が松本に転任して、もうその村にはいない筈だった。それが明には、寂しくとも、何か心安らかにその村へ自分の病める身を托《たく》して行ける気持ちにさせた。それに、今自分を一番親身に看病してくれそうなのは、牡丹屋の人達の外にはあるまい……

深い林から林へと汽車は通り抜けて行った。すっかり葉の落ち尽した無数の唐松の間から、灰色に曇った空のなかに象嵌《ぞうがん》したような雪の浅間山が見えて来た。少しずつ噴き出している煙は風のためにちぎれちぎれになっていた。

先ほどから汽缶車が急に喘《あえ》ぎ出しているので、明は漸《や》っとO駅に近づいた事に気がついた。O村はこの山麓《さんろく》に家も畑も林もすべてが傾きながら立っているのだ。そしていま明の身体を急に熱でも出て来たようにがたがた震わせ出している此の汽缶車の喘ぎは、此の春から夏にかけて日の暮近くに林の中などで彼がそれを耳にしては、ああ夕方の上りが村の停車場に近づいて来たなと何とも云えず人懐しく思った、あの印象深い汽缶の音と同じものなのだ。

谷陰の、小さな停車場に汽車が著《つ》くと、明は咳き込みそうなのを漸っと耐えているような恰好《かっこう》で、外套《がいとう》の襟を立てながら降りた。彼の外には五六人の土地の者が下りただけだった。彼は下りた途端に身体がふらふらとした。彼はそれを昇降口の戸をあけるために暫く左手で提げていた小さな鞄《かばん》のせいにするように、わざと邪慳《じゃけん》そうにそれを右手に持ち変えた。改札口を出ると、彼の頭の上でぽつんとうす暗い電灯が点《とも》った。彼は待合室の汚れた硝子戸《ガラスど》に自分の生気のない顔がちらっと映っただけで、すぐ何処かへ吸い込まれるように消えたのを認めた。

日の短い折なので、五時だというのにもう何処も暗くなり出していた。バスも何んにもない山の停車場なので、明は自分で小さな鞄を提げながら、村の途中の森までずっと上りになる坂道を難儀しいしい歩き出した。そして何度も足を休めては、ずんずん冷え込んで来る夕方の空気の中で、彼は自分の全身が急に悪寒がして来たり、すぐそのあとで又急に火のように熱くなって来たりするのを、ただもう空《うつ》ろな気持ちで感じていた。

森が近づき出した。その森を控えて、一軒の廃屋に近い農家が相変らず立ち、その前に一匹の穢《きたな》い犬がうずくまっていた。ここの家には、昔、菜穂子さんと遠乗りから帰って来ると、いつも自転車の輪に飛びついて菜穂子さんに悲鳴を立てさせた黒い犬がいたっけなあ、と明はなんということもなしに思い出した。犬は毛並が茶色で違っていた。

森の中はまだ割合にあかるかった。殆どすべての木々が葉を落ち尽していたからだった。それは彼には何んと云っても思い出の多い森だった。少年の頃、暑い野原を横切った後、此の森の中まで自転車で帰って来ると、快い冷気がさっと彼の火のような頰を掠《かす》めたものだった。明は今も不意と反射的に空いた手を自分の頰にあてがった。この底知れない夕冷えと、自分のひどい息切れと、この頰のほてりと、――こう云う異様な気分に包まれながら、背中を曲げて元気なく歩いている現在の自分が、そんな自転車なんぞに乗って頰をほてらせ息を切らしている少年の自分と、妙な具合に交錯しはじめた。

森の中程で、道が二叉《ふたまた》になる。一方は真直に村へ、もう一方は、昔、明や菜穂子たちが夏を過しに来た別荘地へと分かれるのだった。後者の草深い道は、此処からずっとその別荘の裏側まで緩く屈折しながら心もち下りになっていた。その道へ折れると、麦稈帽子《むぎわらぼうし》の下から、白い歯を光らせながら、自転車に乗った菜穂子がよく「見てて。ほら、両手を放している……」と背後から自転車で附いて来る明に向って叫んだ。

……

そんな思いがけない少年の日の思い出が急によみ返って来て、道端に手にしていた小さな鞄《かばん》を投げ出して、ただもう苦しそうに肩で息をしていた明の疲弊し切った心をちょっとの間生き生きとさせた。「おれは又どうしてこんどはこの村へやって来るなり、そんなとうの昔に忘れていたような事ばかりをこんなに鮮明に思い出すのだろうなあ。なんだかまだ次から次へと思い出せそうな事が胸一ぱい込み上げて来るようだ。熱なんぞがあると、こんな変な具合になってしまうのかしら。」

森の中はすっかり暗くなり出した。明は再び背中を曲げて小さな鞄を手にしながら、暫くは何もかもがこぐらかったような切ない気分で半ば夢中に足を運んでいるきりだった。が、そのうちに彼はひょいと森の梢を仰いだ。梢はまだ昏《く》れずにいた。そして大きな樺《かば》の木の、枯れ枝と枯れ枝とがさし交しながら薄明るい空に生じさせている細かい網目が、不意とまた何か忘れていた昔の日の事を思い出させそうにした。なぜか彼にはわからなかったが、それはこの世ならぬ優しい歌の一節《ひとふし》のように彼を一瞬慰めた。彼は暫くうっとりとした眼つきでその枝の網目を見上げていたが、再び背中を曲げて歩き出した時にはもうそれを忘れるともなく忘れていた。しかし彼の方でもうそれを考えなくなってしまってからも、その記憶は相変らず、殆ど肩でいきをしながら、喘《あえ》ぎ喘《あえ》ぎ歩いている彼を何かしら慰め通していた。「このまんま死んで行ったら、さぞ好い気持ちだろうな。」彼はふとそんな事を考えた。「しかし、お前はもっと生きなければならんぞ」と彼は半ば自分をいたわるように独《ひと》り言《ご》ちた。「どうして生きなければならないんだ、こんなに孤独で？　こんなに空《むな》しくって？」何者かの声が彼に問うた。「それがおれの運命だとしたらしようがない」と彼は殆ど無心に答えた。「おれはとうとう自分の求めているものが一体何であるのかすら分らない内に、何もかも失ってしまった見たいだ。そうして恰《あたか》も空っぽになった自分を見る事を怖れるかのように、暗黒に向って飛び立つ夕方の蝙蝠《こうもり》のように、とうとうこんな冬の旅に無我夢中になって飛び出して来てしまったおれは、一体何を此の旅であてにしていたのか？　今までの所では、おれは此の旅では只おれの永久に失ったものを確かめただけではないか。此の喪失に堪えるのがおれの使命だと云う事でもはっきり分かってさえ居れば、おれは一生懸命にそれに堪えて見せるのだが。――ああ、それにしても今此のおれの身体を気ちがいのようにさせている熱と悪感との繰り返しだけは、本当にやり切れないなあ。……」

そのとき漸《ようや》く森が切れて、枯れ枯れな桑畑の向うに、火の山裾に半ば傾いた村の全体が見え出した。家々からは夕炊の煙が何事もなさそうに上がっていた。およう達の家からもそれが一すじ立ち昇っているのが見られた。明は何かほっとした気持ちになって、自分の身体中が異様に熱くなったり寒気がしたりし続けているのも暫く忘れながら、その静かな夕景色を眺めた。彼が急に思いがけず自分の稚《おさな》い頃死んだ母のなんとなく老《ふ》けた顔をぼんやりと思い浮べた。さっき森の中で一本の樺の枝の網目が彼にこっそりとその粗描をほのめかしただけで、それきり立ち消えてしまっていた何かの影が、そんな殆ど記憶にも残っていない位のとうの昔に死んだ母の顔らしかった事に明はそのときはじめて気がついた。

二十一

連日の旅の疲れに痛めつけられた身体を牡丹屋に托《たく》した日から、明は心の弛《ゆる》みが出たのか、どっと床に就ききりになった。村には医者がいなかったので、小諸《こもろ》の町からでも招《よ》ぼうかと云うのを固辞して、明はただ自分に残された力だけで病苦と闘っていた。苦しそうな熱にもよく耐えた。明はしかし自分では大したことはないと思い込んでいるらしかった。およう達もそういう彼の気力を落させまいとして、まめまめしく看病してやっていた。

明はそういう熱の中で、目をつぶってうつらうつらとしながら、旅中のさまざまな自分の姿を懐しそうによみ返らせていた。或村では彼は数匹の犬に追われて逃げ惑うた。或村では炭を焼いている人々を見た。又、或村では日ぐれどき煙にむせびながら宿屋を探して歩いていた。或時の彼は、或農家の前に、泣いている子供を背負った老けた顔の女がぼんやりと立っているのを何度もふり返っては見た。又、或時の彼は薄日のあたった村の白壁の上をたよりなげに過《よぎ》った自分の影を何か残り惜しげに見た。――そんな佗《わび》しい冬の旅を続けている自分のその折その折のいかにも空虚《うつろ》な姿が次から次へとふいと目の前に立ち現われて、しばらくその儘《まま》ためらっていた。……

暮がたになると、数日前そんな旅先きから自分を運んで来た上り列車が此の村の傾斜を喘ぎ喘ぎ上りながら、停車場に近づいて来る音が切ないほどはっきりと聞えて来た。その汽笛の音がそれまで彼の前にためらっていた旅中のさまざまな自分の姿を跡方もなく追い散らした。そしてその跡には、その夕方の汽車から下りて此の村へ辿《たど》り著《つ》こうとしているときの彼の疲れ切った姿、それから漸く森の中程まで来たとき、ふと何処かから優しい歌の一節でも聞えて来たかのように暫くうっとりとして自分の頭上の樺の枝の網目を見上げていた彼の姿だけが残った。それがその森を出た途端に突然穉《おさな》い頃死に別れた母の顔らしいものを形づくったときの何とも云えない心のときめきまで伴って。……

明は此の数日、彼の世話を一切引き受けている若い主婦《おかみ》さんの手のふさがっている時など、娘の看病の合間に彼にも薬など進めに来てくれるおようの少し老けた顔などを見ながら、この四十過ぎの女にいままでとは全く違った親しさの湧くのを覚えた。およううがこうして傍に坐っていて呉れたりすると、彼の殆ど記憶にない母の優しい面ざしが、どうかした拍子にふいとあの枝の網目の向うにありありと浮いて来そうな気持ちになったりした。

「初枝さんはこの頃どうですか?」明は口数少く訊《き》いた。

「相変らず手ばかり焼けて困ります。」おようは寂しそうに笑いながら答えた。「なにしろ、もう足掛け八年にもなりますんでね。此の前東京へ連れて参りましたときなんぞでも、本当にこんな身体でよくこれまで保って来たと皆さんに不思議がられましたけれど、矢っ張、此の土地の気候が好いのですわ。――明さんもこんどこそはこちらですっかり身体をおこしらえになって行くと好いと、皆で毎日申して居りますのよ。」

「ええ、若《も》し僕にも生きられたら……」明はそう口の中で自分にだけ云って、おようにはただ同意するような人なつこい笑い方をして見せた。

　あれほど旅の間じゅう明の切望していた雪が、十二月半過ぎの或夕方から突然降り出し、翌朝までに森から、畑から、農家から、すっかり蔽《おお》い尽《つく》してしまった後も、まだ猛烈に降り続いていた。明はもう今となっては、どうでも好い事のように、只ときどき寝床の上に起き上がった折など、硝子窓《ガラスまど》ごしに家の裏畑や向うの雑木林が何処もかしこも真白になったのを何んだか浮かない顔をして眺めていた。

　暮がた近くになって一たん雪が歇《や》むと、空はまだ雪曇りに曇った儘、徐《しず》かに風が吹き出した。木々の梢に積っていた雪がさあっとあたり一面に飛沫《ひまつ》を散らしながら落ち出していた。明はそんな風の音を聞くと矢っ張じっとして居られないように、又寝床に起き上がって、窓の外へ目をやり出した。彼は裏一帯の畑を真白に蔽うた雪がその間絶えず一種の動揺を示すのを熱心に見守っていた。最初、雪煙がさあっと上がって、それが風と共にひとしきり冷い炎のように走りまわった。そして風の去ると共に、それも何処へともなく消え、その跡の毳立《けばだ》ちだけが一めんに残された。そのうちまた次ぎの風が吹いて来ると、新しい雪煙が上がって再び冷い炎のように走り、前の毳立ちをすっかり消しながら、その跡に又今のと殆ど同じような毳立ちを一めんに残していた……。

「おれの一生はあの冷い炎のようなものだ。——おれの過ぎて来た跡には、一すじ何かが残っているだろう。それも他の風が来ると跡方もなく消されてしまうようなものかも知れない。だが、その跡には又きっとおれに似たものがおれのに似た跡を残して行くにちがいない。或運命がそうやって一つのものから他のものへと絶えず受け継がれるのだ。……」

明はそんな考えを一人で逐《お》いながら、外の雪明りに目をとられて部屋の中がもう薄暗くなっているのにも殆ど気づかずにいるように見えた。

二十二

雪は烈《はげ》しく降り続いていた。

菜穂子は、とうとう矢《や》も楯《たて》もたまらなくなって、オウヴア・シュウズを穿《は》いた儘《まま》、何度も他の患者や看護婦に見つかりそうになっては自分の病室に引き返したりしていたが、漸《や》っと誰にも見られずに露台づたいに療養所の裏口から抜け出した。

雑木林を抜けて、裏街道を停車場の方へ足を向けた菜穂子は、前方から吹きつける雪のために、ときどき身を捩《よ》じ曲《ま》げて立ち止まらなければならなかった。最初は、只そうやって頭から雪を浴びながら歩いて来て見たくて、裏道を抜ければ五丁ほどしかない停車場の前あたりまで行ってすぐ戻って来るつもりだった。そのつもりで、けさ圭介の母から風邪気味で一週間ほども寝ていると云って寄こしたので、それへ書いた返事を駅の郵便函《ゆうびんばこ》にでも投げて来ようと思って、外套《がいとう》の衣嚢《かくし》に入れて来た。

一丁ほど裏街道を行ったところで、傘を傾けながらこちらへやって来る一人の雪袴《たつつけ》の女とすれちがった。

「まあ黒川さんじゃありませんか。」急にその若い女が言葉を掛けた。「何処へいらっしゃるの？」

菜穂子は驚いてふり返った。襟巻ですっかり顔を包み、いかにも土地っ子らしい雪袴姿をした相手は、彼女の病棟附きの看護婦だった。

「ちょっと其処まで……」彼女は間《ま》が悪そうに笑顔を上げたが、吹きつける雪のために思わず顔を伏せた。

「早くお帰りになってね。」相手は念を押すように云った。

菜穂子は顔を伏せたまま、黙って頷《うなず》いて見せた。

それから又一丁ほど雪を頭から浴びながら歩いて、漸っと踏切のところまで来た時、菜穂子は余っ程この儘療養所へ引き返そうかと思った。彼女は暫く立ち止まって目の粗い毛糸の手袋をした手で髪の毛から雪を払い落していたが、ふとさっきこんな向う見ずの自分を摑《つか》まえても何んともうるさく云わなかったあの気さくな看護婦が露西亜《ロシア》の女のように襟巻でくるくると顔を包んでいたのを思い出すと、自分もそれを真似て襟巻を頭からすっぽりと被《かぶ》った。それから彼女は、出逢ったのが本当にあの看護婦でよかったと思いながら、再び雪を全身に浴びて停車場の方へ歩き出した。

北向きの吹きさらしな停車場は一方から猛烈に雪をふきつけられるので片側だけ真白になっていた。その建物の陰に駐《と》まっている一台の古自動車も、やはり片側だけ雪に埋っていた。

その停車場で一休みして行こうと思った菜穂子は、自分もいつの間にか片側だけ雪で真白になっているのを認め、建物の外でその雪を丁寧に払い落した。それから彼女が顔をくるんでいた襟巻を外しながら、何気なしに中へはいって行くと、小さなストーヴを囲んでいた乗客達が揃って彼女の方をふり向き、それからまるで彼女を避けるかのように、皆して其処を離れ出した。彼女は思わず眉をひそめながら、顔をそむけた。丁度そのとき下りの列車が構内にはいって来かかっていると云う事が咄嗟《とっさ》に彼女には分からなかったのだ。

その列車はどの車もやはり同じように片側だけ雪を吹きつけられていた。十五六人ばかりの人が下車し、戸口の近くに外套をきて立っている菜穂子の方をじろじろ見ながら、雪の中へ一人一人何やら互いに云い交して出て行った。

「東京の方もひどい降りだってな。」誰かがそんな事を云っていた。

菜穂子にはそれだけがはっきりと聞えた。彼女は東京もこんな雪なのだろうかと思いながら、駅の外で雪に埋って身動きがとれなくなってしまっているような例の古自動車をぼんやり眺めていた。それから暫くたって、彼女は息切れも大ぶ鎮まって来たので、そろそろもう帰らなくてはと思って、駅の内を見廻わすと又いつの間にかストーヴのまわりには人だかりがしていた。その大部分土地の者らしい人達は口数少く話し合いながら、ときどき何か気になるように戸口近くに立っている彼女の方へ目をやっていた。

二つか三つ先きの駅で今の下りと入れちがいになって来る上り列車がやがて此の駅にはいって来るらしかった。

彼女はふとその上り列車も片側だけ雪で真白になっているだろうかしらと想像した。それから突然、何処かの村で明もそうやって片側だけ雪をあびながら有頂天になって歩いている姿が彷彿《ほうふつ》して来た。さっきから彼女が外套の衣嚢《かくし》に突込んで温めていた自分の凍えそうな手が、手袋ごしに、まだ出さずにいた姑宛の手紙と革の紙入れとを代る代るに押さえ出しているのを彼女自身も感じていた。

それまでストーヴを囲んでいた十数人の人達が再び其処を離れ出した。菜穂子はそれに気がつくと、急に出札口に近寄って、紙入れを出しながら窓口の方へ身をかがめた。

「何処まで？」中から突慳貪《つっけんどん》な声がした。
「新宿。……」菜穂子はせき込むように答えた。

彼女の想像したとおりの、片側だけ真白に雪のふきつけた列車が彼女の前に横づけになったとき、菜穂子は眼に見ることの出来ない大きな力にでも押し上げられるようにして、その踏段へ足をかけた。

彼女のはいって行った三等車の乗客達は、雪まみれの外套に身を包んだ彼女の只ならぬ様子を見ると、揃って彼女の方をじろじろ無遠慮に見出した。彼女は眉をひそめながら「私はきっと険《けわ》しい顔つきでもしているのだろう」と考えた。が、一番端近かの、居睡りしつづけている鉄道局の制服をきた老人の傍に坐り、近い山や森さえなんにも分からないほど雪の深い高原の真ん中へ汽車がはいり出した時分には、皆はもう彼女の存在など忘れたように見向きもしなかった。

菜穂子は漸《ようや》く自分自身に立ち返りながら、自分の今しようとしている事を考えかけようとした。彼女はそのとき急に、いつも自分のまわりに嗅《か》ぎつけていた昇汞水《しょうこうすい》やクレゾオルの匂の代りに、車内に漂っている人いきれや煙草のにおいを胸苦しい位に感じ出した。彼女にはそれが自分にこれから返されようとしかけている生の懐しい匂の前触れでもあるかのような気がされた。彼女はそう思うと、その胸苦しさも忘れ、何か不思議な身慄《みぶる》いを感じた。

　窓の外には、いよいよ吹き募っている雪のあいだから、ごく近くの木立だとか、農家だとかが仄見《ほのみ》えるきりだった。しかし、まだ彼女には汽車がいま大体どの辺を走っているのか見当がついた。其処から数丁離れた人気ない淋しい牧場には、あの自分によく似ているような気のした事のある例の立枯れた木が、矢っ張それも片側だけ真白になった儘《まま》、雪の中にぽつんと一本きり立っている悲劇的な姿を、彼女はふと胸に浮べた。彼女は急に胸さわぎを感じ出した。

「私はどうして雪を衝《つ》いてあの木を見に行こうとしなかったのかしら？　若《も》しあっちへ向かっていたら、私はいまこんな汽車になんぞ乗っていなかったろうに。……」車内に漂った物のにおいはまだ菜穂子の胸をしめつけていた。「療養所ではいま頃どんなに騒いでいるだろう。東京でも、どんなにみんなが驚くだろう。そうして私はどうされるかしら？　今のうちならまだ引き返そうと思えば引き返せるのだ。なんだか私は少しこわくなって来た。……」

　そんな事を考え考え、一方ではまだ汽車が少しでも早く国境の外へ出てしまえばいいと思いながら、漸くそれが過《よ》ぎり終えたらしい雪の高原の果ての、もう自分には殆ど見覚えのない最後の林らしいものが見る見る遠ざかって行くのを、菜穂子は半ば怖ろしいような、半ばもどかしいような気持ちで眺めていた。

二十三

雪は東京にも烈《はげ》しく降っていた。

菜穂子は、銀座の裏のジャアマン・ベエカリの一隅で、もう一時間ばかり圭介の来るのを待ち続けていた。しかし少しも待ちあぐねているような様子でなく、何か物が匂ったりすると、急に目を細くしてそれを恰《あたか》も自分に漸く返されようとしている生の匂ででもあるかのように胸深く吸い込んだりしながら、半ば曇った硝戸《ガラスど》ごしに、雪の中の人々の忙しそうな往来《ゆきき》を、圭介でも傍にいたらすぐそんな目つきは止せと云われそうな、何か見据えるような眼つきで見続けていた。

店の中は、夕方だったけれど、大雪のせいか、彼女の外には三四組の客が疎《まば》らに居るきりだった。入口に近いストーヴに片足をかけた、一人の画家かなんぞらしい青年が、ときどき彼女の方を何か気になるように振り返っていた。

菜穂子はそれに気がつくと、ふいと自分の姿を吟味した。長いこと洗わないばさばさした髪、出張った頰骨、心もち大きい鼻、血の気のない脣《くちびる》、――それらのものは今もまだ、彼女が若い時分によく年上の人達からもうすこし険がなければと惜しまれていた一種の美貌をすこしも崩さずに、それに只もう少し沈鬱《ちんうつ》な味を加えていた。山の中の小さな駅では人々の目を惹《ひ》いた彼女の都会風な身なりは、今、此の町なかでは他の人々と殆ど変らないものだった。只、山の療養所からそっくりその儘持ち帰って来たような顔色の蒼さだけは、妙に他の人々と違っているように思え、それだけはどうにもならないように彼女はときどき自分の顔へ手をやっては何かごまかしでもするように撫でていた。……

突然自分の前に誰かが立ちはだかったような気がして、菜穂子は驚いて顔を上げた。外で払って来たらしい雪がまだ一面に残っている外套《がいとう》を着た儘、圭介が彼女を見下ろしながら、其処に立っていた。

菜穂子はかすかなほほ笑みを浮べながら、会釈するともなく、圭介のために身じろいだ。

圭介は不機嫌そうに彼女の前に腰をかけたきり、暫くは何も云い出さずにいた。

「いきなり新宿駅から電話をかけて寄こすなんて驚くじゃないか。一体、どうしたんだ?」とうとう彼は口をきいた。

菜穂子はしかし、前と同じようなかすかなほほ笑みを浮べたきり、すぐには何んとも返事をしなかった。彼女の心の内には、一瞬、けさ吹雪の中を療養所から抜け出して来た小さな冒険、雪にうずもれた山の停車場での突然の決心、三等車の中に立ちこめていた生のにおいの彼女に与えた不思議な身慄《みぶる》い、――それらのものが一どきによみ返った。彼女はその間の何かに憑《つ》かれたような自分の行動を、第三者にもよく分かるように一々筋を立てて説明する事は、到底出来ないように感じた。

彼女はそれが返事の代りであるように、只大きい眼をして夫の方をじいっと見守った。何も云わなくとも、その眼の中を覗いて何もかも分かって貰いたそうだった。

圭介にとっては、そういう妻の癖のある眼つきこそあれほど孤独の日々に空《むな》しく求めていたものだったのだ。が、今、それをこうしてまともに受け取ると、彼は持前の弱気から思わずそれから眼を外《そ》らせずにはいられなかった。

「母さんは病気なんだ。」圭介は彼女から眼を外らせた儘、はき出すように云った。

「面倒な事は御免だよ。」

「そうね。私が悪かったわ。」菜穂子は自分が何か思い違いをしていた事に気がつきでもしたように、深い溜息《ためいき》をついた。そして思いのほか素直に云った。

「私、これからすぐ帰るわ。……」

「すぐ帰るったって、こんな雪で帰れるものか。何処かへ一晩泊ることにして、あした帰るようにしたらどうだ?　――しかし、大森の家じゃ困るな。母さんの手前。……」

圭介は一人でやきもきしながら、何かしきりに考えていた。彼は急に顔を上げて、声を低くして云い出した。

「ホテルなんぞへ一人で泊るのは嫌か。麻布に小さな気持ちの好いホテルがあるが……」

菜穂子は熱心に夫の顔へ自分の顔を近づけていたが、それを聞き終わると急に顔を遠退《とおざ》けて、

「私はどうでもいいわ……」といかにも気がなさそうな返事をした。

彼女は今まで自分が何か非常な決心をしているつもりになっていたが、いま夫とこうして差向いになって話し出していると、何だって山の療養所からこんなに雪まみれになって抜け出して来たのか分からなくなり出していた。そんなにまでして夫の所に向う見ずに帰って来た彼女を見て、一番最初に夫がどんな顔をするか、それに自分の一生を賭《か》けるようなつもりでさえいたのに、気がついた時にはもういつの間にか二人は以前の習慣どおりの夫婦になっていて、何もかもが有耶無耶《うやむや》になりそうになっている。ほんとうに人間の習慣には何か瞞著《まんちゃく》させるものがある。……

菜穂子はそう思いながら、しかしもうどうでも好いように、夫の方へ、何か見据えているような癖に何も見てはいないらしい、例の空虚な眼ざしを向け出した。

圭介はこんどは何か抜きさしならない気持ちで、それをじっと自分の小さな眼で受けとめていた。それから彼は突然顔を赧《あか》らめた。彼は今しがた自分の口にした麻布の小さなホテルと云うのが、実は此の間同僚と一しょに偶然その前を通りかかった時、

相手が此処を覚えておけよ、いつも人けがなくてランデ・ヴウには持って来いだぞと冗談半分に教えてくれたばかりの事を、そのとき何という事もなしに思い出したからだった。

彼女にはなぜ彼が顔を赧らめたのだか分からなかった。が、彼女はこれを認めると、ふと自分が向う見ずに夫に逢いに来た突飛な行為の動機がもうちょっとで分かりかけて来そうな気がしだした。

が、菜穂子はその時夫に促されたので、その考えを中断させながら、卓から立ち上がった。そしてときどき何か好い匂を立たせている店の中をもう一度名残惜しそうに見廻して、それから夫に附いて店を出た。

雪は相変らず小止《おや》みなく降っていた。

人々は皆思い思いの雪支度をして、雪を浴びながら忙しそうに往来していた。山でしたように、襟巻ですっかり顔を包んだ菜穂子は、蝙蝠傘《こうもりがさ》をさしかけて呉れる圭介には構わずに、ずんずん先に立って人込みの中へ紛《まぎ》れ込んで行った。

彼等は数寄屋橋の上でその人込みから抜けると、漸《や》っとタクシイを見付け、麻布の奥にあるそのホテルへ向った。

虎の門からぐいと折れて、或急な坂をのぼり出すと、その中腹に一台の自動車が道端の溝へはまり込んで、雪をかぶった儘《まま》、立往生していた。菜穂子は曇った硝子《ガラス》の向うにそれを認めると、山の停車場のそとで片側だけにはげしく雪を吹きつけられていた古自動車を思い出した。それから急に、自分がその停車場で突然上京の決意をするまでの心の状態を今までよりかずっと鮮明によみ返らせた。彼女はあのとき心の底では、思い切って自分自身を何物かにすっかり投げ出す決心をしたのだ。それが何物であるかは一切分からなかったけれど、そうやってそれに自分を何もかも投げ出して見た上でなければ、それは永久に分からずにしまうような気がしたのだった。――彼女は今ふいと、それが自分と肩を並べている圭介であり、しかも同時にその圭介その儘でないもっと別な人のような気がして来た。……

何処かの領事館らしい邸《やしき》の前で、外人の子供も雑《ま》じって、数人の少年少女が二組に分かれて雪を投げ合っていた。二人の乗った自動車がその側を徐行しながら通り過ぎようとした時、誰かの投げた雪球が丁度圭介の顔先の硝子に烈《はげ》しくぶつかって飛沫《ひまつ》を散らした。圭介は思わず自分の顔へ片手をかざしながら、こわい顔つきをして子供達の方を見た。が、夢中になってそんな事には何んにも気がつかずに雪投げを続けている子供達を見ると、急に一人で微笑をし出しながら、そちらをいつまでも面白そうにふり返っていた。「此の人はこんなに子供が好きなのかしら？」菜穂子はその傍で、今の圭介の態度にちょっと好意のようなものを感じながら、初めて自分の夫のそんな性質の一面に心を留めなどした。……

やがて車が道を曲がり、急に人けの絶えた木立の多い裏通りに出た。

「其処だ。」圭介は性急そうに腰を浮かしながら、運転手に声をかけた。

彼女はその裏通りに面して、すぐそれらしい、雪をかぶった数本の棕梠《しゅろ》が道からそれを隔てているきりの、小さな洋館を認めた。

二十四

「菜穂子、一体お前はどうして又こんな日に急に帰って来たのだ?」

圭介はそう菜穂子に訊《き》いてから、同じ事を二度も問うた事に気がついた。それから最初のときは、それに対して菜穂子が只かすかなほほ笑《え》みを浮べながら、黙って自分を見守っただけだった事を思い出した。圭介はその同じ無言の答を怖れるかのように、急いで云い足した。

「何か療養所で面白くない事でもあったのかい?」

彼は菜穂子が何か返事をためらっているのを認めた。彼は彼女が再び自分の行為を説明できなくなって困っているのだなぞとは思いもしなかった。彼は其処に何かもっと自分を不安にさせる原因があるのではないかと怖れた。しかし同時に、彼は、たといそれがどんな不安に自分を突き落す結果になろうとも、今こそどうしても、それを訊かずにはいられないような、突きつめた気持ちになっている自分をも他方に見出さずにはいなかった。

「お前の事だから、よくよく考え抜いてした事だろうが……」圭介は再び追究した。

菜穂子はしばらく答に窮して、ホテルの北向きらしい窓から、小さな家の立て込んだ、一帯の浅い谷を見下ろしていた。雪はその谷間の町を真白に埋め尽していた。そしてその真白な谷の向うに、何処かの教会の尖《とが》った屋根らしいものが雪の間から幻かなんぞのように見え隠れしていた。

菜穂子はそのとき、自分が若《も》し相手の立場にあったら何よりも先ず自分の心を占めたにちがいない疑問を、圭介はともかくもその事の解決を先につけておいてから今漸っとそれを本気になって考えはじめているらしい事を感じた。彼女はそれをいかにも圭介らしいと思いながら、それでもとうとう自分の心に近づいて来かかっている夫をもっと自分へ引きつけようとした。彼女は目をつぶって、夫にもよく分からすことの出来そうな自分の行為の説明を再び考えて見ていたが、その沈黙が性急な相手には彼女の相変らず無言の答としか思えないらしかった。

「それにしてもあんまり出し抜けじゃないか。そんな事をしちゃ、人に何んと思われてもしようがない。」

圭介がもうその追究を詮《あきら》めたように云うと、彼女には急に夫が自分の心から離れてしまいそうに感ぜられた。

「人になんか何んと思われたって、そんな事はどうでもいいじゃないの。」彼女は咄嗟《とっさ》に夫の言葉尻を捉えた。と同時に、彼女は夫に対する日頃の憤懣《ふんまん》が思いがけずよみ返って来るのを覚えた。それはそのときの彼女には全く思いがけなかっただけ、自分でもそれを抑える暇がなかった。彼女は半ば怒気を帯びて、口から出まかせに云い出した。「雪があんまり面白いように降っているので、私はじっとしていられなくなったのよ。聞きわけのない子供のようになってしまって、自分のしたい事がどうしてもしたくなったの。それだけだわ。……」菜穂子はそう云い続けながら、ふと此の頃何かと気になってならない孤独そうな都築明の姿を思い浮べた。そして何んという事もなしに少し涙ぐんだ。「だから、私はあした帰るわ。療養所の人達にもそう云ってお詫《わ》びをして置くわ。それなら好いでしょう。」

菜穂子は半ば涙ぐみながら、そのときまで全然考えもしなかった説明を最初は只夫を困らせるためのように云い出しているうちに、不意といままで彼女自身にもよく分らずにいた自分の行為の動機も案外そんなところにあったのではないかと云うような気もされた。

そう云い終えたとき、菜穂子はそのせいか急に気持ちまでが何んとなく明るくなったように感ぜられ出した。

それから、しばらくの間、二人はどちらからも何んとも云い出さずに、無言の儘窓の外の雪景色を見下ろしていた。

「おれはこんどの事は母さんに黙っているよ。」やがて圭介が云った。「お前もそのつもりでいてくれ。」

そう云いながら、彼はふと此の頃めっきり老《ふ》けた母の顔を眼に浮べ、まあこれでこんどの事はあたりさわりのないように一先ず落《お》ち著《つ》きそうな事に思わずほっとしていたものの、一方此の儘では何か自分で自分が物足らないような気がした。一瞬、菜穂子が急に気の毒に思えた。「若しお前がそれほどおれの傍に帰って来たいなら、又話が別だ。」彼は余っ程妻に向かってそう云ってやろうかと躊躇《ちゆうちよ》していた。が、彼はふとこんな具合に此の儘そんな問題に立ち返って話し込んでしまっていたりすると、もう病人とは思えない位に見える菜穂子を再び山の療養所へ帰らせる事が不自然になりそうな事に気がついた。明日菜穂子が無条件で山へ帰ると云う二人の約束が、そんな質問を発して相手の心に探りを入れようとしかけているほど自分の気持ちに余裕を与えているだけだと云う事を認めると、圭介はもうそれ以上その問題に立ち入る事を控えるように決心した。彼はしかし心の底では、どんなにか今のこういう心の生き生きした瞬間、二人のまさに触れ合おうとしている心の戦慄《おののき》のようなものの感ぜられる此の瞬間を、いつまでも自分と妻との間に引き止めて置きたかったろう。——が、彼は今、心の前面に、病床の中からも彼のする事を一つ一つ見守っているような彼の母の老《ふ》けた顔をはっきりとよみ返らせた。そのめっきり老けたような母の顔も、それから又、その病気さえも、何か今こんな所でこんな事をしている自分達のせいのような気もされて、この気の小さな男は妙に今の自分が後めたいように感ぜられた。彼はその母が実はこの頃ひそかに菜穂子に手をさしのべていようなぞとは夢にも知らなかったのだ。そして彼自身はと云えば、最近漸《や》っと一と頃のように菜穂子のことで何かはげしく悔いるような事も無くなり、再びまた以前の母子差し向いの面倒のない生活に一種の不精から来る安らかさを感じている矢先きでもあったのだ。——そう云った検討を心の中でしおえた圭介はもう少し全べてが何んとかなるまで、此の儘《まま》、菜穂子にも我慢していて貰わねばならぬと云う結論に達した。

菜穂子はもう何も考えずに、雪のふる窓外へ目をやって、暮がたの谷間の向うにさっきから見えたり消えたりしている、何んだかそれとすっかり同じものを子供の頃に見たような気のする、教会の尖《とが》った屋根をぼんやり眺め続けていた。

圭介は時計を出して見た。菜穂子は彼の方をちらっと見て、

「どうぞもうお帰りになって頂戴。あしたも、もう入らっしゃらなくともいいわ。一人で帰れるから」と云った。

　圭介は時計を手にした儘、ふと彼女が明朝こんな雪の中を帰って行って、もっと雪の深い山の中でまた一人でもって暮らし出す様子を思い描いた。彼はこの頃忘れるともなく忘れていた強烈な消毒薬や病気や死の不安のにおいを心によみ返らせた。なにか魂をゆすぶるもののように。……

　菜穂子はその間、うつけたようになり切った夫の顔を見守っていた。彼女は何んとはなしに無心なほほえみらしいものを浮べた。ひょっとしたら夫がいまにもその瞬間の彼女の心の内が分かって、「もう二三日此のホテルにこの儘居ないか。そうして誰にも分からないように二人でこっそり暮らそう。……」そんな事を云い出しそうな気がしたからであった。

　が、夫は何か或考えを払いのけでもするように頭を振りながら、何も云わずに、それまで手にしていた時計を徐《しず》かに衣嚢《かくし》にしまっただけだった。もう自分は帰らなければならないと云う事をそれで知らせるように。……

　菜穂子は、圭介が雪を搔き分けながら帰えるのをうす暗い玄関に見送った後、その儘硝子戸《ガラスど》に顔を押しあてるようにして、何か化け物じみて見える数本の真白な棕梠《しゅろ》ごしに、ぼんやりと暮方の雪景色を眺めていた。雪はまだなかなか止みそうもなかった。彼女は暫くの間、今の自分の心の内と関係があるのだかないのだかも分からないような事をそれからそれへと思い出しては、又、それを傍からすぐ忘れてしまっているような、空虚な心もちを守っていた。それは何もかもが片側だけに雪を吹きつけられている山の駅の光景だったり、今しがたまで見ていたのにもうどうしてもそれを何時見たのだか思い出せない何処かの教会の尖塔《せんとう》だったり、明の何かをじっと堪えているような様子だったり、喚きながら雪投げをしている沢山の子供達だったりした。

そのとき漸っと彼女が背を向けていた広間の電灯が点《とも》ったらしかった。そのために彼女が顔を押しつけていた硝子が光を反射し、外の景色が急に見にくくなった。彼女はそれを機会に、今夜この小さなホテル——さっきから外人が二三人ちらっと姿を見せたきりだった——に一人きりで過さなければならないのだと云う事をはじめて考え出した。しかしこの事は彼女に侘《わ》びしいとか、悔《くや》しいとか、そう云うような感情を生じさせる暇《いとま》は殆どなかった。一つの想念が急に彼女の心に拡がり出していたからだった。それは自分がきょうのように何物かに魅せられたように夢中になって何か手あたりばったりの事をしつづけているうちに、一つ所にじっとしたきりでは到底考え及ばないような幾つかの人生の断面が自分の前に突然現われたり消えたりしながら、何か自分に新しい人生の道をそれとなく指し示していて呉れるように思われて来た事だった。

彼女はそんな考えに耽《ふけ》りながら、もうぼおっと白いもののほかは何も見えなくなり出した戸外の景色を、まだ何んという事もなしに、眺め続けていた。そうやって冷い硝子に自分の顔を押しつけるようにしているのが、彼女にはだんだん気持ちよく感ぜられて来ていた。広間のなかは彼女の顔がほてり出す程、暖かだったのだ。彼女はこう云う気持ちよさにも、自分が明日帰って行かなければならない山の療養所の吸いつくような寒さを思わずにはいられなかった。……

給仕が食事の用意の出来たことを知らせに来た。彼女は黙って頷《うなず》き、急に空腹を感じ出しながら、その儘自分の部屋へは帰らずに、さっきから静かに皿の音のし出している奥の食堂の方へ向って歩き出した。

堀辰雄 年譜

――明治三十七年（一九〇四）

十二月二十八日、東京麹町区平河町に生れた。生父堀浜之助は広島県の士族で、維新後上京し、裁判所に勤めていた。生母は西村志気《しげ》。浜之助には病身で国許に暮らしがちの妻こうがいたが、二人の間には子供がなかった。辰年《たつどし》の生れに因《ちな》んで辰雄と名付けられ、堀家の嫡男とされた。そして生母志気も共に平河町の家で暮らすことになった。

――明治三十九年（一九〇六）　二歳

浜之助の妻こうが上京してくることになったので、母志気は向島小梅町の妹横大路よしの家を頼って、辰雄と共に平河町の堀家を出た。

――明治四十年（一九〇七）　三歳

向島土手下の小家に移り、煙草などを商う母と祖母の三人で暮らす。

――明治四十一年（一九〇八）　四歳

母は辰雄をつれて、向島中ノ郷町の上条松吉に嫁した。義父松吉は彫金師で寿則《としのり》と号した。辰雄は義父松吉が亡くなった（昭和十三年）のち、横大路の叔母から自分の生い立ちを教えられるまで、松吉を実父、堀浜之助を名義上の父と信じて疑わなかった。

――明治四十三年（一九一〇）　六歳

四月、生父浜之助死去。八月、洪水に遭い、神田連雀町に一時避難した後、新小梅町の水戸屋敷裏に引越し、細工場を建てて松吉は仕事に精を出した。幼稚園に通ったが一カ月ほどで行かなくなった。

——明治四十四年（一九一一）　七歳

四月、須崎町の牛島小学校（昭和二十一年廃校）に入学。

——大正三年（一九一四）　十歳

七月、堀浜之助の妻こう死去。以後、浜之助の遺族扶助料を辰雄は成年に達するまで受取ることになり、母はこれを辰雄の学資として貯えたという。

——大正六年（一九一七）　十三歳

三月、牛島小学校卒業。四月、東京府立第三中学校（現在両国高校）に入学。中学時代は数学を好み、蘆花、藤村、鏡花などの小説を少し読んだだけで、文学書の類に親しまなかった。

——大正十年（一九二一）　十七歳

四月、中学四年修了で第一高等学校理科乙類（ドイツ語）に入学。入学後神西清を知り以後終生の友となる。ツルゲーネフ、ハウプトマン、シュニッツラー等の作品を手始めに、漸次フランス象徴派の詩人の作品に親しみ、ショウペンハウエル、ニイチェ等の哲学書を初めて読む。同期に小林秀雄、深田久弥、笠原健次郎等がいた。八月、千葉県竹岡村に滞在中の内海弘蔵一家のもとで一夏を過ごす。

——大正十二年（一九二三）　十九歳

一月、萩原朔太郎の詩集『青猫』が出版され、寄宿舎二階の寝室でこれを耽読《たんどく》した。五月、第三中学校長広瀬雄につれられて、田端の室生犀星を訪れた。八月、犀星に伴われて初めて信州軽井沢に行き十日程滞在。九月、関東大震災に遭い、父母と三人で隅田川に避難し、父母と離ればなれになった辰雄は川に飛びこんで九死に一生を得たが、母は水死した。十月、一時郷里金沢へ引上げるという犀星によって芥川龍之介に紹介され、以後たびたび龍之介を訪ねて知遇を受けた。大震災前から身体に変調をきたしていたが、震災の折の疲労、母を失った精神的打撃が重なって、冬の初め胸を病み休学した。

——大正十三年（一九二四）　二十歳

四月、向島新小梅町二ノ一の焼跡に家を建て、父と共に移り住む。七月、金沢の室生犀星のもとに滞在。八月、帰路軽井沢つるや旅館に滞在中の芥川龍之介のもとに立寄り、松村みね子（片山広子）を知る。エッセイ「快適主義」「第一散歩」、詩「古足袋」「帆前船」等を第一高等学校〈校友会雑誌〉に発表。

——大正十四年（一九二五）　二十一歳

三月、第一高等学校を卒業。四月、東京帝国大学文学部に入学、国文科に籍を置く。田端に住む萩原朔太郎を訪ねた。犀星の家で中野重治、窪川鶴次郎、平木二六等を知る。七月より九月上旬まで軽井沢に部屋を借りて滞在した。夏の末片山広子、娘総子（宗瑛）、龍之介と一緒に信濃追分にドライブをしたりしたが、「ルウベンスの偽画」は、「この夏のことを主材して美化して小説化した」ものである。九月、〈山繭〉（第一巻第八号）に「甘栗」。

——大正十五年
昭和元年（一九二六）　二十二歳

三月、〈山繭〉（第一巻第十号）に「風景」、後に少し改作して〈文学〉第六号（昭和五年三月）に再び発表。四月、中野重治、窪川鶴次郎、西沢隆二（ぬやま・ひろし）、宮木喜久雄、平木二六等と同人雑誌〈驢馬〉を創刊（十二号で終刊）。詩作、エッセイ、アポリネール、コクトー、ジャコブ等の訳詩を次々に発表。六月、〈山繭〉（第一巻第十一号）に「土曜日」。

——昭和二年（一九二七）　二十三歳

二月、〈驢馬〉（第九号）に詩「天使達が……」、〈山繭〉（第二巻第六号）に「ルウベンスの偽画」（初稿）前半。七月、芥川龍之介の自殺（二十四日）によりはげしいショックを受けた。九月より龍之介の甥葛巻義敏と共に『芥川龍之介全集』の編集に従事。

——昭和三年（一九二八）　二十四歳

前年十二月末肋膜炎《ろくまくえん》を患い死に瀕《ひん》したが、四月まで休学治療する。四月、ひそかに湯河原に行き静養する。夏、「不器用な天使」を書く。

——昭和四年（一九二九）　二十五歳

一月、卒業論文「芥川龍之介論」を書く。二月、〈文藝春秋〉に「不器用な天使」。三月、東京帝国大学を卒業。四月、『コクトオ抄』を厚生閣書店より刊行。五月、肋膜炎再発気味で健康すぐれず、伊豆湯ヶ島へ行き静養。十月、犬養健、川端康成、横光利一、永井龍男、深田久弥、吉村鉄太郎等と同人雑誌〈文学〉を第一書房より創刊（六号で終刊）。創刊号に「眠っている男」（「眠れる人」と改題）。

——昭和五年（一九三〇）　二十六歳

二月、〈文学〉（第五号）に「レエモン・ラジィゲ」、〈新潮〉に「芸術のための芸術について」。五月、〈作品〉創刊号に「ルウベンスの偽画」（完稿）、〈新潮〉に「死の素描」、〈文藝春秋〉に「ジゴンと僕」、〈モダン・TOKIO 円舞曲〉（新興芸術派十二人）に「水族館」。七月、〈婦人公論〉に「鼠」。最初の作品集『不器用な天使』を改造社より刊行。七月、八月と二度軽井沢へ行く。向島に戻り「聖家族」を脱稿後ひどい喀血《かっけつ》をし、自宅で静養した。十月、〈文学時代〉に「窓」、十一月、〈改造〉に「聖家族」。

——昭和六年（一九三一）　二十七歳

二月頃より病床でプルーストの「失われた時を求めて」を読み始める。三月、〈時事新報〉に「本所」（後に保存の切抜きで「向島」と改題）を連載。後にその一節を改作して「冬の日」（「水のほとり」と改題）、「墓畔の家」となる。四月、信州富士見の高原療養所に入院し、六月末退院。八月、軽井沢に行き滞在、十月上旬帰京、身体の具合悪く静養。十二月、〈改造〉に「恢復期」、〈文科〉（第三輯）に「あいびき」。

——昭和七年（一九三二）　二十八歳

一月、〈文藝春秋〉に「燃ゆる頬」。二月、『聖家族』を江川書房より刊行。四月、〈作品〉に「墓畔の家」。五月、〈新潮〉に「馬車を待つ間」。七月、〈婦人画報〉に「花を持てる女」（初編）、月末より九月初めまで軽井沢に滞在。八月、〈新潮〉〈椎の木〉〈作品〉に「プルウスト雑記」（「三つの手紙」と改題）。九月、〈日本国民〉に「麦藁帽子」。十一月、〈リベルテ〉（創刊号）に「文学的散歩」（「狐の手套《てぶくろ》」㈠）。十二月、月末に神戸に旅した。

——昭和八年（一九三三）　二十九歳

一月、〈文藝春秋〉に「顔」。二月、『ルウベンスの偽画』を江川書房より刊行。五月、季刊〈四季〉を創刊（二号で終刊）。〈新潮〉に「プルウスト覚書」（「覚書」と改題）。六月、軽井沢に行く。〈大阪朝日新聞〉（二十五日号）に「山からの手紙」（「序曲」と改題）。九月、「美しい村」「夏」（「美しい村」の一章）を書き終えて帰京。立原道造を知る。〈新潮〉に「旅の絵」。十月、〈改造〉に「美しい村」、〈文藝春秋〉に「夏」。十二月、『麦藁帽子』を四季社より刊行。

——昭和九年（一九三四）　三十歳

一月、〈行動〉に「鳥料理」。二月、〈若草〉に「従姉」（「昼顔」と改題）、〈文芸〉に「挿話」（「秋」と改題）。三月、〈週刊朝日〉（十八日号）に「暗い道」（「美しい村」の最終章）。四月、『美しい村』を野田書房より刊行。五月、『日本現代文章講座』第八巻に「マルセル・プルウストの文章」（「プルウストの文体について」、さらに「リラの花など」と改題）。この頃よりリルケの「マルテの手記」を読み始め、またフランソア・モーリアックの作品に親しみ始める。七月、信濃追分に行く。〈新潮〉に「小説のことなど——モオリアックの小説論を読んで」。九月、矢野綾子と婚約。十月、「匈奴の森など」（〈新潮〉十年一月）を脱稿後帰京、葛巻義敏と共に『芥川龍之介全集』（決定版）の編集に従事。三好達治、丸山薫と共に〈四季〉を月刊として創刊し、創刊号より三号続けて「マルテ・ロオリッツ・ブリッゲの手記」を訳載した。〈文藝春秋〉に「物語の女」。十一月、『物語の女』を山本書店より刊行。十二月下旬、再び信濃追分に行く。

——昭和十年（一九三五）　三十一歳

二月、三月、〈四季〉に「リルケの手紙」。四月、〈文藝〉に「リルケ雑記」（「日時計の天使」と改題）。六月、〈四季〉を日本で最初の「リルケ研究」号として一人で編み、これに「或る女友達への手紙」「リルケ年譜」「窓」（V、X）「旗手クリストフ・リルケの愛と死の歌」等を発表。七月、許嫁矢野綾子の病状悪く、自分の健康も思わしくないので、付添って共に信州富士見の高原療養所に入院した。秋、健康を回復し、前々からの腹案である「物語の女」の続編の構想を練ったが不成功（この折の構想は後に「菜穂子」になる）。十二月六日、矢野綾子死去。

——昭和十一年（一九三六）　三十二歳

一月、『聖家族』（八十部限定）、三月、随筆集『狐の手套』を共に野田書房より刊行。五月、〈文芸懇話会〉に「更級日記など」。六月、〈新潮〉に「ヴェランダにて」。アポリネールの翻訳集『アムステルダムの水夫』を山本書店より刊行。七月、軽井沢に行き、八月、信濃追分に移り油屋旅館に滞在。リルケの「レクイエム」（英訳本）やモーリアックの「蝮《まむし》のからみ合い」を読む。この夏、野村英夫を知る。九月、辰野隆、鈴木信太郎との共訳『贋救世主アンフィオン』（アポリネール）を野田書房より刊行。十月、「風立ちぬ」（「序曲」「風立ちぬ」）を書く。『聖家族』（普及版）を野田書房より刊行。十一月、「冬」（「風立ちぬ」の一章）を書く。十二月、「風立ちぬ」の終章を書こうとして追分で冬を越したが成功せず。〈改造〉に「風立ちぬ」。

——昭和十二年（一九三七）　三十三歳

この年は大半を追分で暮らした。一月、〈文藝春秋〉に「冬」、〈都新聞〉（二十五日～二十七日号）に「雉子日記」。四月、〈新女苑〉に「婚約」（「春」と改題、「風立ちぬ」の一章）。春、王朝文学に親しみ始める。六月、初めて京都に旅し一カ月ほど暮らして、大和の古寺や嵯峨、大原などを訪れた。短編集『風立ちぬ』を新潮社より刊行。

七月、東京に帰り、数日して追分に戻る。八月、追分に滞在していた加藤多恵を知る。『雉子日記』を野田書房より刊行。九月、〈新潮〉に「若き詩人への手紙――立原道造に」（「夏の手紙」と改題）。十一月、一週間ほど上京した間に、国学院大学で折口信夫の講義を聴き、尊敬する折口信夫に初めて会う。追分に戻り、九月から着手した「かげろうの日記」を完成して、郵送するため軽井沢へ行き、川端康成の家で一泊して翌十九日帰ってみると宿泊先の油屋旅館が焼失していた。火災のため、続編を書くためのノート、書き入れ本などを失った。軽井沢の〝幸福の谷〟の上にある川端康成の別荘を借りて、野村英夫と二人で暮らし、クローデルの「マリアへのお告げ」、リルケの「レクイエム」等を読む。十二月、「風立ちぬ」の終章「死のかげの谷」を脱稿。〈改造〉に「かげろうの日記」。

――昭和十三年（一九三八）　三十四歳

一月、向島の自宅に帰る。二月、鎌倉へ出かけて喀血し、鎌倉額田病院に入院する。三月、下旬に退院。〈新潮〉に「死のかげの谷」。四月、十七日、室生犀星夫妻の媒酌で加藤多恵と結婚し、下旬、軽井沢に行き愛宕山の水源地の近くに新居を定めた。『風立ちぬ』を野田書房より刊行。五月、父上条松吉が脳溢血《のういつけつ》で倒れ、夫人と向島に帰り看病。八月、「幼年時代」を執筆し始める（〈むらさき〉九月～十四年四月）。〈新潮〉に「山村雑記」（「七つの手紙」と改題）。十月、「かげろうの日記」続編の稿を起す。ユウジェニイ・ド・ゲランの日記を夫人と二人で訳し始めた（〈文体〉〈四季〉に発表）。下旬、軽井沢を引上げ逗子に移る。十二月十五日、父死去。

――昭和十四年（一九三九）　三十五歳

二月、〈文藝春秋〉に「ほととぎす」（「かげろうの日記」続編）。河出書房版『メリメ全集』第四巻に「マダマ・ルクレチア小路」の翻訳を収録。三月、逗子より鎌倉小町に移る。立原道造死去。五月、神西清と二人で十日ほど奈良へ出かけ大和路を歩く。病を得て鎌倉に帰り病《びょう》臥《が》。『燃ゆる頬』を新潮社より刊行。〈新女苑〉に「麦秋」

（「おもかげ」と改題）。六月、『かげろうの日記』を創元社より刊行。七月、軽井沢に新しく山荘を借りて静養する。九月、夫人と二人で野尻湖に旅し、レークサイド・ホテルに泊る。十月、月の初め鎌倉に帰る。十二月、〈文藝〉に「旧友への手紙」（「美しかれ、悲しかれ」と改題）。

――昭和十五年（一九四〇）　三十六歳

一月、「目下構想中の作品について」というアンケートへの回答（後に「菜穂子覚書」となる）を〈帝国大学新聞〉（十五日号）に発表。三月、鎌倉より東京杉並区の夫人の実家に転居。六月、月の初め一人で追分に行き「姨捨《おばすて》」を執筆、帰京して夫人の実家の庭に新築した家に移る。〈文藝〉に「魂を鎮める歌」（「伊勢物語など」と改題）。七月、軽井沢に行き、新しく山荘を借りる。〈文藝春秋〉に「姨捨」、〈知性〉に「木の十字架」。『雉子日記』を河出書房より刊行。下旬、夫人、夫人の母と一緒に別所温泉に遊び、帰路一人で野尻湖へ出かけ「野尻」（〈婦人公論〉九月号、「晩夏」と改題）を書く。八月、〈創元〉に「『若菜』など」（「若菜の巻など」と改題）。十月、『堀辰雄詩集』を山本書店より刊行。十二月、夫人の母病没のため隣りの母家に移る。

――昭和十六年（一九四一）　三十七歳

一月、〈文藝春秋〉に「朴の咲く頃」。三月、〈中央公論〉に「菜穂子」。五月、夫人と軽井沢に赴き、姨捨山を見に行き、木曾薮原を廻って帰京。七月、軽井沢に求めた別荘に行く。〈改造〉に「黒髪山」。八月、〈文学界〉に「姨捨記」（「更級日記」と改題）。九月、〈文学界〉に「目覚め」（「楡の家」第二部となる）。「物語の女」を改作して「楡の家」第一部とする）。『晩夏』を甲鳥書林より刊行。十月、小説を書くために一人で奈良に行き二十日程滞在する。この間の夫人宛の書簡をまとめたものが「十月」である。十一月、「曠《あら》野《の》」を書く（〈改造〉十二月号）。『菜穂子』を創元社より刊行。十二月、再度奈良に行き、倉敷の美術館まで足をのばしてグレコの「受胎告知」を見る。月末、森達郎と軽井沢へ行き、野辺山ヶ原に遊ぶ。

——昭和十七年（一九四二）　三十八歳

五月、萩原朔太郎死去。七月、軽井沢に行く。この頃より李白詩集の英訳本、『杜詩講義』（森槐南）等を入手し、中国の詩に親しむ。八月、〈文学界〉に決定稿「花を持てる女」。『幼年時代』を青磁社より刊行。九月、〈四季〉に「萩原朔太郎年譜」（「萩原朔太郎」と改題）。

——昭和十八年（一九四三）　三十九歳

一月、〈新潮〉に「ふるさとびと」。二月、森達郎を伴い、別所、志賀高原に遊び、雪景色を楽しむ。四月、夫人同伴で木曾路から伊賀を経て大和に行く。この旅の所産が「辛夷《こぶし》の花」、「浄瑠璃寺の春」。五月、京都に行き、しばらく滞在。七月、軽井沢に行き、夫人と共に十一月上旬まで滞在。十六年十月以降の様々な旅に取材した「大和路・信濃路」を〈婦人公論〉に連載——「一」「二」（「十月」と改題）一、二月号、「三」（「古墳」と改題）三月号、「野辺山原」（「斑雪」と改題）四月号、「雪」（「橇《そり》の上」さらに「橇の上にて」と改題）五月号、「辛夷の花」六月号、「浄瑠璃寺」（「浄瑠璃寺の春」と改題）七月号、「『死者の書』」八月号。

——昭和十九年（一九四四）　四十歳

一月、〈文藝〉に「樹下」。二月、「『青猫』のことなど」（「『青猫』について」と改題）を小学館版『萩原朔太郎全集』第二巻付録に発表。森達郎を伴い、疎開のための家捜しに信濃追分に行き、帰京後喀血が続き、一時重態となる。六月、軽井沢に移った後、九月、信濃追分の油屋旅館の隣りの借家に転居。『曠野』を甲鳥書林より刊行。翌年にかけて療養に専念した。

——昭和二十一年（一九四六）　四十二歳

三月、〈新潮〉に「雪の上の足跡」。『花あしび』を青磁社より刊行。月末、角川書店より刊行予定の『堀辰雄作品集』の打合せに上京し、帰って床に就く。七月、堀辰雄小品集『絵はがき』を角川書店より刊行（以後二十六年六月までに『堀辰雄作品集』六冊、『小品集』二冊を刊行）。八月、

〈四季〉再刊号に「ドゥイノ悲歌についての手紙」(「ドゥイノ悲歌」と改題)、〈高原〉に「若い人達」(「Ein Zwei Drei」と改題)。十月、『菜穂子』を鎌倉文庫より刊行。夏頃より衰弱甚しかったが、主治医の塩沢博士の来診を受け、病重きことが告げられた。森達郎死去。冬の初めより病床につく。

――昭和二十二年(一九四七)　四十三歳

二月、三度ほどはげしい腹痛あり、主治医塩沢博士の診察にて、膵臓が悪いと診断された。四月、〈四季〉(第四号)に「追分より」(「近況」と改題)。

――昭和二十三年(一九四八)　四十四歳

少しずつ元気をとり戻し、食事の時床の上に起上れるようになる。九月、〈表現〉に「三つの手紙」(その(二)は後に「『古代感愛集』読後」と改題)。十一月、野村英夫死去。

――昭和二十五年(一九五〇)　四十六歳

新春来、朝夕の喀痰の折に苦しむ。気分のよい日は昼間の三、四時間位、静かに仰臥して『蕪村夢物語』(木村架空)や、シュペルヴィエール、エリュアールの詩などを読み、夜は夫人に鏡花の作品などを読んでもらう。八月、高熱が続き重態におちいる。初めてストレプトマイシンを用い、危機を脱した。十一月頃より脳貧血的症状のため寝たきりで本も読めず、中国の花譜のようなものを見るのを楽しみとした。「『エル・ハヂ』など」を『ジイド全集』(新潮社版)のために口述で書く。

――昭和二十六年(一九五一)　四十七歳

春、目まいに悩まされる。初夏、痰に苦しみ、ストレプトマイシンを続けて打つ。七月、信濃追分に新築した家に移った。チボーデの『マラルメ』、シャルル・デュ・ボスの『ノワイユ夫人』などを読む。

――昭和二十七年(一九五二)　四十八歳

夏頃からヒドラジッド、チイビオンを使用。リルケ関係の書物など注文したが、ほとんど読めなかった。

――昭和二十八年（一九五三）

春、角川書店刊『野村英夫詩集』の跋文《ばつぶん》を書く。五月二十六日より病状悪化し、二十八日午前一時四十分、夫人に見とられながら死去。三十日、信濃追分の自宅で仮葬。六月三日、東京芝の増上寺で川端康成が葬儀委員長となり、告別式を執行。昭和三十年五月二十八日、多磨霊園の墓地に納骨された。

（谷田昌平　編）

底本について

「堀辰雄全集」昭和52年～55年、筑摩書房刊。歴史的仮名遣い。

用字用語について

一、歴史的仮名遣いで書かれている作品は、原則として現代仮名遣いに改めた。ただし、文中に引用された詩歌などは歴史的仮名遣いのままとしたものもある。
一、常用漢字表および人名漢字表にある漢字は新字体とし、その他は原則として正字体とした。
一、誤字・脱字・衍字《えんじ》と認められるものは、諸種の資料に照らして正した。ただし、いちがいに誤用と認められない場合はそのままにした。
一、難読と思われる漢字には、振り仮名を付した。
一、送り仮名は、原則として底本どおりとした。
一、本全集に収録された作品の中には、現在では当然配慮の必要がある語句が、当時の社会的状況を反映して使用されている場合がある。

解説

榎本　秋

堀辰雄の『風立ちぬ』と『菜穂子』（第一部「楡の家」と第二部「菜穂子」）を収録した文庫を出すので解説をお願いしたい――そんな依頼を受けたのは、二〇一三年九月も半ばを過ぎた頃のことだった。

堀辰雄という作家のことは勿論知っていた。昭和初期に活躍した文豪である。生涯において病と戦いつづけた人で、作品にも彼の経験が色濃く反映され、「病」と「死」、そしてその向こうに見える「生」を描いたものが多い。

『風立ちぬ』のヒロイン・節子が患っている結核という病は、昭和初期という時代においては不治の病であり、堀辰雄自身もこれに長く苦しんだ。人里離れた病院（サナトリウム）に隔離され、咳き込み、血を吐く姿は、しばしば当時の文学作品でもモチーフとして登場する。特に「結核を患う人の恋」というのは、「寿命が定められた人の恋」に他ならず、死を見据えながらどう生き、どう恋をするのか、というテーマを描くことになる。

——以上のような事典的な内容を思い出しても、「なぜ今『風立ちぬ』なのか」「なぜ、エンタメ系の文筆家である自分に解説の依頼が来たのか」の答えは出ない。解答を求めて、私は八月に見た映画をもう一度見るため、近くのシアターに足を運んだ。いわゆる「宮崎アニメ」の最新作「風立ちぬ」である。

映画「風立ちぬ」は、太平洋戦争で活躍した伝説の戦闘機・ゼロ戦の設計者である堀越二郎の半生を描いた作品だ。イタリアの飛行機設計者カプローニと夢で邂逅したり、着実に破滅へ向かっていく昭和初期の社会情勢を見る二郎の姿などを交えつつ、二郎が飛行機に見た「美しい夢」を追いかけていく。

これだけ見ると、堀辰雄の小説『風立ちぬ』との間には関係がないように思える……なにしろ、タイトルだけ同じでいいなら松田聖子の名曲「風立ちぬ」というのもあるわけだ。しかし、映画の最後には「堀越二郎と堀辰雄に敬意を込めて」という文言がしっかり出てくる。からくりは、こうだ。

映画「風立ちぬ」において、二郎は美しい少女・菜穂子（『菜穂子』第二部の主人公と同じ名前！）と出会って恋に落ちる。ところが、彼女は小説『風立ちぬ』のヒロイン・節子と同じく肺結核を患っていたため、高地の病院に移らなければならなくなり、二人の絆は切り裂かれそうになる。

しかも、彼らをつなぐキーワードが「風立ちぬ、今生きめやも。」小説『風立ちぬ』冒頭に登場し、タイトルとも通じる、ポール・ヴァレリーの詩なのだ……。ちなみに、実在の堀越二郎の夫人は須磨子さんといい、彼女との出会いはお見合いだったそうなので、ここは完全なフィクションである。

つまり、宮崎監督は、堀越二郎の半生とゼロ戦制作にかけた情熱を物語の縦糸にした一方で、堀辰雄のエッセンスを物語の横糸的存在である恋愛・ロマンス部分に込めたのである。

こうなるとどうしても気になってくるのが、宮崎監督はなぜ堀越二郎の生涯と堀辰雄の物語を掛け合わせたのか。それによって描こうとしたものは何か、ということだ。映画「風立ちぬ」を最後にする長編映画からの引退宣言も話題になったが、突発的に思いついて口にしたわけでもないだろうし、製作中から考えていたはず。そんな作品の題材に堀辰雄を選んだ以上、なにか意味があるはずなのだ。

劇場の大きなスクリーンの向こうから私が感じ取ったのは、二つ。

一つは男のロマンチシズム（あるいはエゴイズム）とそれを受け入れ、付き従っていく女性の姿である。映画「風立ちぬ」において、二郎は美しい飛行機を作るために邁進する。一方、菜穂子は山の病院から病身を押して二郎のもとに駆けつけ、彼の欲する「美しい菜穂子」を見てもらった上で、やがて病院へ帰っていく。病の進行によってもう彼の望みに応えることができなくなったからだ。

これは小説『風立ちぬ』のところどころに、主人公の気持ちや願いに沿っていこうという節子の心が表れていることと重なる。代表的なのは、主人公が「自分の願望（＝山の中で節子のような娘とふたりきりで過ごすこと）が節子の選択（＝サナトリウムへ移ること）を決定づけたのではないか」と疑うシーンだろう。

二つ目は死や別れを越えて生きていくことの肯定――まさに「今生きめやも（今こそ生きようとしなければならない）」の精神である。映画「風立ちぬ」のラスト、夢のなかにおいて二郎は自らの創りだした美しい飛行機が戦争の中で多くの人の命とともに失われたことを悔やみつつ、しかし菜穂子によって許され、生きねばならないと決意する。

対するのは小説『風立ちぬ』の終章だ。節子を失った「私」は自分の住んでいる場所（節子と最初に出会った場所でもある）を「死の影の谷」と否定的に捉えていた。しかし最後にはこの地にやってくる外人たちが言うような「幸福の谷」と呼んでもよいような気がすると述懐する。そこに悲劇を乗り越える心の芽生えを感じるのは私だけではないはずだ。

これに『菜穂子』第二部「菜穂子」の終盤も重なってくる。主人公の菜穂子は心労から来る病や幼なじみとの再会・邂逅といったドラマチックな展開を経て東京に戻り、夫と対峙する。ところが再会してみれば結局なんということもなく日常の会話に戻ってしまう。この展開において、前と変わらないように思えても、しかし目に見えぬような細かいところでは二人の関係や周囲の状況、それぞれの気持ちに変化があり、今後は良い方向へ変わっていくかもしれないと暗示される様に、生きていくことへの肯定が強くあったように思えたからである。

ただ、小説『風立ちぬ』と『菜穂子』の読後感はちょっと異なる。前者において寂しく辛い山の病院での経験を経て新たな「生」を生きる主人公の姿が明確であるのに対し、後者における希望はまだ儚くあやふやなものにすぎないからだ。結局のところつまらない日常に沈んでいくだけ、と考えることも十分にできる。

先述したように私は日常へ帰っていく菜穂子を肯定的に捉えたが、研究者の中では以前から肯定論・否定論がそれぞれに唱えられ、決着を見ていない。私としては、宮崎監督もまた肯定的に捉えたからこそ、「ドラマチックな恋愛で結ばれ、夫のために尽くす女性」という役に菜穂子の名前を与えたのでは……と思うのだが、推測の域は出ない。

さて、宮崎監督はなぜこの二つのエッセンスを堀辰雄の小説から抽出し、自らの作品に取り込んだのか。私は、監督自らの生涯と重ねあわせるためだったのではないか、と考えている。

宮崎駿という人自身が、堀越二郎と同じように「美しいもの」を作り出すために生き抜いてきた人である。その過程では辛いことも、思い通りにならぬことも、少なからずあっただろう。多くの矛盾をはらみながら太平洋戦争という破滅に向けて突き進んでいく昭和初期という時代を選んだのは、その困難さをハッキリとした形で示すためだったのではないか。

そして、映画「風立ちぬ」のラストにおいて、二郎＝宮崎監督は許しを受け、新たな「生」を「生きめやも」と決意する。それは監督個人の話だけでなく、古い価値観の多くが確実性を失い、また二〇一一年の東日本大震災という破滅も体験し、どうやって生きていけばいいのかわからない不安定な時代を生きる私たちへ対するメッセージでもあるかのように思う。

そもそも、小説『風立ちぬ』からして私小説的な側面の強い作品である。実は『風立ちぬ』が最初に雑誌「改造」に発表された前年の一九三五年、堀辰雄は婚約者の矢野綾子を病で失っているのだ。しかもこの際、自らも体調が悪化していた彼は、彼女とともに高原の療養所でしばらく過ごしている。病で婚約者を失い、自らも苦しみ続けたという体験を作品の中に織り込んだのは間違いないだろう。堀辰雄が実体験を小説『風立ちぬ』に託したように、宮崎監督もまた映画「風立ちぬ」に己を写したのでは、と私には思えるのである。

さて、巨匠・宮崎駿が自らの想いを伝えるための素材として選んだ小説『風立ちぬ』、あるいは『菜穂子』。これを今私たちが読む理由は一体何なのか。

『菜穂子』を構成する「楡の家」「菜穂子」を別として考えると、三作品はそれぞれ視点になる主人公も違えば物語を彩るキャラクターも異なり、あまりつながりはないように思える。

それでも、明確に共通する点はある。それは、堀辰雄が実にいきいきと描き出していくキャラクターたちの姿である。彼らの中に、私達が普段現代的なエンターテインメント——小説や漫画、アニメ、ドラマなどで出会うような、くっきりとした個性を持つ人はあまりいない。

しかし、悩みや思いを抱えながら彼らが生き、一つの結末にたどり着き、そしてまた歩き出すさまは、現代を生きる私たちにとっても大いに共感できるもののはずだ。少なくとも私は読んでいて「わかる」と思えたし、宮崎駿もそこに共感を感じたからこそ題材と選んだのではないか。なぜなら、彼らの姿の影にはリアルを生きる人間に対する深い洞察と愛情がしっかりと存在するからである。

さらに言えば、描かれている時代こそ何十年も前のことであり、社会的な意識——特に男女の関係には違うところも少なからずあれど、男女の愛や病に対する恐怖と覚悟、生きていくための自我などの人間の本質的なところは変わらない。その意味で、本書収録の作品群は現代のエンターテインメント小説のつもりで読んでもらっても十分に楽しめるのではないか、とさえ思う。
　登場人物それぞれが事情を抱えつつも精一杯に「今生きめやも」とする姿を、じっくりと楽しんで欲しい。

（えのもと　あき／文芸評論家）

――本書のプロフィール――

本書は、昭和六十三年六月一日発行「昭和文学全集 6」（小学館）より「風立ちぬ」「菜穂子」を文庫化しました。

小学館文庫

風立《かぜた》ちぬ／菜穂子《なおこ》

著者　堀《ほり》　辰雄《たつお》

二〇一三年十一月十一日　初版第一刷発行
二〇二五年六月二日　第三刷発行

発行人　庄野　樹
発行所　株式会社　小学館
〒一〇一-八〇〇一
東京都千代田区一ツ橋二-三-一
電話　編集〇三-三二三〇-五六一七
販売〇三-五二八一-三五五五
印刷所――TOPPANクロレ株式会社

Printed in Japan
ISBN978-4-09-408877-9